# HEXENTRÄUME

## DIE HEXEN VON KEATING HOLLOW 4

## DEANNA CHASE

Übersetzt von
## SIMONE HELLER

Willkommen in Keating Hollow, dem verwunschenen Städtchen voller Liebe, Freundschaft und Familie.

Faith Townsends Leben läuft genau nach Plan. Das Wellnesscenter, das sie kürzlich eröffnet hat, macht sich gut, und in ihrem Leben gibt es einen neuen, gutaussehenden Mann. Doch ein Brief von ihrer Mutter, die wegging, als Faith erst fünf Jahre alt war, stellt ihre perfekte Welt auf den Kopf.

Hunter McCormick war in den letzten zehn Jahren ständig unterwegs, um seinen Dämonen zu entfliehen. Aber jetzt, da er Keating Hollow und Faith Townsend gefunden hat, ist er entschlossen, in diesem Städtchen heimisch zu werden. Das Leben ist gut, bis alte Geheimnisse aufgedeckt werden und Hunter droht, den einzigen Menschen zu verlieren, der ihm etwas bedeutet. Hunter wird sich Faiths Vertrauen wieder erarbeiten müssen, wenn er derjenige sein will, der ihre Hexenträume erfüllt.

# KAPITEL 1

„Nur noch eine Schraube, und wir sind im Geschäft", sagte Hunter, dessen beeindruckende Armmuskeln sich anspannten, während er eine Schraube am Massagetisch festzog.

Faith Townsend starrte ihren Handwerker an und hoffte, dass sie nicht sabberte. Dieser Mann war ein Eins-a-Prachtkerl. Waren es wirklich schon sechs Monate, seit er für sie arbeitete und ihr half, ihr neues Wellnesscenter aufzubauen? Es schien doch erst ein paar Wochen her zu sein, dass er von Gott weiß woher angetanzt gekommen war und mit dem Umbau begonnen hatte, der aus ihrem gerade eben gekauften Gebäude den großartigsten Laden gemacht hatte, der ihr je unter die Augen gekommen war.

„Alle sind gebührend beeindruckt", sagte Faith. Sie hatte an diesem Nachmittag eine inoffizielle Eröffnungsparty für ihr brandneues Luxus-Spa gegeben. Ihre ganze Familie war gemeinsam mit der halben Stadt zu einer Führung vorbeigekommen, und um in den schicken Wellness-Produkten zu schwelgen, die ihre Schwester Abby bereitgestellt hatte. Der Terminkalender für den Folgemonat war schon halb gefüllt, und das Feedback war umwerfend. „Du hast dich selbst übertroffen, Hunter. Meine Schwester Noel würde dich gerne für ein paar Arbeiten in ihrer Pension engagieren, wenn du einen Termin frei hast, und meine andere Schwester Yvette sagte, sie hätte vielleicht auch Arbeit für dich."

Er zog die Schraube ein letztes Mal fester und stand auf, dann drehte er sich zu ihr um. Ein träges Lächeln breitete sich auf seinem markanten Gesicht aus. „Willst du mich etwa loswerden, Faith? Ich dachte, dein Büro muss noch gestrichen werden."

Sie wollte ihn auf *gar* keinen Fall loswerden. Ganz im Gegenteil, sie hatte sich in den letzten beiden Wochen das Hirn zermartert, um weitere Aufgaben für ihn auszuknobeln, denn sie brauchte dringend Gründe, um ihn jeden Tag zu treffen. „Nein. Sie waren nur so beeindruckt, dass sie versucht haben, dich mir zu stehlen. Ich habe ihnen aber gesagt, dass sie warten müssen. Ich habe beschlossen, mit dem Rückzugsbereich draußen zum Entspannen weiterzumachen, von dem wir letzten Monat gesprochen haben. Du hast doch gesagt, du könntest eine steinerne Feuergrube bauen, stimmt's?"

Er lachte. „Klar. Was immer du willst." Er schob sich den Inbusschlüssel in die hintere Hosentasche. „Willst du auch die Felswand mit Wasserfall, über die wir gesprochen haben?"

„Ja, bitte." Faith grinste ihn an und fragte sich, wie lange er brauchen würde, um den Außenbereich neu zu gestalten. In Keating Hollow war immer noch Sommer, und wenn er in den nächsten paar Monaten fertig wurde, könnten ihre Kunden den Außenbereich noch genießen, bevor die trostlose

Regenzeit begann. „Wenn du nicht zu beschäftigt bist jedenfalls."

Er zwinkerte. „Ich gehöre fürs erste ganz dir."

Faith stockte der Atem, und ihr Herz setzte einen Schlag lang aus. Sie hatte sich schon an dem Tag, an dem er für sie zu arbeiten begonnen hatte, in diesen Kerl verguckt. Die Tatsache, dass er jeden Tag überpünktlich aufgetaucht war, dass ihm seine Arbeit wirklich Spaß zu machen schien, und dass er dem Terminplan immer voraus war, hatten sie für ihn eingenommen. Es schadete sicher auch nicht, dass er attraktiv und aufmerksam war. Er hatte nie vergessen, ihr jeden Morgen einen Mocca Latte aus dem Incantation Café mitzubringen, und wenn er sich ein Mittagessen holte, dachte er immer daran, sie zu fragen, ob sie etwas wollte. Sie hatten eine angenehme Arbeitsbeziehung aufgebaut, und sie würde ihn vermissen, wenn seine Arbeit an ihrem Spa erledigt war.

„Hunter?", fragte sie mit leicht bebender Stimme.

Er schaute von dem Klemmbrett in seinen Händen auf. „Ja?"

„Kann ich dich heute Abend zum Essen einladen?", fragte sie und hörte, wie ihre Stimme nervös zitterte. „Als Dankeschön für die ganze Arbeit, die du erledigt hast? Ohne dich wäre dieser Laden nicht mal annähernd bereit für die Eröffnung."

„Zum Essen?" Er runzelte die Stirn. „Das musst du doch nicht machen. Ich habe nur meinen Job erledigt."

Sie stieß ein leises, schnaubendes Lachen aus. „Und hast dich jeden Tag um mich gekümmert, dafür gesorgt, dass ich genug esse und hier und da mal einen Tag freinehme. Du hast mich vor ein paar Wochen sogar zum Heiler geschickt, als dieser Husten einfach nicht verschwinden wollte." Faith ging zu ihm und legte ihm ganz leicht eine Hand auf den Arm. „Du bist mehr gewesen als nur mein Handwerker. Das weißt du doch sicher selbst. Wir sind … Freunde. Oder nicht?"

Sein dunkler Blick musterte ihren, und zwar so intensiv, dass ihr ganz heiß wurde. Der Ausdruck auf seinem Gesicht hatte nichts mit Freundschaft zu tun. Ihr blickte reines Verlangen entgegen, und plötzlich drängte sich ein Bild in ihren Kopf, wie er sie auf den Massagetisch warf, und sie rumknutschten wie Teenager. Ihr ganzer Körper prickelte vor Vorfreude.

„Faith?" Schritte erklangen auf den Holzbrettern gleich vor der halb offenstehenden Tür. „Bist du da hinten?"

Hunter trat einen Schritt zurück und schüttelte den Kopf, als wolle er seine Gedanken klären.

*Verdammt.* Faith würde Yvette umbringen. Ihr Timing war jenseits von Gut und Böse.

„Wir müssen los", rief Yvette, die offenbar immer noch nach Faith suchte.

„Hier drin", erwiderte Faith und lächelte Hunter geschlagen an.

„Da bist du ja", sagte Yvette, während sie die Tür aufschob. Ihre älteste Schwester hatte sich die dunklen Haare zusammengesteckt. Ihre Locken umrahmten ihr strahlendes Gesicht. Sie leuchtete vor Glück, und Faith vergab ihr sofort, dass sie diesen Augenblick unterbrochen hatte. Sie hatte sich erst vor wenigen Stunden verlobt, als ihr Freund Jacob ihr *die* Frage gestellt hatte. Yvette würde alles bekommen, was sie wollte und verdiente, und dazu wurde sie noch die Stiefmutter des süßesten kleinen Mädchens der ganzen Welt. „Jacob und ich müssen los. Skye schläft schon fast ein."

„Natürlich." Faith wandte sich an Hunter. „Geh bloß nicht weg. Wir müssen immer noch über das Abendessen reden."

Er zuckte mit den Schultern. „Ich habe es nicht eilig."

„Gut." Sie hakte sich bei Yvette unter. „Ich bringe euch nach draußen."

Die Schwestern verließen das Massagezimmer und schwiegen, bis sie am Ende des Ganges um die Ecke bogen.

„O mein Gott", flüsterte Yvette mit laut. „Was habe ich denn da gerade unterbrochen?"

Faith blinzelte. „Was meinst du denn?"

„Komm schon, kleine Schwester. In dem Zimmer lag gerade so viel sexuelle Spannung in der Luft, dass es mich überrascht, dass niemand in Flammen aufging. Und du hast ein Essen erwähnt."

„Ich will ihn zum Essen ausführen, um ihm für seine ganze harte Arbeit zu danken." Faith hielt inne und schnaubte. „Es war schon ziemlich aufgeheizt, oder?", fragte sie und fächelte sich Luft zu. Sie standen im Entspannungsraum, wo später die Kunden und Kundinnen relaxen würden, während sie auf ihre Termine warteten. Gemütliche Sessel waren im ganzen Zimmer verteilt, und ein verzierter Tresen mit Erfrischungen schmiegte sich in eine Ecke. Faith ging hinüber und füllte sich einen Becher mit Gurken-Wasser. Nachdem sie die Flüssigkeit hinuntergestürzt hatte, füllte sie den Becher erneut auf und drehte sich zu ihrer Schwester um. „Ich glaube, er wollte mich gerade küssen. Aber dann …"

„Habe ich euch unterbrochen", schloss Yvette und zuckte zusammen. „Tut mir leid, Faith. Ich wäre nicht hereingeplatzt, wenn ich das gewusst hätte."

„Natürlich nicht." Faith trank, wedelte mit der Hand und warf ihren Becher in den Abfall. „Verschwende keinen Gedanken mehr daran. Wenn es so sein soll, wird sich bald eine weitere Gelegenheit ergeben." Sie grinste ihre Schwester schelmisch an, schnappte sich ihre Hand und zerrte sie zurück in den Gang und durch die Tür, die zum Empfangsbereich führte.

„Bereit?", fragte Jacob, der gerade seine Tochter auf den Arm nahm.

„Ich bin gleich hinter dir." Yvette küsste Skye auf die Wange und strich dem Baby sanft über den Kopf. Jacobs Miene schmolz dahin, während er die beiden Menschen betrachtete, die er am allermeisten auf der Welt liebte.

Faiths Herz hämmerte gegen ihre Rippen, während sie diesen zarten Augenblick beobachtete. Das hätte gereicht, um selbst die abgebrühtesten Menschen zu einer Pfütze dahinschmelzen zu lassen. Das Leuchten, das von Yvette ausstrahlte, blendete Faith geradezu, und sie konnte nicht verhindern, dass sie sich fragte, ob sie jemals jemanden finden würde, der sie genauso zum Strahlen brachte.

Jacob lächelte Faith an. „Ich gratuliere. Dieser Laden sieht fantastisch aus. Die Kunden werden in Rekordzeit draußen vor der Tür Schlange stehen."

„Dein Wort in der Göttin Ohren", sagte Faith und deutete nach oben.

Während Jacob Skye hinausbrachte, trat Yvette näher an ihre Schwester heran und schlang die Arme um sie. „Dieser Laden ist wirklich ganz wunderbar."

„Danke." Faith drückte ihre Schwester Yvette fest an sich, blinzelte Tränen weg und flüsterte: „Ich gratuliere. Du hast das so sehr verdient. Jacob und Skye haben ein riesiges Glück mit dir."

Yvette drückte Faith ebenfalls und sagte: „Ich habe Glück, sie zu haben. Jacob und Skye haben es geschafft, mir mein Herz zu stehlen, und ich kann mich schon kaum mehr erinnern, wie mein Leben ausgesehen hat, bevor Jacob da reingeraten ist."

*Gut,* dachte Faith. Vor sechs Monaten war Yvette frisch geschieden und mit einem Geschäftspartner geschlagen gewesen, den sie nicht gewollt hatte. Aber zu ihrem Glück war dieser neue Geschäftspartner am Ende Jacob gewesen, und nach ein paar Stolpersteinen hatten sie sich ineinander verliebt. Faith war überglücklich, doch sie kam nicht umhin, ein hohles Ziehen zu spüren, das sich dauerhaft in ihrer Brust festzusetzen schien.

All ihre Schwestern waren mit ihren kunterbunten Familien mehr als nur glücklich, und was hatte sie? Nicht viel außerhalb ihrer Familie, einem Dämon von einem Hund und einem neuen Laden mit jeder Menge Schulden und negativem Cashflow. Wenn sie Glück hatte, würde es gute sechs Monate bis ein Jahr dauern, ehe sie erwarten konnte, dass die roten Zahlen schwarz wurden. Diese Erkenntnis war, gelinde gesagt, furchteinflößend. Sie hatte alles auf ihr neues Geschäft gesetzt. Dass es schief ging, stand nicht zur Debatte.

Nachdem ihre Schwester und die restlichen Gäste gegangen waren, schaute sie sich in ihrem wunderschönen neuen Luxus-Spa *A Touch of Magic* um und wusste, dass nur eines fehlte – jemand, mit dem sie es teilen konnte.

Wie auf Bestellung kam Hunter aus dem hinteren Bereich und schenkte ihr sein sexy schiefes Grinsen. „Wegen der Sache mit dem Abendessen … wann soll ich dich denn abholen?"

Faith spürte, wie sich ein Lächeln langsam über ihr ganzes Gesicht ausbreitete, während alles in ihr sich verflüssigte. Das war genau das, was sie wollte, jemanden, mit dem sie ihre Errungenschaften teilen und feiern konnte. „Um halb acht? Ins Cozy Cave? Ich habe gehört, ihre Forelle Spezial lässt einem das Wasser im Munde zusammenlaufen."

Sein Blick senkte sich auf ihre Lippen, und ehe sie es sich versah, stand er direkt vor ihr, einen Arm um ihre Taille geschlungen. „Es gibt nur eines, das mir in letzter Zeit das Wasser im Munde zusammenlaufen lässt, und das ist verdammt sicher kein Fischfilet."

Sie öffnete den Mund zu einer Antwort, aber noch bevor sie auch nur ein Wort herausbrachte, war sein Mund auf ihrem, und er küsste sie so heftig, dass ihr Kopf sich drehte. Faith vergaß alles andere außer diesem hochgewachsenen, muskulösen Mann, dessen Kuss bis in ihre Zehen prickelte. Sie wollte sich in ihm verlieren, sich um ihn schlingen, jeden Quadratzentimeter seiner steinharten Statur erkunden.

„Halb acht", sagte er, während er sich zurückzog.

„Hä?" Sie war verwirrt und verstand nicht, weshalb seine Lippen sich von ihren gelöst hatten.

„Das Abendessen. Ich hole dich zu Hause ab." Er drückte ihr einen weiteren sanften Kuss auf die Lippen, und dann war er weg.

Faith presste sich eine Hand auf die prickelnden Lippen in dem Versuch, zu verhindern, dass das Gefühl nachließ. War das gerade wirklich passiert? Sie warf einen Blick in den Spiegel hinter dem Eingangstresen und betrachtete ihre geröteten Wangen und das sanfte Leuchten des Glücks in ihren strahlend blauen Augen.

*Ja.* Hunter hatte sie geküsst, und er holte sie in zwei Stunden zum Abendessen ab.

Mit frischer Leichtigkeit im Herzen schloss Faith das Wellnesscenter ab und eilte nach Hause in ihr kleines blaues Häuschen am Rande der Stadt. Das Zwei-Zimmer-Küche-Bad-Häuschen war ein Objekt für Bastler, und ihr Vater hatte ihr vor ein paar Jahren unter die Arme gegriffen, sodass sie es bei einer Auktion hatte kaufen können. Sobald ihr Wellnesscenter einmal Geld abwarf, würde sie ihm das Darlehen mit Zinsen zurückzahlen. Nachdem sie mit Xena, ihrem Teufels-Shi-Tzu, gespielt und sie gefüttert hatte, duschte Faith und verbrachte fünfundvierzig Minuten damit, alles in ihrem Schrank anzuprobieren, bis sie sich auf eine Skinny Jeans und ein seidenes Neckholdertop einschoss, das ihre gebräunten Schultern in Szene setzte. Nachdem sie sich um ihr Make-up gekümmert hatte, musterte sie sich im Spiegel und nickte. Die Hexe, die zu ihr zurückstarrte, war zwanglos, aber sexy. Perfekt.

Da sie noch fünf Minuten hatte, setzte Faith sich auf ihr Sofa, Xena auf dem Schoß, und wartete. Und wartete. Und wartete noch etwas länger. Als zwei Stunden vergangen waren, dachte sie darüber nach, den Stadtheiler oder Drew anzurufen, den Hilfssheriff der Stadt, nur um den Gedanken zu vertreiben, dass Hunter etwas passiert war. Aber schließlich brummte auf ihrem Telefon eine Textnachricht.

Sie war von Hunter. *Tut mir leid, Faith. Es ist was dazwischengekommen, und ich musste die Stadt verlassen. Ich muss es wohl auf ein andermal verschieben.*

Sie warf einen ungläubigen Blick auf die Uhr. Hätte er ihr nicht früher schreiben können? Brodelnd öffnete sie eine Flasche Wein und verfluchte lautlos das andere Geschlecht. Sie plante mit Hunter ihr erstes Date seit über einem Jahr, und sie war soeben einfach versetzt worden.

# KAPITEL 2

„Faith, mach schon. Hier draußen ist es eiskalt", rief Abby aus ihrem Golfmobil. Alle drei Schwestern von Faith waren in Schals, Handschuhe und dicke Jacken gepackt. Es war der Sonntag nach Thanksgiving, und die Temperatur in Keating Hollow fiel rasch. Tagsüber waren es fünfzehn bis zwanzig Grad gewesen, aber seit dem Sonnenuntergang war Wind aufgekommen, und sie konnten von Glück reden, wenn die Temperatur über dem Gefrierpunkt blieb.

„Regt euch wieder ab. Ich komm ja schon", rief Faith, während sie sich einen Umschlag schnappte, der einfach nur mitten auf ihrem Rasen lag. Sie hatte ihn wohl fallen lassen, als sie am Vortag ihren Briefkasten geleert hatte.

Sie waren unterwegs zu Yvettes Buchladen, wo sie eine weihnachtliche Brautparty für Noel planten, die endlich zusammen mit ihrem Verlobten Drew einen Termin festgelegt hatte. Sie hatten beschlossen, am Weihnachtsabend im Haus der Townsends Ringe zu tauschen. Faith hielt den Brief hoch und kniff im Mondlicht die Augen zusammen. Ihr Name und ihre Adresse standen in einer unbekannten Handschrift darauf, und es gab keine Rückadresse. Sie biss sich auf die Unterlippe, versuchte Spekulationen anzustellen, von wem er stammen könnte. Doch ihr fiel niemand ein.

„Hanna wartet auf uns", sagte Abby auf dem Fahrersitz des Golfmobils. Ihr langes, blondes Haar war zu einem Zopf zurückgebunden, der unter ihrer Wollmütze hervorlugte.

„Entspann dich. Sie wird ja nicht ohne uns anfangen, oder?", fragte Faith, als sie hinten neben Noel einstieg, während sie sich den Umschlag in die Tasche stopfte. Sie würde später einen Blick darauf werfen.

„Sie bringt Kekse mit", sagte Noel. „Und du weißt doch, dass sie keinerlei Beherrschung hat, sobald sie mal loslegt."

Faith schnaubte. Hanna arbeitete im Incantation Café, wo sie den ganzen Tag lang, und zwar Tag für Tag, von Keksen umgeben war. Aber Noel hatte recht. Hanna verzichtete darauf, sie während der Arbeit zu genießen, doch sobald sie einmal Feierabend hatte? Da waren alle Schleusentore offen. Der Wind nahm zu, und Faith zitterte leicht. „Warum fahren wir in einem nach allen Seiten offenen Golfmobil herum?"

„Hast du etwa das Rennen später vergessen?", fragte Abby. „Wanda stößt mit Irish Coffee zu uns, nachdem wir die Party fertig geplant haben."

„Stimmt." Faith kuschelte sich enger an Noel, dabei fiel ihr auf, dass diese ihre Frisur schon wieder geändert hatte. Im letzten Jahr war sie von leuchtend rot über blond zu erdbeerblond gewandert. Inzwischen waren ihre Haare kastanienbraun mit leuchtend roten Strähnen. „Tolle Frisur. Ich liebe den Pony."

Noel grinste. „Danke. Drew sagte, er käme sich ein wenig schmutzig vor, als dürfe er mit dem süßen Neuzugang der

Stadt herummachen. Das sagt er jedes Mal, wenn ich eine neue Frisur habe."

Faith lachte, aber innerlich spürte sie den leichten Stich der Eifersucht. Nicht, weil sie etwas für den Verlobten ihrer Schwester empfunden hätte, sondern weil, obwohl sie in den letzten paar Monaten endlich ein paar Verabredungen gehabt hatte, niemand in Sicht war, der das Potenzial für eine dauerhafte Beziehung hatte. Und es gab niemanden, der sich tatsächlich als Partner eignete, noch viel weniger jemanden, den sie wirklich für eine Heirat in Erwägung gezogen hätte. „Zumindest weißt du, was zu tun ist, wenn es im Schlafzimmer mal öde wird."

Noel lächelte Faith verstohlen an. „Darüber mache ich mir nicht allzu viele Sorgen."

„Stopp! Niemand will etwas über deine Schlafzimmergeschichten hören", rief Yvette über die Schulter. Von den vier Townsend-Mädchen war sie die einzige, die dunkle Haare hatte. Es war ein schönes Kastanienbraun, und Faith wünschte sich oft, sie wäre mit Yvettes wunderbaren Locken gesegnet. Ihre eigenen Haare waren hellblond und ihrer Ansicht nach langweilig. Vielleicht würde sie zu Noels Friseurin gehen und zur Abwechslung etwas Neues ausprobieren.

Abby kicherte. „Ich wette, Faith hätte nichts gegen ein paar Einzelheiten. Wie lange ist es her, kleine Schwester?"

„Seit was passiert ist?", fragte Faith geistesabwesend, während sie immer noch überlegte, ob sie den Mumm hatte, sich die Haare zu färben.

„Seit du einen heißen Typen im Bett hattest", erklärte Noel, während Abby laut lachte.

Faith verdrehte die Augen. „Viel zu lang."

„Hey", sagte Noel und stieß sie an. „Bist du nicht letzte

Woche mit Jacobs Freund Brian ausgegangen? Wie ist das gelaufen?"

Abby stellte das Golfmobil auf einen Parkplatz vor Yvettes Buchladen, und Faiths Aufmerksamkeit richtete sich auf das verzauberte Schaufenster, in dem Santa und seine Rentiere über ein Dorf flogen, auf das Schnee niederrieselte. Schlittschuhläufer wirbelten über die Eisfläche in der Mitte, während eine Hexe mit ihrem Haustier an der Seite stand, den Zauberstab in der Hand. Ein Stapel Bücher mit dem Namen *Verhextes Weihnachten* wurde links davon auffällig in Szene gesetzt.

„Das Fenster sieht großartig aus, Vette. Haben das du und Jacob heute gemacht?", fragte sie, während sie sich umwandte und feststellte, dass alle ihre Schwestern sie anstarrten. „Was?"

Yvette machte ein missbilligendes Geräusch. „Niemand interessiert sich im Augenblick für das Fenster. Wir wollen alles über dein Date hören."

Faith zuckte mit den Schultern. „Wir waren Kaffeetrinken und sind unten am Fluss spazieren gegangen. Nichts Besonderes."

„Das war's?", fragte Yvette. „Mochtest du ihn? Geht ihr noch einmal aus?"

Brian war der beste Freund von Yvettes Verlobtem, und er war erst in diesem Jahr nach Keating Hollow gezogen. Yvette hatte Faith mit ihm verkuppelt und war ein wenig zu sehr daran interessiert, wie das ausgegangen war. Das Date war in Ordnung gewesen. Er war witzig, und man konnte gut mit ihm reden, aber es hatten keine Funken gesprüht. Zumindest nicht von ihrer Seite aus. Das war auch noch ziemlich schade, denn es ließ sich nicht leugnen, dass Brian gut aussah und ein toller Kerl war. Faith machte ein finsteres Gesicht. „Er hat gesagt, er würde mich anrufen, und vielleicht würden wir essen gehen."

„Lass mich raten … Er hat noch nicht angerufen", sagte Yvette. Ohne auf eine Antwort zu warten, fuhr sie fort: „Na, es war gerade erst Thanksgiving, und ich glaube, er ist nach Südkalifornien gefahren, um seine Familie zu besuchen. Ich bin mir sicher, er meldet sich, wenn er zurück in der Stadt ist."

„Klar." Faith sprang aus dem Golfmobil. „Gehen wir rein. Es ist kalt hier draußen." Während sie die Tür zu *Keating Hollow Books* aufhielt, winkte Faith ihre Schwestern hinein. Sie folgte Noel, die gleich auf der Schwelle stehenblieb und sich unter den abendlichen Kunden umsah, die immer noch in dem Laden stöberten. Der Laden machte in zwanzig Minuten zu, und am Kassentresen stand eine ansehnliche Schlange. Yvettes Black-Friday-Weekend-Sale schien ein großer Hit zu sein.

„Dein Date hat dich nicht gerade umgehauen, was?", fragte Noel, die Faith in eine Ecke zog.

Faith stieß ein frustriertes Seufzen aus. „Nein, verdammt. Und das Schlimmste ist, ich bin mir nicht mal sicher, warum nicht. Er ist genau, was man sich wünscht, und doch … Ich weiß es nicht. Zwischen uns stimmt einfach die Chemie nicht."

Noel lächelte sie mitfühlend an und schob einen Arm durch den ihrer Schwester. „Vielleicht musst du dem Ganzen einfach mehr Zeit geben. Lern ihn ein wenig besser kennen, ehe du ihn abschreibst. Man weiß ja nie. Sobald du ihn mal angefasst hast, ändert sich das vielleicht. Wenn nicht, schadet es doch nicht, einen neuen Freund zu gewinnen."

„Freundschaft. Ach ja", sagte Faith lachend. „Ich bin mir sicher, das ist genau das, wonach er sucht."

„Faith?", rief eine vertraute männliche Stimme.

Ihr Blutdruck erklomm neue Höhen, als sie aufschaute und Hunter sah, ihren ehemaligen Handwerker und den Mann, der sie vor fünf Monaten versetzt hatte, als er die Stadt wegen irgendeines Notfalls verlassen hatte. Er war nie zurückgekehrt, und sie hatte niemals wieder von ihm gehört. Er war ein wenig dünner als damals, als sie ihn zuletzt gesehen hatte, und seine braunen Haare waren etwas dunkler, aber sein sexy Fünf-Uhr-Bartschatten weckte die Schmetterlinge in ihrem Bauch. Das war doch mal Chemie.

„Hunter?", stotterte sie. „Was machst du …?" Ihr stockte die Stimme, als ihr Blick auf eine hübsche Frau mit rabenschwarzen Haaren fiel, die neben ihm stand, einen Stapel Kinderbücher in den Händen.

„Tut mir leid", sagte er rasch, einen Hauch Nervosität in der Stimme. „Das ist Vivian. Sie ist eine alte Freundin."

„Aha." Faith zwang sich, der Frau die Hand hinzustrecken. „Ich bin Faith Townsend. Mir gehört *A Touch of Magic*, das neue Wellnesscenter der Stadt. Sie sollten vorbeikommen, sich eine Massage oder eine Gesichtsbehandlung gönnen. Hunter weiß, wo es ist."

„Eine Massage klingt wunderbar", sagte sie und schüttelte ihr fest die Hand. „Ich kann mich nicht mal erinnern, wann ich mir zum letzten Mal etwas gegönnt habe."

„Faith macht die besten Behandlungen weit und breit", sagte Hunter.

*Er sollte es wissen,* dachte Faith. Sie hatte ihm mehr kostenlose Massagen gegeben, als sie zählen konnte, während er für sie gearbeitet hatte. Der Mann hatte fabelhafte Arbeit geleistet; er hatte es verdient. Sie konnte immer noch seine harten, gut definierten Muskeln unter den Fingerspitzen spüren. Ein bebendes Verlangen lief ihr das Rückgrat hinab, während sie sich in Erinnerung rief, wie gut er unter seinen Kleidern aussah. Zu schade, dass er sich vom Acker gemacht hatte, gleich nachdem er sie zum ersten Mal geküsst hatte, und dann offensichtlich keine Zeit damit verschwendet hatte, einen Ersatz zu finden.

Noel trat vor und stellte sich Vivian vor, und dann lächelte sie Hunter an. „Es ist schön, Sie wiederzusehen."

Sie tauschten Nettigkeiten aus, und Noel entschuldigte sich. Während sie sich hinüber zum Café begab, wo Abby und Yvette mit Hanna warteten, warf sie einen Blick über die Schulter auf Faith und machte große Augen. *Hui,* sagte sie lautlos. *Was macht der denn hier?*

Faith schüttelte ganz leicht den Kopf in die Richtung ihrer Schwester. Sie hatte keine Ahnung, aber soweit es sie betraf, könnte er sich auch gleich umdrehen und zurück dorthin gehen, wo er hergekommen war. Die Wirkung, die seine Anwesenheit auf sie hatte, war viel zu intensiv, trotz der Tatsache, dass er eindeutig vergeben war. Außer Reichweite. Jenseits der Grenze. Sich an ihn ranzuschmeißen, wäre mehr als nur unhöflich gewesen.

„Ich sollte ...", setzte sie an.

„Ich wollte morgen anrufen", sagte Hunter, der ihr das Wort abschnitt, während er die Hände in die Taschen seiner Jeans schob.

„Morgen?", fragte sie, während sie schnaubend ein wenig erheitertes Lachen ausstieß. „Besser spät als nie, schätze ich."

Er zuckte zusammen. „Das habe ich verdient."

Vivian ließ den Blick zwischen ihnen beiden hin und her gehen, dann trat sie einen Schritt zurück. „Ich glaube, das ist mein Stichwort. Hunter, ich gehe einfach zahlen und warte dann draußen auf dich."

„Danke", sagte er, ohne den Blick von Faith abzuwenden.

„Sie ist hübsch", sagte Faith. „Glückwunsch."

Er runzelte die Stirn. „Was?"

„Vivian. Sie ist wirklich hübsch." Faith wandte den Blick ab und fragte sich, was zum Teufel sie hier tat. Weshalb stand sie hier und benahm sich so merkwürdig? Es war ja nicht so, als wäre sie tatsächlich mit Hunter zusammen gewesen. Es hatte einen heißen Kuss gegeben. Das war alles. Klar, sie hatte ihn völlig nackt gesehen, aber das war ein Unfall gewesen, und wohl auch der Grund, der ihr Verlangen, ihn auch abseits vom Massagetisch überall zu betatschen, ins Unendliche gesteigert hatte. Aber sie konnte ihn nicht für sich beanspruchen und hatte überhaupt kein Recht, sich wie eine eifersüchtige Ex aufzuführen.

„Vivian ist die Frau meines besten Freundes", sagte er mit einem merkwürdigen Unterton, beinahe, als würde es ihn schmerzen, diese Worte auszusprechen.

Ihre Aufmerksamkeit richtete sich ruckartig wieder auf ihn. „Sie ist bereits verheiratet?"

Er seufzte und strich sich mit einer Hand durch die Haare, die Erschöpfung legte Falten auf seine ansehnlichen Gesichtszüge. „Das war sie. Craig hatte an dem Tag, an dem ich Keating Hollow verlassen habe, einen schlimmen Autounfall, und war beinahe einen Monat lang im Krankenhaus, ehe er den Kampf verlor. Deshalb musste ich so plötzlich weg, Faith. Ich war in Las Vegas und habe seitdem Viv mit den Nachwehen von Craigs Tod geholfen."

Vor Entsetzen wurde Faith sprachlos. Unter allen Dingen, die sie vermutet hatte, dass er zu ihr sagen würde, falls er jemals zurückkam, war der Tod seines besten Freundes nie vorgekommen. Sie blinzelte zu ihm auf, plötzlich schämte sie sich für all die schlimmen Gedanken, die ihr in den letzten Monaten durch den Kopf gegangen waren. Er trauerte wegen eines tiefgreifenden Verlustes, und sie hatte ihn innerlich verflucht, weil er sie ohne ein Wort verlassen hatte. Zu ihrer Verteidigung waren sie zumindest Freunde gewesen, und es hatte geschmerzt, dass er ohne jede Erklärung aus ihrem Leben verschwunden war.

Sie trat einen Schritt näher und nahm seine Hand. Während sie sie drückte, sagte sie: „Es tut mir so leid, Hunter. Ich kann mir nicht annähernd vorstellen, wie schlimm so etwas wäre." Faith warf einen raschen Blick auf Hanna, ihre beste Freundin, und spürte, wie ihr Herz einen Satz machte. Falls Faith sie plötzlich verlieren sollte, hätte sie keine Ahnung, wie damit umzugehen wäre. Vermutlich würde sie es nicht besser machen als Abby, die vor zehn Jahren Charlottes Tod hatte verkraften müssen.

„Danke dir. Ich hätte trotzdem anrufen sollen. Die Dinge waren nur … Es tut mir leid." Er schluckte schwer, schien an seinen eigenen Gefühlen zu ersticken. „Es war eine Menge los."

„Natürlich. Du brauchst dich nicht entschuldigen, und du musst es nicht weiter erklären." Sie ließ seine Hand los und trat zurück. „Bist du eine Weile in der Stadt, oder fährst du nur durch?"

Vivian erschien wieder, ehe er antworten konnte, eine Jutetasche mit dem Keating-Hollow-Books-Logo in der Hand. „Es tut mir leid, dass ich unterbreche, aber Zoey hat Hunger. Wir müssen ihr bald was Richtiges geben, oder wir haben einen Tobsuchtanfall zu verantworten."

Erst da fiel Faith das kleine Mädchen von etwa sechs oder sieben Jahren auf, das sich hinter Vivians Beinen versteckte. Es drückte sich einen ausgestopften Hund an die Brust und griff nach Hunters Hand. Sie schlang die Finger um seine, und er lächelte zu ihr hinab.

„Bereit zum Abendessen, kleine Z?", fragte er.

Sie nickte und starrte Faith mit weit aufgerissenen, dunklen Augen an.

„Okay. Wir gehen." Er richtete seine Aufmerksamkeit wieder auf Faith. „Ehe wir aufbrechen – ich habe mich gefragt, ob du noch weitere Arbeiten im Spa erledigt haben möchtest.

Falls du nicht dazu gekommen bist, den Außenbereich zu machen, könnte ich morgen Vormittag vorbei…"

Faith hob eine Hand und unterbrach seine Ansprache, während sie versuchte, ihren plötzlichen Zorn zu schlucken. Einen kurzen Augenblick lang hatte sie schon gedacht, er hätte sie vermisst. Dass er sich tatsächlich schlecht gefühlt hatte, weil er sie so hängen gelassen hatte. Und obwohl sie die herzzerreißenden Umstände wirklich verstand, gefiel ihr das Gefühl nicht, dass sie nur wichtig war, weil sie ihm eine Rechnung bezahlen konnte. „Tut mir leid, Hunter. Wir haben im Augenblick keine Bauprojekte geplant."

„Ich verstehe." Er starrte auf sie hinab, seine Augen trübten sich mit etwas, das sie nicht ganz interpretieren konnte.

War es Enttäuschung? Sie war sich nicht sicher, doch es brachte sie dazu, ihn sanft am Arm zu berühren. „Aber wenn du Arbeit brauchst, schau bei meinem Vater vorbei. Ich weiß, dass es ein bisschen Zeug auf der Farm gibt, das er gern erledigen würde. Die Scheune renovieren und ein paar Zäune. Nichts Anspruchsvolles, aber es ist bezahlt."

„Gut. Danke, ich schaue morgen bei ihm vorbei." Er nickte zu Vivian hin. „Wir beschaffen unserer Kleinen lieber was zu essen, bevor es zu spät wird."

„Es war schön, Sie kennenzulernen, Faith", sagte Vivian.

„Sie auch", rief Faith, während sie durch die Tür verschwanden. Seine Stimme hallte in ihren Gedanken wider, wiederholte die Worte *unsere Kleine. Unsere.* Es war, als wäre er direkt in die Fußstapfen seines besten Freundes getreten und hätte ohne Umschweife eine Familie dazu bekommen.

War da etwas zwischen den beiden? Das wäre nicht das erste Mal, dass zwei Menschen sich in ihrer Trauer einander zuwandten. Wenn sie nicht zusammen waren, was machte Vivian dann in Keating Hollow?

*Unsere.* Das Wort hing noch im Raum, suchte sie heim. Natürlich waren sie zusammen. Und wenn sie es nicht waren, würden sie es bald sein. Sie hatten die letzten fünf Monate miteinander verbracht, sich während des schlimmstmöglichen Falles aufeinander gestützt. Wenn die beiden keinen Trost beieinander fanden, wäre Faith entsetzt gewesen.

„Heiliger Höllenschlamassel", sagte Abby, die gleich neben Faith erschien. „Das sah brutal aus."

Sie warf ihrer Schwester einen Seitenblick zu. „Du hast ja keine Ahnung."

„Komm schon, kleine Schwester. Hanna hat den Apfelwein mit einem Schuss versetzt, und es sieht so aus, als könntest du einen Becher gebrauchen."

„Mach lieber einen doppelten draus", sagte Faith und ließ sich von Abby durch den Laden ziehen.

Hunter saß auf Zoeys Bettkante und sagte ihr gute Nacht. Ihre dunklen Lockenhaare lagen auf dem Kissen ausgebreitet, und ihr liebster Stoffhund lag neben ihr im Bett. Er blätterte die letzte Seite ihres neuesten Buches um und sagte: „Ende."

Sie lächelte ihn müde an. „Nochmal."

Er lachte leise und hätte ihr nachgegeben, wenn sie nicht schon beim ersten Mal mitten in der Geschichte eingenickt wäre. „Nicht heute Abend, Süße." Er beugte sich hinab und drückte ihr einen sanften Kuss auf die Stirn. „Es ist Zeit zum Ausruhen. Morgen ist ein großer Tag. Mami bringt dich zu deiner neuen Schule."

Sie machte ein finsteres Gesicht, kuschelte sich aber dichter an ihn heran und umarmte ihren Hund fester.

„Gute Nacht, kleine Z", sagte er und strich ihr die Locken aus den Augen. „Wir sehen uns morgen."

„Nacht, Onkel Hunter", erwiderte sie verschlafen, die Augen bereits geschlossen.

*Onkel Hunter.* Die Worte trafen ihn direkt ins Herz, und er musste seine Gefühle schlucken. Wegen der Distanz zwischen Hunter und Craigs Familie hatte erst in den letzten fünf Monaten die Möglichkeit bestanden, dass Hunter eine nennenswerte Menge Zeit mit dem süßen kleinen Mädchen verbrachte, das sich in diesem Augenblick an ihn anschmiegte. Es war wenig überraschend, dass sie ihn im Nu um den Finger gewickelt hatte und seinem Leben einen neuen Sinn verlieh. Es gab nichts, was er nicht für sie getan hätte, selbst wenn es bedeutete, dass er mit Vivian zusammenleben musste.

„Schläft sie?", fragte Vivian, als er die kleine Küche betrat. Sie saß am Tisch, ihre Füße, eingemummelt in dicke Socken, waren auf einen Stuhl gestützt.

Er nickte, holte sich ein Bier aus dem Kühlschrank und öffnete es. Nachdem er einen langen Zug genommen hatte, setzte er sich zu ihr an den Tisch. Erschöpfung erfasste ihn. Er war seit drei Uhr morgens wach, hatte den letzten Abschnitt der Fahrt von Las Vegas nach Keating Hollow übernommen. Er hatte die Stadt vor Einbruch der Dunkelheit erreichen wollen, damit er Zoeys und Vivians Bett in seinem Gästezimmer aufstellen konnte. Sie würden es sich teilen, bis sich eine bessere Möglichkeit fand.

Nachdem er den Wagen entladen hatte und ihr Zimmer eingerichtet hatte, waren die drei zum Abendessen und für erste Einkäufe in die Stadt gefahren. Im Buchladen waren sie lediglich aufgeschlagen, weil Zoeys Augen geleuchtet hatten, als sie das Schaufenster gesehen hatte. Sie las abends gern mit ihrer Mutter, und Hunter hatte nicht widerstehen können, ihr eine kleine Freude zu machen.

Wenn er gewusst hätte, dass er Faith begegnen würde, hätte er sich den Ausflug nach drinnen vielleicht gespart. Er hatte sie unbedingt sehen wollen, doch er hatte sie nicht direkt mit Vivian und Zoey überfallen wollen. Während der Zeit, in der er für sie gearbeitet hatte, war es eine Qual gewesen, sich von ihr fernzuhalten. Verdammt, er hatte sie gewollt. Unbedingt gewollt. Aber er hatte für sie gearbeitet, und es war nicht sein Stil, das Geschäftliche mit dem Vergnügen zu mischen. Das war der einzige Grund, aus dem er sich ferngehalten hatte. Ansonsten hätte er sie schon vor Monaten in sein Bett gelassen. Dessen war er sich sicher. Die Funken, die jedes Mal gesprüht hatten, wenn sie sich auf weniger als einen Meter angenähert hatten, ließen sich nicht leugnen, und es hatte sich nichts verändert. Er hatte dieselbe Anziehungskraft gespürt, sobald sein Blick im Buchladen auf sie gefallen war. Aber inzwischen waren die Dinge … kompliziert.

„Was hast du morgen vor?", fragte ihn Vivian. „Kommst du mit uns, um Zoey in der Schule anzumelden?"

„Wenn du willst." Er lehnte sich im Sessel zurück, starrte ihr in die Augen. „Aber danach muss ich mich bei ein paar Geschäftskontakten melden und mich darum kümmern, neue Arbeit zu finden."

„Ich könnte mit dir gehen", sagte sie mit einem schwachen Lächeln. „Deine Kunden bezirzen. Darin bin ich gut."

Er schüttelte den Kopf und verbiss sich eine grobe Antwort. Sie hatte darauf angespielt, seine Geschäfte zu führen, seitdem sie beschlossen hatten, dass sie und Zoey nach Keating Hollow ziehen würden. Aber er musste sich nach wie vor noch daran gewöhnen, sein häusliches Leben mit ihr zu teilen. Ein geteiltes Geschäftsleben stand definitiv nicht zur Debatte. „Ich glaube nicht, dass das die allerbeste Idee ist. Ich krieg das schon hin. Aber du kannst dich in der Stadt umschauen und sehen, ob irgendjemand einstellt."

Sie stieß ein bellendes, humorloses Lachen aus. „Ich bezweifle, dass eines dieser mickrigen Geschäfte hier eine

Vertrieblerin sucht. Keating Hollow ist nicht gerade eine Metropole, in der der Handel floriert."

Vivian hatte für eine Bio-Hautpflege-Firma gearbeitet und war gerade zur Beförderung aufgestellt gewesen, als Craig ins Krankenhaus gekommen war. Nach seinem Unfall hatte sie die Wahl getroffen, zu kündigen, um an seiner Seite zu sein und sich um Zoey zu kümmern. Hunter sah sie mit zusammengekniffenen Augen an, weil ihm die Abschätzigkeit in ihrer Stimme nicht gefiel. „Gib ihnen einfach eine Chance, Vivian. Keating Hollow ist voller erfolgreicher Leute. Sie könnten dich durchaus überraschen."

Sie starrte ihn an, ihre Augen weiteten sich verwundert. Zweifelsohne war ihr sein verärgerter Unterton aufgefallen. Sie strich sich die dunklen Haare hinter ein Ohr, und ihre Wangen wurden rot, während sie den Blick senkte. „Tut mir leid. Ich wollte nicht, dass das so abschätzig klingt. Ich bin einfach nur durcheinander."

Er kam sich sofort wie ein Arschloch vor. Natürlich war sie das. Sie hatte gerade erst nach sieben Jahren ihren Ehemann verloren, und ihr ganzes Leben hatte sich auf den Kopf gestellt, als sie in eine neue Stadt gezogen war, wo sie niemanden kannte außer ihm. Er holte tief Luft und versuchte, ihr behilflich zu sein. „Schau bei Abby Townsend vorbei. Sie hat eine erfolgreiche Produktlinie mit Seifen und Lotionen, die mit Magie angereichert sind. Wenn sie das ausbauen will, hat sie vielleicht Interesse. Oder Versuch es bei Miss Maple und *Ein Löffelchen Magie*. Ihre Pralinen sind echt die besten an der ganzen Westküste."

„Okay, klar." Sie klang nicht überzeugt, aber Hunter wusste, sobald sie sah, wie beeindruckend diese Geschäfte waren, würde sie danach lechzen, ihre Produkte in die Finger zu bekommen.

Er trank den Rest seines Biers aus und erhob sich. „Es ist spät. Ich gehe ins Bett. Brauchst du noch was?"

„Ja", sagte sie, stand auf und ging durch den Gang zu seinem Schlafzimmer.

Er beeilte sich, auf sie aufzuholen. „Handtücher sind im Schrank im Badezimmer, zusammen mit zusätzlichen Toilettenartikeln. Im Schrank im Gang gibt es weitere Decken. Und wenn du die Temperatur anpassen musst, ist der Thermostat am anderen Ende des Ganges. Wenn ihr mehr Kissen braucht ..."

„Hunter", sagte sie und schnitt ihm das Wort ab, während sie sich umdrehte und ihm leicht eine Hand auf die Brust drückte. „Das weiß ich doch alles schon. Das ist es nicht ..." Sie schüttelte den Kopf. „Vielleicht sollten wir diese Unterhaltung in deinem Schlafzimmer zu Ende führen."

Er runzelte die Stirn und starrte auf sie hinab. „Weshalb?"

Ihre Lippen krümmten sich zu einem leichten, geheimnisvollen Lächeln, und sie strich mit der Hand über seine Schulter und seinen Arm hinab, bis sie seine Hand mit ihrer umschloss und leicht zudrückte. „Naja, ich dachte, es ist vermutlich an der Zeit, unsere Beziehung einen Schritt weiterzutreiben."

Hunter trat einen Schritt zurück und unterbrach ihre Verbindung. „Ich glaube nicht, dass das eine gute Idee ist."

„Aber sicher. Zoey schläft tief und fest. Nur so etwas wie ein Feueralarm würde sie jetzt aufwecken. Und sag jetzt nicht, du hättest nicht daran gedacht. Wir waren schon mal zusammen, und es gibt keinen Grund, weshalb wir nicht erneut zusammen sein können. Wir hatten doch im Schlafzimmer immer Spaß."

„Das wird nicht passieren. Du warst mit meinem besten Freund verheiratet", sagte er in dem Versuch, seine Abweisung etwas abzumildern. Vor langer Zeit waren sie zusammen gewesen, bevor sie mit Craig zusammengekommen war. Er hatte sie damals nicht geliebt, und er liebte sie jetzt nicht. Was sie da vorschlug, würde niemals geschehen. Wegen Craig und Zoey würde er immer für sie da sein, aber es stand nicht zur Debatte, ihr Liebhaber zu werden.

Sie warf rasch einen Blick nach unten, und als sie wieder zu ihm aufsah, waren ihre Augen leicht glasig. „Er ist weg, Hunter. Er würde nicht wollen, dass ich aufhöre zu leben. Das weißt du genauso gut wie ich. Ist es wirklich so schrecklich, Trost in den Armen eines anderen zu finden? Er hat auch dich geliebt. Er würde es verstehen."

Hunters Blut wurde eiskalt. „Viv, hör auf. Ich habe ihm so schon genug gestohlen. Dazu wird es nicht kommen. Lass es auf sich beruhen, bitte."

Sie seufzte. „Das sagst du nur, weil du dich schuldig fühlst."

„Nein, tue ich nicht. Geh ins Bett, Vivian. Wir sehen uns morgen früh." Hunter drehte sich um und schlüpfte leise in sein Schlafzimmer, die Tür schloss er hinter sich.

# KAPITEL 4

„Also sind wir uns einig. Die Party steigt morgen in zwei Wochen in Yvettes Laden, und der Junggesellinnenabschied ist eine Woche später in San Francisco", sagte Abby. „Haben wir noch was übersehen?"

„Wer hat die Verantwortung für den Alk?", fragte Faith. Sie saß mit Hanna an einem der kleinen Cafétische, spielte nervös mit einem weiteren Keks herum. Seit Hunter gegangen war, hatte sie sich nicht mehr entspannen können und knabberte derzeit an ihrem sechsten süßen Teilchen.

Abby kicherte. „Keine Sorge, ich bin schon dran. Der Wein wurde bereits bestellt."

„Setz mal besser noch Wodka auf die Liste", flüsterte Hanna. „Jetzt, da Hunter wieder im Spiel ist, glaube ich nicht, dass Wein ausreicht."

Faith lächelte ihre Freundin anerkennend an. „Du kennst mich einfach zu gut."

Hanna hob ihren Keks, der genauso verziert war wie der Buchladen, und stieß damit solidarisch mit dem von Faith an.

„Wein macht alles besser. Wodka sorgt dafür, dass dir alles egal ist.“

„Hat jemand Wein gesagt?“, rief Wanda, die gerade mit zwei Flaschen in der Hand in den Laden rauschte. Ihr hellrotes Haar war unter den fluoreszierenden Lichtern wie elektrisch geladen, und in ihrem Gesicht leuchtete der Schalk. „Wanda eilt zur Rettung.“

„Ich!“ Faith hob ihren leeren Apfelwein-Becher. „Schenk mir nach.“

Wanda schlängelte sich durch das Café, füllte Becher auf und setzte sich schließlich neben Abby. „Ich habe eine Überraschung für alle.“

„Etwas Besseres als Wein?“ Faith nahm einen langen Schluck Rotwein und versuchte, gerade ausreichend viel zu trinken, um die komplizierten Gefühle zu dämpfen, die sie hatte, seit sie Hunter wieder über den Weg gelaufen war.

„Nichts ist besser als Wein.“ Sie lachte. „Aber das ist auch gut.“ Sie wedelte mit einer Hand zum Schaufenster hin.

Die Tür flog erneut auf, und diesmal stolperte Clay herein, gefolgt von Drew, Brian und Rhys. Jeder von ihnen hatte ein Bier in der Hand, und ihr offensichtlicher Anführer, Abbys Mann Clay, streckte beide Arme zur Seite hin aus, grinste sie alle schief an und sagte: „Möge das Rennen beginnen!“

Faith begegnete Brians Blick. Er lächelte sie an. In seinen wunderschönen Augen funkelte Interesse. Dieser Austausch wirkte Wunder für ihr Ego, und sie fragte sich, ob ihre Schwester recht gehabt hatte, als sie angedeutet hatte, sie hätte ihn zu schnell abgeschrieben.

Abby jubelte und sprang aus dem Sessel. „Hast du Dads Golfmobil gestohlen?“

Clay legte ihr einen Arm um die Schultern. „Eher

ausgeborgt. Wir konnten doch nicht zulassen, dass ihr Mädels den ganzen Spaß habt, oder nicht?"

„Hervorragend. Du wirst verlieren, Garrison."

„In deinen Träumen", sagte er gut gelaunt, ehe er ihr einen langen Kuss auf die Lippen gab.

Als sie sich zurückzog, fragte Abby: „Wo ist Olive? Bei deiner Mutter?"

„Ja. Daisy ist auch bei ihr", sagte er und küsste sie ein weiteres Mal auf die Nase.

„Wo ist Jacob?", fragte Yvette, die sich nach ihrem Verlobten erkundigte.

Brian, Jacobs bester Freund, sagte: „Er passt auf Skye auf. Ich soll dir ausrichten, du sollst Spaß haben, und er sieht dich dann, wenn du nach Hause kommst."

Ein mildes Lächeln spielte um Yvettes Lippen. „Er liebt dieses kleine Mädchen einfach."

„Tun wir das nicht alle", stimmte Brian zu.

Abby löste sich von Clay, winkte Rhys zu, seinem Assistenten in der Brauerei, und wandte sich dann an ihren Mann, die Augen herausfordernd zusammengekniffen. „Okay, da ihr jetzt zu einem Golfmobilrennen hier seid, worum soll es gehen?"

Er blinzelte. „Worum es gehen soll? Reicht es denn nicht, das Recht zu haben, damit zu prahlen?"

„Auf gar keinen Fall!", rief Wanda. „Das ist ja wohl mal klar. Wir brauchen da schon mehr. Einen Einsatz, der ein bisschen wehtut. Etwas Ausgefallenes, wie damals in der Highschool. Erinnert ihr euch noch an Mr. Johnsons Gesicht, als er vor die Tür ging und feststellte, dass Santa und Mrs. Claus Lederklamotten trugen und all seine Rentiere ziemlich eindeutige Posen eingenommen hatten?"

Die ganze Gruppe fing an zu lachen, und Faith stand der

Mund offen. „Das wart ihr?" Sie war die jüngste von allen und hatte damals keinen Einblick in ihre Streiche gehabt. „Ich will Details."

Drew und Clay wechselten einen erheiterten Blick, dann zeigten sie beide auf Abby und Wanda. „Das sind die Schuldigen", erklärte Clay. „Sie wetteten mit uns, dass wir uns nicht Miss Maples Geheimrezept für ihre Karamell-Bourbon-Bällchen holen könnten. Aber unser Drew hat sie mit seinem jugendlich guten Aussehen und seiner strahlenden Persönlichkeit bezirzt."

„Ach, bitte", sagte Noel. „Er hat eine Abmachung getroffen, weil sie die Geheimzutat der berühmten Schokoladen-Fantasie-Törtchen seiner Großmutter wissen wollte."

„Hat funktioniert, oder?", erwiderte Drew, der die Brust herausstreckte. „Und Abby, Wanda und Charlotte mussten am Ende Mr. Johnsons Winterwunderland in eine sexy Weihnachtsfantasie verwandeln." Er platzte fast vor Lachen und beugte sich vor, weil alles so lustig war. „Könnt ihr euch vorstellen, wie Charlotte Rudolph mit der Nase im Hinterteil von Vixen platzierte?"

Alle schlossen sich dem Gelächter an, während sie sich ausmalten, wie Charlotte, die liebste, netteste von ihnen allen, rot wurde, während sie die Rentiere eindeutig-zweideutig aufstellte. Faith warf einen Blick auf Hanna, Charlottes jüngere Schwester. Sie lächelte bittersüß, während sie sich den Erinnerungen an ihre verstorbene Schwester hingab. Sie hatten Charlotte in der Nacht ihres Schulabschlussballes wegen einer Autoimmunkrankheit verloren, die nicht einmal die Hexen von Keating Hollow bekämpfen konnten.

Faith beugte sich näher an sie heran. „Alles gut bei dir?"

Hanna nickte und wischte sich über die Augen. Doch die

Tränen schienen Glückstränen zu sein. „Es tut gut, über sie zu reden. Das machen wir nicht oft genug."

Faith drückte ihrer Freundin die Hand und nickte. „Sehe ich auch so."

Abby rang aufgeregt die Hände. „Ich hab's! Die Verlierer des Golfmobilrennens müssen sich als Santas kleine Helfer verkleiden und für die Stadt beim Weihnachtsumzug ‚Santa Baby' singen. Und die Gewinner dürfen die Outfits aussuchen."

Rhys hob eine Augenbraue. „Du willst, dass wir singen?"

„Nein, Mann", sagte Clay. „Sie werden diejenigen sein, die singen. Wenn wir alle vier zusammenarbeiten, können wir nicht verlieren."

„Alles ist erlaubt?", fragte Drew. „Das ist keine magiefreie Zone, richtig?"

„Auf gar keinen Fall eine magiefreie Zone", sagte Wanda. „Wer ist bereit?"

Abby und Noel sprangen auf, schnappten sich unterwegs ihre Männer. Seit Abby ihr aufgemotztes Golfmobil bekommen hatte, hatten sie und Wanda eine freundliche Rivalität aufgebaut, und mindestens einmal im Monat fuhren sie ein Rennen. Sie ließen sich ständig neue Zauber einfallen, die ihre Wagen voranbringen und die anderen verlangsamen sollten.

Faith schüttelte den Kopf. Die Männer waren in Schwierigkeiten. Sie hatten keine Ahnung, worauf sie sich da einließen.

Brian kam zu ihr herüber und hielt ihr eine Hand hin. „Bist du bereit dazu?"

Faith lächelte zu ihm auf, seine Aufmerksamkeit wärmte sie. „Klar. Und du?"

Er schüttelte den Kopf. „Nein. Aber ich fahre in deinem

Wagen mit, weshalb ich das gute Gefühl habe, nicht im Verlierer-Team zu sein."

Sie kicherte. „Elegant hingekriegt."

„Danke."

„Ich dachte, hier ginge es um einen Kampf der Geschlechter oder sowas", sagte sie. „Glaubst du nicht, dass sie dich ausstoßen, wenn du zur Östrogen-Zone überläufst?"

Er zuckte mit den Schultern. „Wenn sie schlau wären, würden sie es mir nachtun."

Faith grinste ihn an. Er war doch wirklich hinreißend süß. „Also gut. Folgen wir Wanda. Mit ihr haben wir eine bessere Chance."

Er machte eine große Geste nach vorne und verbeugte sich ausladend. „Dir nach."

Kichernd schnappte sich Faith Hannas Arm, und die beiden eilten hinaus zu Wandas Golfmobil, Brian gleich hinter ihnen.

„Faith!", rief Yvette, sobald sie sich in Abbys Golfmobil niedergelassen hatte, während die violetten Blitzlichter über ihr ein unheimliches Licht abgaben. „Was machst du denn?"

„Ich fahre mit Wanda", rief sie, während Wanda den Wagen aus dem Parkplatz manövrierte und auf die Hauptstraße fuhr. „Versucht doch, mitzuhalten!"

Hanna, die vorne saß, wechselte einen Blick mit Wanda, und sie fingen beide an zu lachen.

„Deine Schwestern werden dich das nie vergessen lassen", sagte Wanda.

Faith zuckte mit den Schultern. „Sie werden darüber wegkommen."

„Eine Rebellin, was?", fragte Brian, der sie angrinste. „Ich mag Mädchen, die keine Angst haben, auch mal ein Risiko einzugehen."

„Darauf möchte ich wetten", sagte Faith, die den Kopf

schüttelte. „Bist du wirklich bereit, Brian? Du weißt, dass diese Rennen brutal sind, oder?"

Er hob eine Augenbraue. „Ich habe gehört, dass sie durchaus ein wenig heftig werden. Womit habe ich denn im schlimmsten Fall zu rechnen? Wir sprechen doch nicht etwa davon, dass jemand verstümmelt wird, oder?"

„Keine Verstümmelungen", erwiderte Faith. „Aber Yvette hat letztes Mal einen Feuerball entwischen lassen und damit Wandas eine Augenbraue versengt. Sie hat inzwischen den Augenbrauenstift im Griff wie ein Profi."

„Ich glaube immer noch nicht, dass sie das wirklich getan hat", sagte Wanda und schüttelte den Kopf. „Ich habe ihr den Gefallen natürlich zurückgezahlt, indem ich den Umriss eines Riesen-Penis in ihren Garten eingebrannt habe. Bevor sie es merkte, hat es ein Nachbar gesehen und ihr wegen ihrer unglaublichen Verkommenheit die Hölle heiß gemacht." Sie lachte so sehr, dass sie keuchte. „Bei den Göttern, ich wünschte, ich wäre dabei gewesen."

Brian riss in gespieltem Entsetzen die Augen auf. „Ihr macht mir ganz schön Angst."

„Du liebst uns doch", sagte Hanna, die mit den Wimpern vor ihm klimperte.

Er erwiderte das Grinsen, lehnte sich zurück und legte einen Arm um die Rückseite des Sitzes, den er sich mit Faith teilte. Und als seine Hand auf ihrer Schulter zum Liegen kam, zog sie sich nicht zurück. Eigentlich war die Berührung irgendwie schön.

Wanda bog mit dem Wagen auf den speziellen Golfmobilweg ab, der sich durch die ganze Stadt zog. Der magische Fluss war rechts, dahinter die mystischen Mammutbäume. Sie blieb stehen und sprang hinaus. Nachdem sie sich durch ein kleines Schließfach gewühlt hatte, das hinten am Wagen angebracht war, zauberte sie vier Tassen und eine Thermoskanne mit Irish Coffee hervor. „Wer braucht was zum Aufwärmen?"

Alle hoben die Hand.

„Okay, wir brauchen einen Plan", sagte Wanda. „Auf den Tisch mit der Magie, wenn man das so sagen kann. Ich bin Feuer, Faith und Hanna sind Wasser. Brian, was bist du?"

„Feuer", erwiderte er und lächelte auf Faith hinab, sodass eines seiner Grübchen sie bezauberte. „Gegensätze ziehen sich an, oder?"

„Klar." Sie lachte nervös, sowohl erheitert als auch ein wenig angespannt, weil er mit ihr flirtete. Musste er denn so aufdrehen, wenn ihre Freundinnen dabei waren?

„Hmm, es wäre besser gewesen, wenn wir eine Erd- oder Lufthexe in der Gruppe gehabt hätten." Wanda beäugte die anderen beiden Golfmobile, während sie auf den Weg abbogen.

„Es wird uns nicht gelingen, sie mit Magie zu schlagen, denn sie haben mehr Elemente abgedeckt, aber vielleicht können wir sie ablenken." Sie kniete sich hin und flüsterte Brian etwas zu, sodass Faith und Hanna sich fragen mussten, was sie wohl vorhatten.

„Hey!", sagte Hanna. „Ihr könnt uns doch nicht so außen vor lassen. Worum geht's bei diesem Geheimnis?"

Aber bevor Wanda es verraten konnte, kam Abby neben ihnen zum Stehen und rief: „Seid ihr bereit für einen Tritt in den Asch?"

Wanda grinste sie fies an. „Aber bitte. Ich habe dich doch bei unseren letzten sechs Rennen plattgemacht. Aber ich wünsche dir viel Glück."

Clay beugte sich herüber und sagte etwas zu Drew, und die beiden lachten prustend.

„Sie haben was vor", sagte Abby zu Wanda, die sie argwöhnisch beäugte.

Wanda zuckte mit den Schultern, während sie zurück auf den Fahrersitz stieg. „Keine Regeln, wisst ihr noch?"

„Klar. Keine Regeln", wiederholte Clay, der immer noch kicherte.

„O Mann. Ich glaube, wir erleben gleich so einiges an Unfug", erklärte Abby Yvette. „Mach mal lieber gute Miene zum bösen Spiel, denn das wird ein Wettkampf für die Ewigkeit."

„Keine Sorge", rief die älteste Townsend-Schwester. „Noel und ich sind bereit."

„Gut, denn das Rennen beginnt jetzt!", rief Wanda und drückte das Pedal bis zum Boden durch. Der Wagen kam langsam in Fahrt, rutschte bereits auf dem glatten Gras. Abbys Golfmobil schoss rasch vor, da Noel ihre Luftmagie nutzte, um es anzuschieben. Die Männer lagen um ein winziges Stück vorne, alle nach vorn gebeugt, als würde Lins Wagen so schneller fahren.

Magischer Regen, den Clay heraufbeschworen hatte, prasselte auf Wandas Wagen herab, und Faith wehrte ihn rasch mit einer Geste ab, sodass er hinüber zu Abbys Wagen ging und die drei Schwestern völlig durchnässte. Sie kreischten, aber es dauerte nicht lange, bis Noel eine Luftblase schuf, um den Regen von ihnen fernzuhalten. Erde, Wind und Wasser wurden um alle drei Wagen geschleudert, während jede Hexe versuchte, die Rivalen langsamer zu machen. Aber Faith wurde schnell klar, dass die normalen Strategien nicht funktionieren würden. Sie waren alle mächtig und konnten einen Gegenzauber erzeugen, um entweder etwas zu kompensieren oder abzuwehren. Was wirklich gebraucht wurde, war ein Zusammenschluss.

Sie beugte sich vor. „Hanna, wollen wir die Männer mit einem verschlammten Weg verlangsamen? Clay wird nicht mit uns beiden mithalten können."

Hannas Augen leuchteten, und die beiden Hexen wandten ihre Aufmerksamkeit dem Wagen der Männer zu, während sie auf dem Boden gleich vor ihnen Wasserfluten heraufbeschworen. Die Wassermassen erschienen ohne Vorwarnung, und der Wagen fuhr platschend in den temporären Teich, Wasser spritzte in alle Richtungen, während sie zu einem plötzlichen Halt kamen. Im Vorbeifahren hörte Faith Clay fluchen und rufen, dass die Räder im Schlamm feststeckten.

Faith hob eine Hand, und Hanna gab ihr ein Highfive. „Genial!"

Brian beugte sich dicht heran. Sein Atem auf ihrer Wange war warm, als er sagte: „Gut gemacht."

„Danke. Hanna und ich geben ein gutes Team ab", erwiderte sie, und es machte ihr gar nichts aus, dass er sie dichter an sich zog. Sie schmiegte sich in seine Ellbogenbeuge, genoss die Wärme seines Körpers, die sie vor der eiskalten Luft schützte, die Noel gerade auf sie schleuderte.

Abbys Wagen war gute drei Meter vor ihnen, und Wanda fluchte und teilte ihnen mit, dass ihre Turbos nicht funktionierten.

„Gegen diesen Wind kommen wir nicht an", sagte Hanna. „Was machen wir?"

Wanda folgte Abby um den Umkehrpunkt, dann warf sie einen Blick zurück zu Brian. „Bereit?", fragte sie.

„Absolut." Während er Faith noch mit einem Arm hielt, hob er den anderen und malte etwas in die Luft, sodass ein feuriger Umriss entstand.

„Ist das …?" Faiths Augen wurden groß, während sie die Phallus-Form betrachtete, die vor ihren Augen tanzte.

„Es ist ein flammender Dildo!", rief Hanna.

„Was machst du denn damit?", fragte Faith, deren Worte vor Lachen kaum verständlich waren.

„Ich unterhalte deine Schwestern." Er zwinkerte, malte noch ein paar weitere Feuer-Dildos in die Luft, und dann ließ er die runden Objekte zum führenden Wagen fliegen. Erst da fiel Faith auf, dass Wanda ihre eigenen Feuer-Dildos gezeichnet und sie denen von Brian hinterhergeschickt hatte.

Wanda war es irgendwie gelungen, auf Abby aufzuholen, und sie lag nur noch eine halbe Wagenlänge zurück. Die Feuer-Dildos schwebten über Abbys Wagen und schienen auf einen Befehl zu warten.

„Schaut hin!", rief sie, während sie nach unten griff und einen Schalter auf dem Armaturenbrett des Golfmobils umlegte. Der Song „I'm Too Sexy" brüllte aus ihren Surround-Sound-Boxen. Weiter vorne konnte Faith gerade noch erkennen, wie sich die Dildos vor dem Wagen ihrer Schwester aufgereihten und im Takt der Musik zu hüpfen begannen.

Abby, Yvette und Noel brüllten vor Lachen. Noel hob eine Hand und schickte ihnen einen Windstoß, vermutlich, um die tanzenden Dildos wegzublasen, aber es gelang ihr lediglich, sie anschwellen zu lassen, als die Luft das Feuer nährte.

Faith warf einen Blick auf Brian. „Du wirst dich nie von der Tatsache erholen, dass du Feuer-Penisse heraufbeschworen hast, das weißt du, oder?"

In seinen Augen glitzerte der Schalk. „Weshalb sollte ich mich denn davon erholen wollen? Diese Geschichte wird doch legendär."

„O mein Gott!" Hanna deutete nach rechts. „Schaut!"

Faith folgte ihrem Blick und zuckte überrascht zurück, als

sie sah, wie sich die Männer aus dem anderen Auto nach vorn beugten, die Hosen an den Knöcheln, während sich das Mondlicht auf ihren Hintern spiegelte.

„Ich bin so froh, dass ich aus diesem Wagen ausgestiegen bin", sagte Brian mit einem leichten Schaudern. „Wenn ich natürlich bei ihnen gewesen wäre, hätte ich jetzt nicht dieses brennende Verlangen, mir die Augäpfel mit Bleiche zu schrubben."

„Diese Party ist der Wahnsinn", sagte Hanna, die keuchte, weil sie so sehr lachte.

Ein erheiterter Ausbruch kam aus Abbys Wagen, als Wanda gerade daran vorbeizog. Faith war sprachlos, während sie zusah, wie Yvette die Feuer-Dildos mit einem eigenen Flammenausbruch niedermachte, sodass sie Feuer spuckten, als würden sie ejakulieren, direkt bevor sie dunkel wurden und sich in Rauch verwandelten.

Das Golfmobil kam ruckelnd zum Stehen, und Wanda reckte die Faust gen Himmel, während sie rief: „Ja! Wir haben es geschafft! Perfekt, Brian. Ich habe dir doch gesagt, das würde die kleinen Perverslinge ablenken."

Faith und Hanna starrten einander an, ihnen beiden standen die Münder offen. Dann warf Hanna den Kopf in den Nacken und lachte, bis ihr Tränen übers Gesicht liefen.

Abby, Yvette und Noel kamen herüber, sie schwenkten aufgeregt die Arme und lachten mit Wanda und Hanna.

„Faith?", fragte Brian.

„Ja?"

„Geht es dir gut?" Seine dunklen Augen musterten ihre. „Stimmt etwas nicht, oder ist es einfach nur wirklich nicht deine Vorstellung von Humor?"

*Verdammt.* Sie gab sich innerlich einen Tritt. Weshalb fiel es ihr so schwer, Spaß zu haben? Die Ereignisse des Abends hätten ihr ein warmes, wohliges Gefühl geben sollen, weil ein gutaussehender Mann an ihr Interesse zeigte. Ganz zu schweigen davon, dass sie sich die Seite halten und vor Lachen keuchen sollte, genau wie Hanna. Stattdessen stand sie neben sich und konnte Hunter und die Frau mit dem rabenschwarzen Haar einfach nicht aus ihren Gedanken vertreiben.

„Ich bin einfach nur müde nach einem langen Tag", sagte sie, während sie sich zum Lächeln zwang und dabei zusah, wie ihre Schwestern und deren Männer hinab zum Fluss rannten. Sie stöhnte. „Machen die das jetzt wirklich?"

„Komm schon, Faith!", rief Hanna, die sich ihr Oberteil auszog. „Wir gehen alle schwimmen."

„Sieht so aus." Brian beäugte sie neugierig. „Kein Interesse?"

Das hätte sie haben sollen. Neben ihr saß ein gutaussehender Mann, der ihr gegenüber vermutlich nicht abgeneigt war, aber sie wollte einfach nur ins Bett kriechen. „Nicht wirklich. Ich glaube, ich warte hier, bis sie sich ausgetobt haben. Aber du solltest mit ihnen gehen. Ich komm schon klar."

„Nö. Ich habe eine bessere Idee. Warte hier. Ich bin gleich wieder da." Brian schlüpfte aus dem Wagen und ging hinab zum Fluss. Nachdem er mit Clay gesprochen hatte, der immer noch am Ufer stand, kehrte er mit einem sehr zufriedenen Lächeln auf dem Gesicht zurück. Er hielt ihr eine Hand hin. „Komm schon. Ich bringe dich nach Hause."

„Was? Wie?", fragte sie, während sie sich von ihm aus dem Wagen helfen ließ.

Er hielt einen Schlüssel hoch und wies mit dem Kopf auf Lins Golfmobil, das bereits auf trockenen Boden gefahren worden war. „Ich bringe dich nach Hause, und dann komme ich zurück und hole meine Jungs."

Vor Erleichterung weinte Faith beinahe. „Du bist ein Lebensretter.“

„Echt? Lebensretter genug, dass du dich von mir am Freitag zum Abendessen ausführen lässt?“, fragte er, während sie in Lins Wagen stiegen.

Seine Frage erwischte sie eiskalt, doch während sie sich ihm zuwandte, blitzte erneut dieses Grübchen auf, und sie hörte sich selbst sagen: „Aber gerne doch.“

# KAPITEL 5

Hunter inspizierte den großen Schuppen auf Lincoln Townsends Anwesen. Ein Fenster musste ausgetauscht werden, mehr als nur ein paar Bretter waren morsch, und das Dach war undicht. Er wandte sich an Lin und sagte: „Klar, das kann ich wieder in einen Eins-a-Zustand versetzen. Kein Problem."

„Gut", sagte Lin. „Das sollte Sie eine Weile beschäftigt halten. Danach könnte ich Hilfe mit allem Möglichen brauchen, beim Holzhacken bis hin zur Reparatur der Bewässerungssysteme. Das ist mehr so eine Aufgabe für einen Alleskönner, nicht wie die hochwertige Arbeit, die Sie für Faith erledigt haben, aber wenn Sie dabei sind, haben Sie einen Job."

Das Luxus-Spa, das Hunter für Faith gebaut hatte, war genau das, was er eigentlich machen wollte. Bei dieser Aufgabe konnte er seine Talente zeigen, und es hatte etwas Befriedigendes, ein Gebäude in etwas Schönes zu verwandeln. Aber weil er vor Monaten weggegangen war und all seine Projekte abgebrochen hatte, musste er irgendwo neu anfangen. Einen Schuppen zu renovieren war nicht gerade sexy, aber es war ein Job für Lincoln Townsend. Der Kerl war in der ganzen Stadt beliebt, und wenn es sich herumsprach, dass Hunter für ihn arbeitete, könnte das Wunder für die Wiederherstellung seines Rufes wirken. „Ich bin mehr als nur dabei. Wenn mich jemand nebenher für etwas anheuern will, haben Sie damit ein Problem?"

„Überhaupt nicht. Solange Sie hier aufkreuzen, wenn Sie sollen, und die Arbeit erledigen, bleibt Ihre Zeiteinteilung ganz Ihnen überlassen", sagte Lin.

„Perfekt. Darüber müssen Sie sich keine Sorgen machen. Ich nehme meine Verpflichtungen ernst." Hunter hielt dem älteren Mann die Hand hin.

Lin packte Hunters Hand und schüttelte sie, sein Griff sehr viel stärker, als Hunter es von dem zerbrechlich wirkenden Mann erwartet hätte. Als er losließ, sagte er: „Von diesem letzten Teil müssen Sie vielleicht die restliche Stadt erst überzeugen, ehe man Ihnen Arbeit gibt. Miss Maple hat am Ende jemanden von außerhalb der Stadt angeheuert, um diese Regale für sie fertig zu bauen, und die Pelshes haben die Böden selbst renoviert. Die Leute waren ein wenig genervt."

Hunter nickte, er wusste, dass das wohl stimmte. Er hatte seine Kunden kontaktiert, um sie wissen zu lassen, dass er wegen eines Notfalls weggerufen worden war, und er hatte sich entschuldigt, aber er hatte es nicht besonders eilig damit gehabt. Er war zu geschockt und verletzt gewesen, um sich darum zu kümmern. Seine mangelnde Kommunikation hatte seine Geschäfte hier in Keating Hollow ins Bodenlose stürzen lassen. Aber er war sicher, es war nichts, von dem er sich nicht erholen konnte. „Ich verstehe. Sie haben jedes Recht, skeptisch zu sein, nachdem ich im Sommer auf diese Weise verschwunden bin, aber ich habe mich jetzt für Keating Hollow entschieden. Das werden Sie schon sehen."

„Und was ist mit Faith?", fragte Lin.

Hunter riss den Kopf hoch und war so überrascht von der Frage, dass er tatsächlich einen Schritt zurücktrat. „Wie bitte? Was meinen Sie mit ‚Was ist mit Faith?'?"

Lin runzelte die Stirn. „Sind Sie nicht übereingekommen, dass Sie die Arbeiten für ihren Außenbereich erledigen? Die Feuergrube und eine Felswand oder sowas?"

Erleichterung plätscherte durch Hunter hindurch, als ihm klar wurde, dass er seine Absichten in Bezug auf Faith nicht mit ihrem Vater besprechen musste. Nicht, dass er die selbst gekannt hätte. Er wusste einfach nur, dass er sie sehen musste, Zeit mit ihr verbringen wollte, und sie irgendwie dazu bringen musste, ihm noch eine Chance zu geben. „Ja, aber ich hatte den Eindruck, dass das bereits erledigt ist."

Lin schüttelte den Kopf. „Nein. Als Sie gegangen sind, hat sie es erst mal bleiben lassen. Anfangs hat sie darauf gewartet, dass Sie zurückkommen, aber dann, nachdem sie ein halbes Dutzend Landschaftsspezialisten herbestellt und sie alle abgewiesen hat, beschloss sie, das Projekt aufs Abstellgleis zu stellen, bis sie Zeit findet, einen richtig guten Handwerker aufzutreiben. Aber nun, da Sie zurück sind …" Er zuckte mit den Schultern. „Vielleicht wollen Sie es wieder gutmachen."

Hunter mahlte mit den Zähnen. Weshalb hatte sie ihm gesagt, die Arbeit wäre bereits erledigt? Sie hatte doch gesagt, die Arbeit wäre erledigt, oder nicht? Er konnte sich nur daran erinnern, dass sie gesagt hatte, sie habe im Augenblick keine Bauprojekte. *Verdammt,* dachte er. Sie hatte gemeint, dass sie nicht ihn anheuern wollte. Entschlossenheit machte sich in ihm breit, als er sich die Pläne ins Gedächtnis rief, die sie wegen des Außenbereiches besprochen hatten. Nun, sie musste ihn nicht anheuern. Aber das würde ihn nicht davon abhalten, es zu tun. Sie würde ihn doch bestimmt nicht hindern, wenn er die Arbeit umsonst erledigte, oder? Nicht die Faith, die er kannte. Die Frau, die *A Touch of Magic* auf die Beine gestellt hatte, war niemand, der törichte Geschäftsentscheidungen traf. Und kostenlose Dienstleistungen abzulehnen, nur weil sie wütend war, war nicht ihr Stil.

„Dessen war ich mir nicht bewusst", sagte er zu Lin. „Betrachten Sie es als erledigt. Ich werde es zu meiner Priorität machen, die Arbeit an ihrem Spa abzuschließen, und alles andere, was sie sonst braucht."

„Gut." Lincoln schob sich die Hände in die Taschen und nickte in Richtung Schuppen. „Ich lasse im Baumarkt anschreiben. Ich rufe dort an und lasse Harold wissen, dass Sie für mich arbeiten, damit er die Materialien auf meine Rechnung setzt. Brauchen Sie irgendwelche Spezialwerkzeuge?"

Hunter schüttelte den Kopf. „Nein, Sir. Mein Truck ist voll ausgestattet."

„Hervorragend. Sie können morgen anfangen." Lincoln Townsend sprang in sein schlammbespritztes Golfmobil und winkte ihn mit einer Hand heran. „Hüpfen Sie rein. Drüben im Haus gibt es Beerenkuchen und frischen Kaffee."

Hunters Magen knurrte bei dem Gedanken an einen Kuchen, und er fragte sich, wann er zum letzten Mal etwas gegessen hatte. Letzte Nacht? Heute Morgen? Eine undeutliche Erinnerung daran, rasch eine Scheibe Toast gefuttert zu haben, während er aus der Tür lief, um Zoey am Vormittag anzumelden, drang an die Oberfläche. Sie hatten den ganzen Vormittag in der Schule verbracht, und dann hatte Hunter sich direkt zum Haus der Townsends begeben, ohne für ein Mittagessen anzuhalten.

„Haben Sie Hunger, McCormick?", fragte Lin, während er

den Wagen vorsichtig um einen umgestürzten Mammutbaum lenkte, der den Weg zum Haus blockierte.

„Ja, ich schätze schon." Er warf einen Blick auf den Mammutbaum. „Wollen Sie, dass ich den morgen wegräume? Sieht aus, als wäre der schon eine Weile hier."

„Seit dem Sturm, der vor ein paar Monaten durchgezogen ist. Sie haben die Böen Winde in Orkanstärke genannt. Wir haben vier weitere hinten im Obsthain verloren, aber die können warten. Der da", er wies mit dem Daumen über die Schulter, „geht mir allmählich gehörig auf die Nerven. Wenn Sie sich darum kümmern, wäre mir das recht."

„Klar. Ich kann das auch heute noch machen, wenn Sie möchten", sagte Hunter. „Morgen will ich schon ordentlich mit dem Dach vorankommen, ehe das Wetter am Nachmittag umschlägt. Deshalb werde ich früh da sein."

Lin musterte Hunter und nickte. „Mit Ihnen wird es schon gut laufen." Er parkte das Golfmobil neben dem Hintereingang seiner Holzhütte und stieg aus. „Kommen Sie. Erst der Kuchen, dann kümmern wir uns um den Baum."

HUNTER PARKTE seinen Truck ein Stück entfernt von *A Touch of Magic*. Er schaltete den Motor ab und wollte gerade schon herausspringen, als sein Telefon vibrierte, um ihm eine Nachricht anzuzeigen. Vivian … Schon wieder.

*Bist du schon unterwegs? Wir warten mit dem Abendessen auf dich.*

Er holte tief Luft und stieß sie wieder aus, ehe er die Nachricht beantwortete. Er hatte ihr bereits gesagt, dass er spät heimkommen würde. Nachdem er mit Lin Kuchen gegessen hatte, hatte er den restlichen Nachmittag damit verbracht, den Mammutbaum wegzuräumen. Dann war er zum Baumarkt gefahren und hatte sich mit Materialien eingedeckt, damit er morgen früh gleich mit dem Schuppen loslegen konnte. Es gab nur noch eine Sache zu tun, ehe er den Tag beendete.

Das Telefon fing an zu läuten, und Vivians Name blitzte auf dem Bildschirm auf. Hunter schloss die Augen und betete um Geduld. „Hallo?"

„Oh, gut. Da bist du ja. Zoey fragt schon, wann du zu Hause bist", sagte sie, ihr Tonfall klang ungefähr so verärgert, wie er sich fühlte.

„Wahrscheinlich in einer Stunde oder so. Ich werde da sein, um sie ins Bett zu bringen und ihr etwas vorzulesen." Er öffnete die Tür des Trucks und trat auf die Hauptstraße.

„Warum brauchst du so lang? Ich habe dir doch gesagt, dass ich was zum Abendessen mache. Du verhungerst doch inzwischen bestimmt."

Er nahm das Telefon von seinem Ohr und starrte es einen Augenblick lang an. Wann hatte sie beschlossen, zu bestimmen, was er tat, und wann er es tat? Sie waren in keiner Weise zusammen, außer, dass sie sich um Zoey kümmerten. „Vivian, ich habe dir bereits gesagt, dass ich auf der Arbeit beschäftigt bin. Du musst nicht für mich kochen. Ich bin zu Hause, wenn ich da bin. Alles klar?"

„Aber Zoey …"

„Sie kommt schon klar. Ich muss los." Er beendete den Anruf und fragte sich, ob er einen Fehler gemacht hatte, als er Vivian nach Keating Hollow gebracht hatte. Aber wie konnte es ein Fehler sein, wenn man an Zoey dachte? Vivian führte sich auf, als wären sie ein Paar, und darüber würde er sich mit ihr eher früher als später unterhalten müssen.

Aber in diesem Augenblick gab es eine andere Frau, mit

der er sich unterhalten musste. Eine, die er während des letzten Jahres einfach nicht aus dem Kopf bekommen hatte. Er hielt inne, um die leuchtend bunten Malereien im Schaufenster am Eingang zu betrachten, und lächelte, als ihm klar wurde, dass sie animiert waren. Sie hatte seinen Vorschlag übernommen und jemanden aufgetrieben, der sie mit subtilen Bewegungen hinterlegte. Auf einem war eine Frau, die eine welke Rose hielt. Doch als er näherkam, blies die Frau darauf, und die Blütenblätter richteten sich wieder auf, sodass ihre Blüte erneuert war. Auf dem anderen hielt ein Mann eine dunkle Kerze. Mit einer Handbewegung entstand eine Flamme, die folgende Worte beleuchtete: *Gönnen Sie sich einen Hauch Magie.*

Zwei Frauen kamen aus der Eingangstür, beide strahlten unter der Straßenbeleuchtung.

„Das war die beste Massage, die ich je hatte", sagte eine von ihnen mit einem zufriedenen Seufzen. „Die Verspannungen in meinen Schultern sind weg, und ich fühle mich zehn Jahre jünger."

„Hast du dir auch so ein Zucker-Peeling gegeben?", fragte die andere. „Mein Mädchen hat Zitrone benutzt, und ich rieche so gut, dass ich mich mit Tequila übergießen und Body Shots machen möchte."

„Ich weiß ja nicht, ob das so funktioniert", sagte ihre Freundin lachend.

„Schon klar, und es ist mir trotzdem egal!" Sie kicherten, während sie auf dem Bürgersteig zum Incantation Café gingen.

Faiths Laden war ein riesiger Erfolg. Er hatte gewusst, dass es so kommen würde. Ein unsichtbares Glöckchen läutete, als er die Tür passierte. Die sanft klingende Melodie war beruhigend und passte zu dem frischen Zitronengrasduft in der Luft. Im Empfangsbereich war es warm, und alles dort war einladend.

Eine zierliche Latina stand von einem Stuhl hinter dem Empfangstresen auf und sagte: „Willkommen. Kann ich Ihnen helfen?"

„Ja, ich bin hier, um Faith zu treffen", erwiderte er.

Eine winzig kleine Falte bildete sich auf ihrer Stirn, während sich ihr Gesicht leicht verdüsterte. „Hmm, haben Sie einen Termin, Mr. …" Sie schaute auf und wartete darauf, dass er seinen Namen ergänzte.

„McCormick, und nein, ich habe keinen Termin. Wenn sie gerade mit einem Kunden beschäftigt ist, kann ich warten."

„Ich bin nicht beschäftigt", sagte Faith. „Aber wir schließen bald. Ist es wichtig?"

Er drehte sich um und stellte fest, dass sie in dem Eingang stand, der nach hinten zum Spa-Bereich führte. Die Anspannung des Tages ließ nach, während er sie betrachtete. Ihre wunderbaren blonden Haare waren zu einem eleganten Knoten hochgesteckt, ein paar Strähnen umrahmten ihr Gesicht. Ihre Wangen waren rosig, und in ihren Augen funkelte Empörung. Er wusste, dass sich die Empörung gegen ihn richtete, und er freute sich auf die Herausforderung, sie in Freude zu verwandeln.

Hunter lächelte sie locker an. „Ich glaube schon, ja. Hast du ein paar Minuten? Ich helfe dir beim Zusperren, wenn du es eilig hast."

„Faith", sagte ihre Empfangsdame etwas übereifrig. „Geh schon mal vor. Ich habe alles im Griff."

„Lena", erwiderte Faith mit warnendem Unterton. „Ich kriege das schon hin." Sie wandte ihre Aufmerksamkeit erneut Hunter zu. „Ich kann dir fünf Minuten geben." Dann wirbelte sie herum und verschwand nach hinten.

Hunter zögerte nicht. Er folgte ihr, wusste bereits, wohin sie unterwegs war. Er hatte sechs Monate seines Lebens mit ihr verbracht. Und selbst wenn sie nicht die Gelegenheit gehabt hatten, ihre Beziehung über ein paar nette Flirts hinaus zu vertiefen, war sie jetzt, da Craig weg war, der einzige Mensch, zu dem er tatsächlich eine Verbindung spürte. Außer Zoey natürlich.

Nachdem er den Gang entlang gelaufen war, wandte er sich nach links und schob die Tür zu einer kleinen Küche auf, in der eine Auswahl gesunder Snacks und eine Espressomaschine bereitgehalten wurden. Sie saß bereits am Tresen und wartete darauf, dass ihr Espresso fertig wurde. Hunter ging um den Tresen, griff darunter und schnappte sich eine Schachtel mit süßen Teilchen, von der er gewusst hatte, dass sie dort sein würde. Er reichte ihr einen Maple Bar.

Sie schaute den Donut einen Augenblick lang an, dann kicherte sie. „Ich vergesse ständig, dass du meine Schwächen kennst."

„Wir haben sechs Monate lang zusammengearbeitet." Er reichte ihr den Espresso, schnappte sich einen glasierten Donut und setzte sich neben sie. „Das Wellnesscenter sieht fantastisch aus."

„Danke, aber das ist zum Großteil dir zu verdanken", sagte sie, während sie in ihre Tasse starrte.

„Es war deine Vision. Ich habe nur Nägel in die Wand geschlagen."

Da drehte sie sich um und schüttelte den Kopf in seine Richtung. „Hör auf, so bescheiden zu sein. Das steht dir nicht."

„Nein? Na dann, wie ist es damit? Dein Außenbereich ist immer noch nicht angelegt. Ich bin hier, um dich wissen zu lassen, dass ich ab nächste Woche daran arbeiten werde."

Ihre erheiterte Miene verschwand, während in ihren Augen

Zorn aufblitzte. „Was? Ich habe dir doch bereits gesagt, dass ich derzeit nicht auf der Suche nach weiteren Handwerksdienstleistungen bin. Du solltest wirklich mit meinem Vater reden. Er ist derjenige, der Projekte an der Hand hat."

„Das habe ich bereits getan." Er wischte sich die Hand an seiner schmutzverschmierten Jeans ab. „Wir haben einen Baum weggeräumt, und ich fange morgen in seinem Schuppen an." Er beugte sich leicht vor, sah ihr in die Augen und sagte: „Faith, ich bin nicht hier, um dich um einen Job zu bitten. Ich bin hier, um den abzuschließen, den ich begonnen habe."

Zunächst funkelte Entrüstung in ihren blauen Augen auf, doch während sie einander weiter anstarrten, änderte sich ihre Laune. An Stelle der Feindseligkeit sprang plötzlich Hitze zwischen ihnen über, und Hunter musste sich zurückhalten, sie nicht an sich zu ziehen und zu küssen, bis das Feuer, das ihm entgegenflackerte, völlig außer Kontrolle geriet.

Sie blinzelte, und der Bann war gebrochen. Nachdem sie sich geräuspert hatte, sagte sie: „Wir bauen immer noch unseren Kundenstamm auf, und es ist derzeit einfach kein Geld für einen Außenbereich im Budget. Danke, aber vielleicht ein andermal. Im nächsten Herbst wäre es vermutlich besser." Sie zuckte mit den Schultern. „Wir werden sehen müssen, wie sich das Spa entwickelt."

„Könntest du es dir leisten, nur die Materialien zu stellen?", fragte er.

„Wahrscheinlich, aber das ist doch nicht relevant." Sie glitt von ihrem Stuhl. „Danke, dass du vorbeigekommen bist, aber es war ein langer Tag, und ich habe noch einen Kunden, der außerhalb der normalen Öffnungszeiten kommt, auf den ich mich vorbereiten muss."

Sie wandte sich zum Gehen, doch Hunter griff vor und

nahm sie sanft am Handgelenk, um sie aufzuhalten. „Ich wollte dir meine Arbeit nicht in Rechnung stellen, Faith."

Sie runzelte die Stirn in seine Richtung. „Weshalb solltest du so etwas tun?"

„Weil ich dich enttäuscht habe und es wiedergutmachen möchte. Ich könnte auch die Referenz brauchen. Ich bin jetzt dauerhaft zurück und muss mir wieder einen Kundenstamm aufbauen. Da du die Einzige bist, für die ich in Keating Hollow Arbeiten abgeschlossen habe, möchte ich sicherstellen, dass deine Erfahrung mit mir sensationell ist."

Faith starrte ihn einfach nur an, ihre Miene war nicht zu deuten.

Er wollte ihr eine Hand an die Wange legen, sie näher an sich heranziehen und sie küssen, bis alles andere verblasste … bis es nur noch darum ging, einander in den Armen zu halten.

„Du kannst die Arbeit nicht umsonst machen", sagte sie und schüttelte den Kopf. „Solche Geschäfte mache ich nicht."

Ihre Worte holten ihn zurück in die Wirklichkeit, und er stützte einen Ellbogen auf den Tresen. „Das tust du doch auch nicht. Ich bekomme eine Referenz dafür."

Sie verdrehte die Augen. „Ich gebe dir doch eine Referenz für die Arbeit, die du bereits erledigt hast. Es ist ja nicht so, als wärst du davongelaufen, ohne die Arbeit abzuschließen, mit der ich dich beauftragt habe. Du verdienst es. Dieser Laden ist wunderschön."

„Danke, aber ich habe sie nicht abgeschlossen. Ich habe dir versprochen, dass ich eine Felswand und eine Feuergrube baue. Wenn du die noch willst, bin ich bereit und möchte es gern erledigen. Es würde nur ungefähr eine Woche dauern. Es würde schneller gehen, aber ich habe auch Arbeit für deinen Vater zu erledigen."

Sie stieß ein tiefes Seufzen aus. „Warum gehst du nicht

einfach zu ihm, damit er dir eine Referenz gibt? Hier in der Gegend ist sein Wort Gold wert."

„Das werde ich, doch die Arbeit, die ich für ihn erledige, ist vor allem körperliche Arbeit. Ich möchte aber vor allem Entwürfe für hochwertige Geschäfte erstellen und umsetzen. Ein Gebäude von einem leeren Gehäuse in ein Kunstwerk zu verwandeln, das finde ich spannend. Dein Laden passt darauf einfach wie die Faust aufs Auge."

Sie presste die Lippen aufeinander und schaute weg. „Ich glaube einfach nicht, dass das eine gute Idee ist."

Frustriert, weil sie sich so sehr gegen ihn zur Wehr setzte, stand er auf und nahm eine ihrer Hände in seine, hielt sie ganz sanft fest. „Faith, was ist denn wirklich das Problem? Die Tatsache, dass du mich nicht für meine Arbeit bezahlen würdest? Oder willst du mich einfach nicht um dich haben?"

Er hielt die Luft an und wartete auf ihre Antwort. Er hatte sie nicht auf diese Weise bedrängen wollen, aber die Worte waren ihm einfach so herausgerutscht. *Na, es ist besser, zu wissen, woran man ist,* dachte er.

„Es ist nicht ..." Sie schüttelte den Kopf. „Ich fühle mich nicht gut damit, dich nicht zu bezahlen."

Erleichtert, dass sie ihm nicht gesagt hatte, er solle sich vom Acker machen, entspannte er die Schultern und lächelte sie locker an. „Wie wäre es mit einem Handel? Ich erledige die Arbeit für deinen Außenbereich, du bezahlst für die Materialien und erstattest es mir in Dienstleistungen. Massagen, Peelings, Gesichtsbehandlungen, was immer du glaubst, dass diesen Körper wieder in Schwung bringt, nachdem ich den ganzen Tag lang meine Muskeln angestrengt habe."

„Du willst eine Bezahlung in Form von Massagen?" Ihr Blick glitt über ihn, und etwas, das stark nach Verlangen aussah, blitzte einen Augenblick lang in ihren Augen auf. Aber dann blinzelte sie, und es war weg.

„Warum nicht? Ich werde sie bestimmt brauchen."

Ein Lächeln zupfte allmählich an ihren Lippen, und sie stieß ein leises Lachen aus. „Du bist gnadenlos, weißt du das?"

„So bin ich, wenn ich etwas will", sagte er.

„Und eine Referenz ist alles, was du willst?", fragte sie und kam direkt zur Sache.

Genau das war eines der Dinge, die ihm am besten an ihr gefielen. Sie war direkt, wenn sie etwas zu sagen hatte. Er verabscheute Spielchen und bewunderte ihre Unverblümtheit. „Ich glaube, wir wissen beide, dass das nicht stimmt, Faith. Eines baldigen Tages werde ich dieses Abendessen einfordern, zu dem wir niemals gekommen sind."

Ohne ein Wort zu sagen, zog sie ihre Hand aus seiner und ging zu Tür. Sie hielt inne, warf einen Blick zurück und sagte: „Danke für dein Angebot, den Außenbereich zu renovieren. Ich werde deinen Eifer, den Job abzuschließen, auf jeden Fall in der Referenz erwähnen. Aber stell mir nicht nach, Hunter. Von meiner Warte aus sieht dein Leben ein wenig übervoll aus."

„Faith, das ist nicht …", setzte er an, aber sie rauschte aus der Tür und ließ sie hinter sich sanft zufallen.

*Verdammt.* Er zog in Erwägung, ihr zu folgen, doch was hätte er sagen können? Sein Leben *war* ein wenig übervoll, aber nicht auf die Art, wie sie glaubte. Und er konnte es ihr nicht einfach erklären. Noch nicht, auf jeden Fall. Sie brauchten beide einfach etwas Zeit. Nachdem er den Tresen, an dem sie gesessen hatten, aufgeräumt hatte, begab er sich leise durch den Hintereingang hinaus, und obwohl die Sonne bereits untergegangen war, ging er über das Gelände und fing an, sich Notizen zu machen.

# KAPITEL 6

„Dein Kunde wartet im Verjüngungsraum auf dich", sagte Lena, die Faith eine Karteikarte reichte. Die junge Rezeptionistin starrte nervös auf die Wanduhr, und Faith zuckte zusammen. Sie hatte vergessen, dass Lena ein Date hatte.

„Danke, Lena. Es tut mir leid, dass ich dich so lange aufgehalten habe. Du kannst los. Ich habe es von hier an im Griff."

Lenas Schultern sanken erleichtert herab, während sie angehaltene Luft ausstieß. „Ich bin noch nicht zu spät, aber wenn ich noch länger hier herumhänge, gibt Rhys mich vermutlich auf." Sie zog ihre Tasche aus der Schublade und eilte zur Eingangstür. „Morgen Vormittag um acht, richtig?"

„Morgen um acht", bestätigte Faith, während sie diese Information zu verarbeiten versuchte. Lena hatte ein Date mit Rhys? Demselben Rhys, der in der Brauerei ihres Vaters Clays Assistent war? Sie biss sich auf die Unterlippe, fragte sich, wann es dazu gekommen war. Und sollte sie es Hanna erzählen? Ihre beste Freundin hatte ein Auge auf Rhys geworfen, solange Faith zurückdenken konnte. Wenn sie herausfand, dass er sich mit Lena traf, wäre sie wohl ziemlich niedergeschmettert … zumindest vorübergehend. Faith würde es ihr erzählen, aber nur persönlich, bei Wein und Keksen.

Nachdem Lena hinausgeeilt war, ging Faith zur Eingangstür und drehte das Schild auf die „geschlossen"-Seite. Auf dem Weg in den Verjüngungsraum warf sie einen Blick auf die Karteikarte, um herauszufinden, wer ihr mysteriöser Kunde sein könnte.

Brian Knox. Der Mann, mit dem sie am Freitagabend ausgehen würde.

„Ist das nicht einfach perfekt", murmelte sie. Normalerweise hatte sie nicht die Angewohnheit, Männer zu massieren, mit denen sie ausging. Da gab es einfach zu viele Fettnäpfchen, wenn man die Dynamik des Ganzen betrachtete. Aber sie konnte keinen Rückzieher machen. Laut seines Aufnahmeformulars hatte Brian einen Termin in letzter Minute vereinbart, offensichtlich, nachdem er sich zu einem früheren Zeitpunkt des Tages den Rücken verrissen hatte. Sie konnte ihn nicht hinauswerfen, wenn sie mit großer Wahrscheinlichkeit etwas gegen seine Schmerzen tun konnte.

Als sie an der Tür des Verjüngungsraumes ankam, klopfte sie leise. „Brian, bist du bereit?"

„Ja", hörte sie ihn stöhnen.

Sie öffnete zögerlich die Tür und stellte fest, dass er in einen der dicken Bademäntel des Spas gewickelt war und sich gegen den Massagetisch lehnte.

Er warf ihr einen gequälten Blick zu. „Ich habe Schwierigkeiten, auf den Tisch zu kommen."

„O je." Sie legte die Karte auf den Tresen entlang der Wand und ging zu ihm hinüber. „Ich höre, du hast Probleme mit dem Rücken."

Er nickte. „Ich habe irgendwie eine falsche Drehung gemacht und bin mir ziemlich sicher, mir einen Nerv eingeklemmt zu haben. Jetzt kann ich mich kaum noch bewegen."

Sie musterte seinen Körper. „Es scheint, als hättest du dich zumindest ausziehen können. Das ist ja schon mal ein Anfang."

Brian stieß schnaubend ein wenig erheitertes Lachen aus. „Meine Kleider liegen noch in einem Haufen auf dem Boden im Umkleideraum der Männer. Ich habe keine Ahnung, wie ich mich wieder anziehen soll."

„Keine Sorge." Sie warf ihm ein ermutigendes Lächeln zu, und sämtliche Zurückhaltung, weil sie ihr Date massieren sollte, ging über Bord. Er litt starke Schmerzen, und es war völlig ausgeschlossen, dass er diesen Termin mit romantischen Absichten gebucht hatte. Dieses Wissen entspannte sie, und sie wechselte sofort in den Therapeutenmodus. „Ich kriege dich schon hin."

„Ich weiß nicht, wie du mich massieren sollst, wenn ich mich nicht mal auf den Tisch legen kann", sagte er und schnappte nach Luft.

„Du hast Schwierigkeiten beim Atmen, ja?", fragte sie sanft, während sie ihn vom Tisch wegholte und dann den Knopf drückte, der ihn leicht absenkte.

„Manchmal, wenn ich eine falsche Bewegung mache." Seine Miene war so erbärmlich, dass sie hin- und hergerissen war zwischen Mitleid und Erheiterung.

Doch als er das Gesicht verzog, gewann das Mitgefühl schließlich die Oberhand, und sie trat hinter ihn, ließ ihm sanft eine Hand über den Rücken gleiten. Selbst durch den Bademantel hindurch fiel es ihr nicht schwer, die betroffenen Muskeln aufzuspüren. Starke Hitze strömte von seinem unteren Rücken aus, wie ein Leuchtfeuer, das ihre Magie rief.

„Hui", sagte sie leise. „Du hast dich ja übel zugerichtet, hm?"

„Ich habe für Jacob und Yvette auf Skye aufgepasst, und als ich mich bückte, um sie vom Boden aufzuheben, hat sich mein Rücken verkrampft. Als nächstes erinnere ich mich, dass ich neben ihr auf dem Boden lag und sie mich ausgelacht hat."

„Du hast vergessen, die Beine anzuwinkeln", sagte sie mit einem sanften Lächeln.

„Ich werde alt, das ist das Problem. Niemand erzählt einem, dass man allmählich auseinanderfällt, sobald man dreißig wird."

Sie konnte nicht anders. Sie lachte. „Das ist es, ja? Der Höhepunkt ist im reifen Alter von dreißig schon durch? Wir besorgen dir lieber mal einen Rollator."

„Ich bin fünfunddreißig, und im Augenblick klingt ein Rollator nach einer perfekten Lösung", sagte er schnaubend.

„Fünfunddreißig, das *ist* alt", neckte sie ihn. „Aber geben wir noch nicht gleich eine Bestellung für den Rollator auf, okay? Lass mich erst mal sehen, was ich tun kann." Sie hob das obere Tuch vom Tisch. „Lass dir Zeit und setz dich hin, wenn du kannst. Wenn nicht, kannst du dich auf mich stützen."

„Das kriege ich schon hin", sagte er und zuckte zusammen, als er die Knie so weit beugte, dass er sich auf die Tischkante setzen konnte.

„Gut. Kannst du ein wenig zurückrutschen?"

Er tat, worum sie ihn gebeten hatte, biss bei der Bewegung die Zähne zusammen.

„Hervorragend. Jetzt helfe ich dir dabei, dich auf die Schulter zu legen. Von da aus rollen wir dich auf den Bauch, damit ich an die Arbeit gehen kann."

Faith hatte das schon öfter gemacht. Und weil Brian unbedingt wollte, dass sie ihn behandelte, tat er, worum sie ihn bat, ohne allzu großen Widerstand zu leisten. Aber es brauchte keine Hexe, um zu verstehen, dass er große Schmerzen litt. Sein Gesicht war gerötet von der Anstrengung, und jeder Muskel war angespannt und davon überfordert, den Schaden an seinem Rücken zu kompensieren. Trotzdem schaffte sie es, ihn auf den Bauch zu legen und ganz vorsichtig aus seinem Bademantel zu bekommen. Das war alles, was sie tun konnte, um zu vermeiden, dass sie auf seinen perfekten Hintern starrte.

*Himmel,* dachte sie, während sie das Tuch auf ihn legte, und nicht verhindern konnte, dass sie einen Blick auf seine vollkommene Rückansicht erhaschte. Bei den Göttern, er war schön. Sie konnte nur nicht verstehen, weshalb sie ihn nicht anziehender finden konnte, anstelle von Hunter. Vielleicht brauchte sie nur etwas Zeit. Hieß es nicht, dass Freunde, die zu Liebenden wurden, die besten langfristigen Beziehungen hatten? Aber sie und Hunter wären auch Freunde, die Liebende wurden.

„Faith?", fragte er.

„Was?" Sie warf einen Blick auf ihn hinab, unter ihr auf ihrem Tisch, das Tuch über seiner unteren Körperhälfte. Sein Kopf war in ihre Richtung gewandt, und er musterte sie.

„Wohin bist du denn verschwunden? Scheint, als wärst du kurz mal meilenweit entfernt gewesen."

Sie schluckte ein nervöses Lachen herunter. Sie konnte ihm ja wohl kaum sagen, dass sie sich gewünscht hatte, er würde sie mehr antörnen. „Ich habe mir nur die beste Möglichkeit überlegt, deine Schmerzen zu lindern."

Eine glatte Lüge. Sie wusste bereits, was zu tun war.

„Glaubst du, du schaffst das?", fragte er.

„Natürlich." Sie schnappte sich eine Flasche der Heil-Lotion, die ihre Schwester Abby für sie gebraut hatte, und gab etwas davon auf ihre Hand. „Man hat mir gesagt, meine Hände wären magisch."

„Das habe ich auch gehört. Als ich die Heiler hier in der Stadt angerufen habe, hat Gerry mir gesagt, die besten Chancen hätte ich, wenn ich bei dir vorbeischaue. Sie sagte, sie würde mich wahrscheinlich sowieso nur zu dir schicken. Über Schmerzmittel würden wir erst reden, wenn du mir nicht helfen kannst, meinte sie."

Gerry Whipple und ihr Mann Martin waren die Stadtheiler. Und wie den meisten Hexen war es ihnen lieber, wenn ihre Kunden ganzheitliche Heilmethoden ausprobierten, ehe sie irgendein Schmerzmittel verschrieben. „Ich glaube, du wirst angenehm überrascht sein, wenn wir hier fertig sind. Jetzt entspann dich einfach, während ich mich an die Arbeit mache. Lass mich wissen, wenn der Druck nicht passt, und zwar jederzeit."

„Okay. Tu mir bitte nicht weh."

Faith kicherte. „Ich werde mein Bestes geben."

Als sie jünger gewesen war, hatte Faith sich immer als recht mittelmäßige Hexe betrachtet. Ihre drei Schwestern hatten ganz leicht zu ihren Kräften gefunden und gingen mühelos mit ihren Elementen um. Aber Faith, die Wasserhexe der Familie, hatte sich nie sonderlich wohl gefühlt, wenn sie mit Wasser gearbeitet hatte. Sie konnte es, aber ihr Element tat selten genau das, worum sie es bat. Sie konnte Wasser manipulieren, aber jeder Versuch, ihren Zaubern auch nur etwas Dauer zu verleihen, war zum Scheitern verurteilt. Erst als sie gelernt hatte, Massagetherapeutin zu werden, hatte sie ihren Zugang gefunden.

Etwas war passiert, als sie zum ersten Mal Hand an einen ihrer Mitschüler gelegt hatte. Während sie die Muskeln bearbeitet hatte, war ihr aufgefallen, dass sie ein Gespür für das besaß, was der Körper brauchte, um zu heilen. Es war nicht so sehr, dass sie Körperflüssigkeiten manipulieren konnte, sondern eher, dass sie vor dem geistigen Auge sah, wo die Probleme lagen, und damit konnte sie die Problembereiche sehr effektiv finden und bearbeiten.

Faith ließ sich Zeit dabei, die Hände über Brians Rücken zu bewegen, fing an der oberen Rückenpartie an und arbeitete sich dann nach unten vor. Er hatte auf jeden Fall einen gereizten Muskel und einen eingeklemmten Nerv, aber es war nicht nur sein unterer Rücken. Der Kerl war überall angespannt, was vermutlich zu seiner Verletzung beigetragen hatte.

„Brian", sagte sie sanft, „du bist ziemlich angespannt. Ist das was Neues?"

„Nein, es ist nur schlimmer als üblich." Er stieß ein leises Knurren aus, als sie die Muskeln rund um seine Schulterblätter knetete.

„Hast du dein Training gewechselt, etwas anders gemacht?" Sie legte beide Hände flach auf seinen Rücken, setzte ihr Gewicht ein, um Druck auszuüben, und ließ die Hände langsam hinab zu seiner Lendenwirbelsäule gleiten, versuchte einfach nur, ihm zu helfen, sich zu entspannen, bevor sie sich wirklich an die Arbeit machte.

„Das könnte man so sagen. Ich baue ein Haus nicht allzu weit entfernt von Jacobs Haus."

„Oh, wow. Das ist es dann. Also gut, es sieht so aus, als hätte ich einiges an Arbeit vor mir." Sie griff zu ihrem Medien-Dock und drückte auf den Play-Knopf. Beruhigende Musik füllte den Raum, während Faiths Magie in den Fingerspitzen kribbelte. Dann tauchte sie in ihre Arbeit ein, während sie sich auf den gereizten Muskel konzentrierte, der der Ausgangspunkt von Brians Problem war.

Eine Stunde später wurden ihre Arme und Finger müde, nachdem sie beste Arbeit geleistet hatte, und sie zog das Tuch über Brian und sagte: „Ich habe dir etwas Wasser auf den Tresen gestellt. Lass dir Zeit beim Aufstehen, und wenn du bereit bist, treffen wir uns vorne."

„Himmel, Faith, du bist eine Lebensretterin", sagte Brian mit einem zufriedenen Seufzen. „Du hast mich vor einer schlaflosen Nacht gerettet, in der ich mir irgendwas eingeworfen hätte. Vielen Dank."

Sie lächelte auf ihn hinab. „Jederzeit, Brian. Ich bin froh, dass ich helfen konnte."

Fünfzehn Minuten später marschierte Brian aus dem hinteren Bereich hervor, einen erlösten Ausdruck auf dem Gesicht.

„Aber hallo", sagte sie. „Du siehst tausendmal besser aus als vorhin, als ich dich ganz schief an meinem Massagetisch vorgefunden habe."

„Mir geht es auch tausendmal besser, und das habe ich dir zu verdanken." Er zog ein paar Scheine aus der Tasche und schob sie über den Empfangstresen. „Du bist pure Magie, Faith Townsend."

Sie beäugte die Scheine, ohne sie zu nehmen. „Das ist viel zu viel, Brian. Doppelt so viel, wie ich für den Service verlange."

„Du verdienst es", sagte er, während er seine Geldbörse wieder in die Tasche stopfte. „Du hast mir den Hintern gerettet, und zwar buchstäblich."

Sie nahm die Scheine und schob ihm ein paar davon wieder hin. „Dafür bezahlst du ja auch. Nimm das und hol dir was zu essen oder so."

Er musterte die Scheine mit gerunzelter Stirn. „Nur, wenn du mitkommst."

Sie warf einen Blick auf die Uhr. Es war bereits nach sieben, und sie musste früh am Morgen wieder im Büro sein. Außerdem hatte sie die letzten achtzig Minuten damit verbracht, seinen nackten Körper zu berühren. Danach auf eine Art Date zu gehen, sah nicht nach verantwortungsbewusstem Verhalten aus. Sie lächelte ihn halbherzig an und sagte: „Ich kann heute Abend nicht. Aber danke für das Angebot. Außerdem solltest du deinen Rücken ausruhen und viel trinken. Du willst dich doch nicht noch einmal verletzen."

„Wir müssen doch beide was essen", drängte er. „Komm schon, Faith. Ich gehe sowieso rüber zum Cozy Cave."

Genau in diesem Augenblick knurrte ihr Magen, und ihre Wangen wurden vor Verlegenheit rot.

„Aha, siehst du! Du hast Hunger. Komm schon, Faith. Du brauchst was zu essen."

„Ach, in Ordnung. Aber nur ein Abendessen, dann muss ich nach Hause." Sie stopfte seine Scheine in die Kasse, schnappte sich ihren Mantel und gesellte sich an der Eingangstür zu ihm.

„Deutest du etwa an, dass meine Absichten etwas anderes als ehrbar sind?", fragte er.

„Brian, du hast mich gefragt, ob ich mich zu dir auf den Massagetisch legen will, gleich nachdem ich mit meiner Massage fertig war. Tu nicht so unschuldig." Sie hielt ihm die Tür auf und folgte ihm dann hinaus auf die Straße.

„Hey, da war es gemütlich", erwiderte er mit gespielter Keuschheit.

„Das möchte ich wetten." Sie schnaubte und zog ihre Schlüssel aus der Jackentasche.

Als sie gerade die Tür absperrte, bückte sich Brian und hob etwas auf. „He, Faith, das hast du verloren."

Sie drehte sich um und erspähte den Brief, den sie am

vorigen Abend in ihre Tasche geschoben hatte. Denjenigen, auf dem keine Rückadresse stand. „Danke. Den habe ich ja ganz vergessen." Sie nahm ihn und riss ihn auf, weil sie dachte, dass es vermutlich Werbung oder eine Wohltätigkeitsvereinigung war, die um eine Spende bat. Doch als sie ihn herauszog und den handgeschriebenen Brief musterte, stieß sie ein Keuchen aus, sobald sie die Unterschrift sah.

„Was ist?", fragte Brian. „Schlechte Nachrichten?"

Sie sah zu ihm auf, reines Entsetzen ließ sie wie angewurzelt dastehen. „Nein. Er ist von meiner Mutter."

„Onkel Hunter, Onkel Hunter", rief Zoey, während sie durch das Haus lief. „Mami hat uns Frühstück gemacht."

Hunter saß an seinem Schreibtisch, den er ins Wohnzimmer geräumt hatte, als Vivian und Zoey eingezogen waren. Er war früh aufgestanden und hatte angefangen, an den Entwürfen für Faiths Rückzugszone im Außenbereich zu arbeiten. Er lehnte sich zurück, als das kleine Mädchen um die Ecke gelaufen kam, ihre dunklen Haare flogen hinter ihr. Freude kam in seinem Herzen auf, als sie ihm auf den Schoß sprang und ihm die Arme um den Hals schlang.

„Sie hat Waffeln gemacht", sagte Zoey und strahlte ihn an. In ihren dunklen Augen funkelte Glück, etwas, das er seit Craigs Tod nicht allzu häufig gesehen hatte.

„Und du bist offenbar ganz begeistert", sagte er und hielt sie fest, während er aufstand, um sie in die Küche zu tragen.

Vivian, die in einen modischen, maßgeschneiderten Anzug gekleidet war, trug eine Schürze und stand am Tisch, wo sie zwei Kaffeetassen füllte. Der Tisch war gedeckt, auf jedem Teller lag bereits eine Waffel in der Mitte. Sie hatte auch Bacon, Rührei und Toast gemacht.

Hunter setzte Zoey auf einen Stuhl und starrte Vivian überrascht an. „Du hast ja richtig aufgekocht."

„Natürlich. Zoey braucht etwas Nahrhaftes, ehe sie zur Schule geht, darum habe ich genug für alle gemacht." Sie lächelte freudig und setzte sich neben ihre Tochter.

Hunter warf einen Blick auf die erlesene Auswahl und fragte sich, ob sie auch so gekocht hatte, bevor Craig den Unfall gehabt hatte. Er hatte fünf Monate bei ihnen in Las Vegas verbracht und nie erlebt, dass sie etwas Größeres machte als ein warmes Käsesandwich. Hunter war derjenige gewesen, der für sie gekocht hatte. Es war das Mindeste gewesen, was er hatte tun können, während sie mit dem Verlust ihres Mannes fertig wurde.

„Danke." Er setzte sich und haute rein, nahm sich von allem eine doppelte Portion. Als Handwerker verbrannte er eine Menge Kalorien, und er hatte etwas aufzuholen. Nachdem er alles auf seinem Teller verspachtelt hatte, lehnte er sich zurück und nippte an seinem Kaffee. „Das war toll. Danke, Viv."

„Das habe ich doch gern gemacht." Sie beugte sich hinüber zu Zoey und sagte: „Hol deinen Rucksack, Liebling. Es ist Zeit für die Schule."

Zoey glitt von ihrem Stuhl und rannte in das Schlafzimmer, das sie sich mit ihrer Mutter teilte.

Vivian strich sich die schwarzen Haare zurück und schenkte Hunter ein zufriedenes Lächeln. „Es fühlt sich gut an, wieder für meine Familie zu kochen. Ich habe mich seit Monaten nicht so normal gefühlt."

„Das ist ... gut." Ihm waren die Worte *meine Familie* nicht entgangen. Sie schloss ihn in das ordentliche kleine Bild mit ein, nicht nur Zoey, und er war nicht sicher, was er damit anfangen sollte. Er war sich nur zu bewusst, dass sie eine Beziehung mit ihm anfangen wollte und sich wünschte, er möge direkt in Craigs Fußstapfen treten, aber obwohl Hunter mehr als nur willens war, alles zu tun, was nötig war, sich um sie zu kümmern, würde er sich nie wieder auf Vivian einlassen. Eine romantische Beziehung war das Letzte, was er mit ihr wollte. Es gab einen Grund, dass sie sich vor all den Jahren getrennt hatten. Er entschied, ihre Unterstellung zu ignorieren, und sagte: „Du siehst gut aus. Gehst du heute auf Jobsuche?"

Sie stellte ihre Tasse auf den Tisch und nickte. „Ich fühle mich etwas overdressed, aber es ist entweder das oder ein Rock, und der Wetterbericht sagt Schnee. Da will ich nicht mit bloßen Beinen draußen in der Stadt stehen."

„Schnee?", fragte er, den Blick schon zum Fenster gewandt. Der Tag war nass und grau, mit nur wenigen Sonnenstrahlen, die auf seinen perfekten Rasen schienen.

„Nur ein Hauch, aber trotzdem. Ich will es nicht riskieren." Sie stand auf und wollte den Tisch abräumen.

Er streckte sich und erwischte sie leicht an der Hand, um sie aufzuhalten. „Entspann dich. Ich kümmere mich ums Aufräumen. Es ist das Mindeste, was ich tun kann."

Ihre Miene wurde weicher, und ihm fiel wieder ein, warum er sich vor all den Jahren überhaupt zu ihr hingezogen gefühlt hatte. Unter der rauen Schale verbarg sie eine Sanftheit, die sie versteckt hielt, und die nur ein paar wenige Auserwählte zu sehen bekamen. Wenn sie die zeigte, besaß sie die Fähigkeit, einem Mann das Gefühl zu geben, er wäre ihr ein und alles auf der Welt. Nur dass ihm in diesem Zuge auch wieder einfiel, wie sie diese Fähigkeit genutzt hatte, um ihn zu manipulieren, damit er Dinge tat, die er nicht tun wollte. Sie hatte von ihm gewollt, dass er für eine Firma arbeitete und in das Geschäft ihres Vaters investierte. Sie hatte seinen Wunsch, ein selbständiger Dienstleister zu sein, nie akzeptiert. Tatsächlich hatte er immer den Eindruck bekommen, als wäre seine Arbeit unter ihrer Würde.

Craig Chambers war der perfekte Ehemann für sie gewesen. Er hatte bei der Software-Firma ihres Vaters als Account-Manager im Vertrieb gearbeitet. Allen Berichten nach war er gut darin gewesen, aber dann war die Firma ihres Vaters in Schieflage geraten, und er hatte sie verkaufen müssen. Craig war dabei gekündigt worden, und zehn Monate später war er in dem Unfall ums Leben gekommen.

Für ihre Familie war es eine schwere Zeit gewesen, und da sie von ihrem Ersparten gelebt hatten und nach Craigs Tod Krankenhausrechnungen begleichen mussten, war Vivian nichts weiter geblieben als ihr Anteil am Haus. Es war nicht viel, aber es reichte für einen Neuanfang. Er hoffte einfach nur, dass sie bereit war, weiterzuziehen, und zwar lieber früher als später.

Denn was immer sie glaubte, mit ihm anfangen zu wollen, das, was sie ihm bot, war nicht die Art Beziehung, die er wollte. Er wollte eine Partnerin, die ihn so nahm, wie er war, und seine Träume unterstützte, ohne ihn zu verurteilen. Eine solche Frau war Vivian nicht. Sie würde sich stets nach mehr sehnen, selbst wenn sie versuchte, sich einzureden, dass sie mit einem einfachen Leben zufrieden war. Er hoffte einfach, wenn sie umzog, würde sie in der Nähe bleiben, damit er an Zoeys Leben teilhaben konnte.

„Danke", sagte sie leise. „Siehst du, wir geben ein gutes Team ab."

Er ließ ihre Hand los, ohne ein Wort zu sagen, und machte sich an die Arbeit mit dem Geschirr.

„Onkel Hunter", sagte Zoey, die an seiner Hand zerrte. „Du musst mitkommen und dir meine neue Klasse anschauen. Es ist ganz toll!"

Hunter lachte leise und ließ sich von dem kleinen Mädchen in die Schule zerren. Es war Zoeys zweiter Tag, und sie war begeistert. Es war ganz anders als ihre Schule in Las Vegas, denn die Schule in Keating Hollow hatte einen Lehrplan, zu dem auch die Beherrschung der eigenen Magie gehörte. An den meisten Orten gab es das nicht, aber da Keating Hollow eine vor über hundert Jahren von Hexen gegründete Stadt war, hatten weder Einschnitte im Budget noch die Politik dieser Tradition den Garaus machen können.

„Zoey!" Ein zierliches Mädchen mit braunen Locken lief zu ihr und nahm sie an der Hand.

„Hi, Daisy. Das ist mein Onkel Hunter", sagte Zoey und deutete auf ihn.

„Hallo", sagte das kleine Mädchen höflich. Sie wandte sich rasch an Zoey. „Du bist spät dran. Wir müssen uns beeilen, oder wir versäumen es!"

„Sie schmücken den Weihnachtsbaum der Schule!", rief Zoey über die Schulter, während die beiden auf den offenen Platz liefen, der sich in der Mitte der Schule befand.

Hunter lachte leise, während er ihnen folgte, denn er war begeistert, dass sie bereits eine Freundin gefunden hatte. Wenn es Zoey gelang, hier ohne große Probleme heimisch zu werden, war es weniger wahrscheinlich, dass Vivian sie so kurzfristig wieder umziehen lassen würde.

Die Schulkinder standen im Kreis um einen riesigen Weihnachtsbaum, einer Blaufichte. Vier Lehrer waren in der Nähe, sie hatten Zauberstäbe in der Hand.

*Zauberstäbe? Seit wann benutzten die Hexen von Keating Hollow Zauberstäbe?* Er hörte das Klappern hoher Absätze hinter sich und drehte sich um zu Vivian, die wie auf dem Laufsteg durch den Gang auf ihn zukam. Sie wirkte nicht wie jemand, der in Keating Hollow lebte oder arbeitete. Sie war viel zu sehr herausgeputzt. Von dem sexy Anzug bis hin zu den hochhackigen Schuhen und dem Make-up war sie allen anderen in Sachen Schönheitspflege zehn Schritte voraus. Ja, sie sah toll aus, aber sie wirkte auch, als würde sie genau das zu sehr wollen.

„Wusstest du, dass diese Schule Zauberstäbe einsetzt? Ist das nicht ein wenig gefährlich für Kinder?", fragte er, als sie neben ihm zum Stehen kam. In Zauberstäben lagen Mächte und alte Zaubersprüche. Das letzte, was die Kinder brauchten, war ein anderes Kind, das einen mächtigen Spruch losließ, den es nicht annähernd beherrschen konnte.

„Das ist nur reine Show, und es hilft ihnen, sich zu konzentrieren. Mach dir keine Sorgen, ich habe bereits nachgefragt. Niemand wird Zoey in ein Einhorn verwandeln. Obwohl ihr das vielleicht gefallen könnte", sagte Vivian mit einem Kichern.

Hunter verschränkte die Arme vor der Brust und sah zu, wie die vier Lehrer ihre Zauberstäbe gleichzeitig schwangen und sprachen: „Durch die Gaben unserer Elemente bitten wir die Götter, uns mit dem Verzieren dieses Baumes zu segnen."

Alle Schüler wiederholten den Satz im Chor.

Stille füllte die kalte Luft. Es war so leise, dass Hunter schon fast dachte, ein Lehrer hätte eine Beschwörung über die Kinder gesprochen. Aber dann zwitscherte ein Vogel, und die

Lehrer wedelten erneut mit ihren Stäben. Eine Wasserflasche erhob sich in die Luft und neigte sich, und Wasser lief heraus. Bevor es auf dem Boden aufkam, machte einer der Lehrer eine Handbewegung, und das Wasser stieg in die Luft, teilte sich auf und bildete zwei Dutzend Eiszapfen. Mit einer weiteren Handbewegung fanden die Eiszapfen einen Platz am Baum. Jeder Lehrer nutzte seine Elemente, um den Baum zu verzieren, und im Nu war der Baum voller magischer Flammen, die auf weißen Kerzen tanzten, blühenden Weihnachtssternen, die man nicht gießen musste, und winzigen künstlichen Schwänen, die sich bewegten und nun auf den Zweigen saßen.

Die Kinder jubelten und kreischten, dann wurden sie in die Klassenzimmer gebracht. Zoey rannte herüber zu Hunter und Vivian, umarmte sie beide und küsste sie auf die Wange, dann lief sie zurück zu ihren Klassenkameraden, die bereits das Klassenzimmer betraten.

Hunter legte Vivian eine Hand auf den Rücken und führte sie zum Eingang der Schule. „Ihr scheint es ja gut zu gefallen."

Vivian nickte. „Wenigstens eine Sache, die richtig läuft."

„Mr. und Mrs. McCormick!", rief die Frau, die Hunter als die Schulleiterin erkannte, und eilte zu ihnen herüber.

„Wir sind nicht ..." Hunter wollte schon sagen, dass sie nicht verheiratet waren, und eigentlich Vivian und Zoey nicht seinen Nachnamen trugen, doch Vivian schnitt ihm das Wort ab.

„Hallo, Janice. Das Baumschmücken war perfekt", lobte Vivian.

„Vielen Dank. Das ist jedes Jahr ein Highlight. Ich wollte Ihnen nur sagen, wie sehr wir uns freuen, Zoey bei uns haben. Sie ist ein wunderbares Kind. Sie hat sich bereits mit Daisy angefreundet, der Tochter von Noel Townsend. Die

Townsends sind gute Leute." Sie grinste Hunter an. „Aber das wissen Sie bereits, ja? Ich habe gehört, dass Sie für Lin arbeiten. Ein ganz toller Kerl."

„Ja, das ist er", sagte Hunter.

„Nun gut. Ich muss los. Lassen Sie uns wissen, falls es etwas gibt, das wir tun können, um Zoey die Eingewöhnung zu erleichtern." Die Schulleiterin winkte ihnen zu, während sie wegging.

„Das war schon nett", sagte Vivian, als sie wieder nach draußen zu seinem Truck gingen.

Hunter blieb still, während er ihr die Tür aufhielt. Der Wortwechsel hatte ihn verstört. Weshalb hatte die Schulleiterin sie Mr. und Mrs. McCormick genannt? Er grübelte weiterhin über den Austausch nach, während er mit dem Truck ausparkte und die Stadtmitte anpeilte. Schließlich hielt er es nicht mehr aus und fragte sie einfach. „Viv, warum glaubt die Schulleiterin, dass wir verheiratet sind?"

„Oh, das." Sie wedelte unbekümmert mit der Hand. „Als ich die Papiere für Zoey ausgefüllt habe, habe ich deinen Nachnamen benutzt. Ich dachte, das wäre einfacher, als ihn später zu ändern."

Er fuhr mit dem Truck auf einen Parkplatz an der Hauptstraße und starrte sie verwirrt an. „Wovon redest du da? Weshalb solltest du das tun?"

„Du weißt, warum", sagte sie ungeduldig. „Komm schon, Hunter. Lass mich doch vom Haken. Ich versuche doch nur, das Richtige zu tun."

„Indem du Craig völlig auslöschst?", brüllte er, dann sprang er aus dem Truck. Er brauchte frische Luft, um sich zu beruhigen. Craig verdiente nicht, was sie ihm da antat. Er war sieben Jahre lang Zoeys Vater gewesen. Sie konnte ihn nicht einfach auslöschen, nur weil es das Leben für sie einfacher machte.

„Hunter, bitte", sagte sie und stellte sich neben den Truck, die Arme vor der Brust verschränkt, ihr ganzer Körper in Schutzhaltung. „Das ist doch so schon schwer genug. Ich habe doch nur versucht … Ich weiß auch nicht. Es schien mir das Richtige zu sein. Wir sind doch jetzt eine Art Familie. Und wenn wir dem Ganzen nur Zeit geben …" Ihre Stimme bebte, und sie wandte sich ab, aber nicht, ehe er die Tränen in ihren Augen bemerkte.

Er stieß ein frustriertes Seufzen aus und holte tief Luft, versuchte, sich zu beruhigen. Er ging zu ihr hinüber, dann hob er mit zwei Fingern ihr Gesicht, damit sie zu ihm aufschaute. „Viv, du kannst nicht einfach die Dinge auf diese Art abändern. Denkst du nicht, dass das für Zoey zu verwirrend ist? Sie war ihr ganzes Leben lang eine Chambers. Sie kann nicht einfach so eine McCormick werden."

„Sie ist gerne eine McCormick", sagte Viv, während ihr eine einzelne Träne über das Gesicht hinablief. „Craig würde das verstehen."

Das bezweifelte Hunter stark. Tatsächlich war er sich ziemlich sicher, dass sein Freund sich in diesem Moment im Grab umdrehte. Ein plötzlicher stechender Schmerz ging durch ihn hindurch, während ihm das Herz bei diesem Gedanken schwer wurde. Das konnte er sie nicht tun lassen. Es war nicht gerecht gegenüber Craig oder Zoey.

„Vivian, hör zu, du musst zurück zur Schule gehen und klarstellen, dass Zoeys Nachname Chambers lautet. Das ist ihr gesetzlicher Name, und wir sind nicht verheiratet, und das werden wir auch nie sein. Du musst aufhören, zu glauben, dass du die Dinge erzwingen kannst."

„Warum setzt du dich dagegen so zu Wehr?", fragte sie, ihre

Augen musterten seine ganz ernst. „Craig ist weg. Du betrügst ihn nicht, und Zoey verdient es, einen Vater zu haben."

Hunter mahlte mit den Zähnen und betete um Geduld. „Zoey hat einen Vater!", sagte er durch zusammengebissene Zähne, während er sie schütteln wollte. „Du weißt, dass ich zu ihr stehe, dass ich nicht weggehe, aber Craig hat es verdient, in ihren Erinnerungen weiterzuleben, und du versuchst, ihn auszulöschen. Das werde ich nicht zulassen."

„Ich versuche nicht, ihn auszulöschen", erwiderte sie ganz leise. „Ich versuche nur, das Richtige für meine Tochter zu tun."

„Das versuche ich auch", sagte er, schloss die Augen und kämpfte darum, seine Beherrschung wiederzufinden. „Aber du musst aufhören, das zu erzwingen, Vivian. Du und ich, wir werden niemals auf die Weise zusammenkommen, die du dir vorstellst. Ich bin nicht … es ist einfach nicht das, wonach ich suche."

„Du meinst, *ich* bin nicht das, wonach du suchst", sagte sie mit einem verärgerten Schnauben.

Es stimmte, aber er hatte das nicht einfach so sagen wollen. Schließlich entschied er sich für die Wahrheit. „Es tut mir leid, Viv. Tatsächlich bin ich einfach an jemand anderem interessiert."

„Es ist Faith, oder? Die hübsche Blonde, mit der du dich im Buchladen unterhalten hast. Ihr gehört das Wellnesscenter, oder?" Ihre Worte klangen nüchtern, es lagen keinerlei Gefühle darin.

Er nahm ihre Frage nicht einmal zur Kenntnis. Stattdessen beugte er sich hinab und küsste sie sanft auf die Wange. „Es tut mir leid, Viv. Bitte sprich mit der Schule, damit es keine Missverständnisse mehr gibt. Ich muss zur Arbeit." Er stieg zurück in seinen Truck, rollte das Fenster herab und sagte:

„Ruf mich an, wenn du später jemanden brauchst, der dich nach Hause fährt."

Sie funkelte ihn an. „Mach dir keine Sorgen um uns. Ich kriege das schon hin."

„Okay. Mein Angebot steht", rief er und tat so, als würde sie nicht versuchen, ihm Löcher in den Schädel zu starren. Dann fuhr er weiter zur Farm von Lincoln Townsend.

# KAPITEL 8

Faith saß am Ecktisch ganz hinten im Incantation Café und hielt den Brief, den ihre Mutter ihr geschickt hatte. Sie hatte ihn schon über zehnmal gelesen, doch schien sie die Worte nicht ganz verarbeiten zu können, die auf die Seite hingekritzelt standen, und las ihn noch einmal, während sie sich wünschte, eine Mutter-Tochter-Verbindung möge sich auftun. Dazu kam es nicht. Wie auch? Faith hatte ihre Mutter einundzwanzig Jahre lang weder gesehen noch von ihr gehört.

Ihre Mutter hatte ihre Familie verlassen, als Faith gerade fünf Jahre alt gewesen war, aber sie erinnerte sich an diesen Herbsttag, als wäre es erst gestern gewesen. Gabrielle Townsend war eine schöne Frau gewesen. Sie hatte dichte honigblonde Haare, Augen, blau wie das Meer, und eine himmlische Anmut, die sie in Faiths Erinnerung zu einer Art Engel werden ließ.

Obwohl an jenem Tag Abbys Geburtstag gewesen war, hatte er wie jeder andere begonnen, nur dass ihre Mutter eine Jogginghose und ein schmutziges Sweatshirt getragen hatte, nicht wie üblich eine schicke Jeans und eine fließende Bluse. An Geburtstagen hätte ihre Mutter normalerweise dem Geburtstagskind einen Kuchen ans Bett gebracht. Aber an diesem Morgen schien es Gabrielle vergessen zu haben, und hatte Abby nicht einmal gratuliert.

Yvette war diejenige gewesen, die die Mädchen ins Auto gescheucht und ihre Mutter daran erinnert hatte, sie zur Schule zu fahren. Noel war wegen irgendetwas wütend gewesen, und sie und Yvette hatten auf dem ganzen Weg zur Schule gestritten, während ihre Mutter, die normalerweise einen solchen Unsinn nicht durchgehen ließ, ihre Stänkereien einfach ignoriert hatte. Bis Gabby sie rausgelassen hatte, hatten Faith von dem Geschrei die Ohren geklingelt.

Faith erinnerte sich, dass sie mit Abby auf dem Bürgersteig gestanden hatte, während sie dem alten Volvo nachschauten, der auf der Straße verschwand. Faith war verstört gewesen, doch sie hatte es zu diesem Zeitpunkt nicht bemerkt. Sie hatte nur gewusst, dass sie unbedingt wieder zu Hause sein und sich an ihre Mutter kuscheln wollte.

Zwei Stunden später war Faith in Tränen ausgebrochen und hatte verlangt, dass die Erzieherin ihre Mutter anrief. Sie musste sie sehen, musste nach Hause.

Als es niemandem gelungen war, Faith zu beruhigen, hatten sie getan, was sie wollte, und Gabby angerufen, um sie abzuholen, weil sie dachten, sie hätte sich vielleicht irgendwas eingefangen.

Aber niemand nahm ab, und Gabby hatte Faith nicht abgeholt. Es war ihr Vater Lin gewesen, der eine Stunde später aufgetaucht war und seine Tochter in die Arme genommen hatte. Er hatte ihr die Tränen abgewischt und sie nach Hause gefahren. Faith war im Haus herumgelaufen und hatte überall nach ihrer Mutter gesucht, aber sie ließ sich einfach nicht finden. Zu diesem Zeitpunkt hatte Faith das schreckliche Gefühl beschlichen, dass sie ihre Mutter nie mehr wiedersehen würde. Sie hatte es gewusst, noch ehe Lin den leeren Schrank und das leere Konto ihrer Mutter gefunden hatte. Ehe Abby nach Hause gekommen und festgestellt hatte, dass ihre Mutter sie an ihrem Geburtstag im Stich gelassen hatte.

Gabrielle Townsend hatte sie ohne ein Wort und ohne einen Hinweis darauf verlassen, dass sie gehen würde. Aber die fünfjährige Faith hatte an jenem Tag in der Vorschule eine Art Vorsehung gehabt, und sie war die Einzige gewesen, die ohne den geringsten Zweifel wusste, dass ihre Mutter nicht zurückkehren würde.

Einundzwanzig Jahre später war Faith völlig unvorbereitet auf den Brief ihrer Mutter. Sie hatte diese Beziehung schon vor langer Zeit aufgegeben, doch nun konnte sie an nichts anderes mehr denken. Ihre Mutter hatte ihr geschrieben. Sie wusste, wo ihre jüngste Tochter wohnte, und sie wollte Verbindung mit ihr aufnehmen, wollte ihre Beziehung kitten.

Faith hatte keine Ahnung, was zu tun war.

„Hey, du", sagte Hanna, die auf den Platz Faith gegenüber glitt. Sie reichte ihr einen Mocca Latte mit extra Sahne. „Was ist los? Du siehst aus, als hätte dir jemand deinen Welpen gestohlen."

„Xena würde doch niemand stehlen. Sie ist ein Monster in der Form eines Flauscheballs", sagte Faith. „Wer immer sie mitnimmt, würde sie innerhalb einer Stunde wieder zurückbringen."

Hanna kicherte, dann schob sie die Unterlippe zu einer übertriebenen Schnute vor. „Die arme Xena. Sie muss doch einfach nur ein bisschen erwachsen werden. Ich wette, aus ihr wird ein toller Hund."

„Darum bete ich ständig." Faith schob Hanna den Brief in ihrer Hand hin. „Das kam vor ein paar Tagen mit der Post."

Hanna nahm ihn, warf einen Blick darauf und keuchte. „Heiliger Bockmist, Faith. Ist der wirklich von deiner Mutter?"

„Das steht drauf." Sie stieß die angehaltene Luft aus und vergrub das Gesicht in den Händen. „Ich weiß nicht, was ich damit anfangen soll."

Zwischen ihnen wurde es still, während Hanna den Brief las. Als sie fertig war, legte sie den Brief auf dem Tisch ab und glättete die Falten dort, wo Faith das Papier zerknüllt hatte.

„Nun?", fragte Faith. „Was sollte ich deiner Meinung nach tun?"

„Sie ist deine Mutter, Faith. Ich glaube, du musst schon irgendwie antworten." Sie warf noch einen Blick hinab auf den Brief. „Hast du es deinen Schwestern erzählt?"

Faith schüttelte den Kopf. „Noch nicht. Ich weiß nicht, was ich sagen soll. Wie sagt man den eigenen Schwestern, dass man einen Brief von der Mutter bekommen hat, in dem sie darum bittet, dass man es ihnen nicht erzählt, von ihr gehört zu haben? Außerdem will ich eine ziemlich gute Vorstellung davon haben, was ich tun möchte, bevor ich mit ihnen rede. Ich will nicht, dass das jemand für mich entscheidet. Verstehst du?"

In dem Brief hatte Gabby geschrieben, dass sie zu jedem ihrer Mädchen getrennt Kontakt aufnehmen wollte, und hatte Faith gebeten, ihren Schwestern nicht zu verraten, dass sie sich gemeldet hatte. Faith fühlte sich mit dieser Bitte überhaupt nicht wohl. Bevor sie irgendetwas unternahm, würde sie mit ihren Schwestern reden, und mit ihrem Dad.

„Klingt sinnvoll", sagte Hanna. „Es ist sowieso keine gut durchdachte Bitte. Jeder, der die Townsend-Schwestern kennt, weiß, dass ihr vier zusammenhaltet."

„Das tun wir jetzt, da Abby endlich zu Hause ist", sagte Faith. Abby war nach dem Highschool-Abschluss weggezogen und über zehn Jahre lang auch weggeblieben. Während Faith und Yvette mit ihr Verbindung gehalten hatten, hatten Abby und Noel ein paar Probleme miteinander gehabt. Aber inzwischen waren sich die vier wieder nahe, und so etwas vor ihnen zu verbergen, war keine Option. „Glaubst du wirklich, dass ich sie anrufen muss?"

„Wenn du es nicht tust, wirst du es bedauern."

Faith schloss die Augen und versuchte, den Schmerz in ihren Eingeweiden zu ignorieren. Es war sinnlos. Sie kannte ihre Antwort. „Ja. Ich würde mir schon immer Zweifel einreden."

Hanna beugte sich vor und legte ihre Hand auf die von Faith. „Ich weiß, das ist herzzerreißend. Aber du wirst es deiner Familie sagen, und ihr werdet es alle zusammen durchstehen."

„Was, wenn sie nicht diejenige ist, an die ich mich erinnere?"

Hanna lächelte sie finster an. „Meine Liebe, es waren über zwanzig Jahre. Sie ist auf keinen Fall mehr diejenige, an die du dich erinnerst."

„Arrgh. Du hast recht. Ich meine, was, wenn sie kein netter Mensch ist? Du weißt schon, eine von diesen Kinderhasserinnen, oder von denen, die ständig Hass-Memes auf Facebook teilen?"

Hanna kicherte. „Dann blockst du sie einfach und lebst weiter wie jeder normale Mensch."

„Ja. Aber was, wenn es nicht so offensichtlich ist? Was, wenn wir uns mit ihr treffen, und sie ganz in Ordnung wirkt, aber plötzlich finden wir raus, dass sie nur hinter Geld her ist, oder um uns zu manipulieren, oder sowas? Ich weiß nicht,

Hanna. Ich habe dabei kein tolles Gefühl." Wenn es eines gab, das Faith gelernt hatte, als ihre Mutter vor all den Jahren weggegangen war, dann war es das Vertrauen in ihr Bauchgefühl.

„Ach, meine Liebe. Ich weiß, dass es schwer ist", sagte Hanna. „Du lässt sie entweder zurück in dein Leben, oder nicht, aber denk dran, *du* hast hier die alleinige Macht. Hab keine Angst, Grenzen zu setzen. Sie ist diejenige, die euch verlassen hat, weißt du noch? Wenn sich herausstellt, dass sie dein Vertrauen nicht verdienen kann, dann musst du auch keine Beziehung zu ihr aufbauen."

„Du hast recht." Faith lehnte sich in ihrem Sessel zurück. „Der erste Schritt ist, ein Familientreffen einzuberufen, was?"

Aber Hanna antwortete nicht. Sie war damit beschäftigt, aus dem Fenster zu starren.

„Was ist los?" Faith beugte sich vor und folgte Hannas Blick.

„Hunter und seine Freundin", sagte sie. „Wow, sieht so aus, als hätten sie einen Streit."

„Er schwört, dass sie nicht zusammen sind", erklärte Faith, während sie beobachtete, wie Hunter Vivian finster anschaute. Sie wechselten einige Worte, aber dann schien Hunter milder zu werden, denn er sprach mit ihr und beugte den Kopf, um sie auf die Wange zu küssen. „Ich schätze, das war gelogen." Faith lehnte sich zurück und verschränkte die Arme vor der Brust. „Warum sind Männer solche Schweine?"

„Ach, komm schon. Sie sind nicht alle schrecklich", sagte Hanna, die ihre Freundin beäugte. „Deine Schwestern scheinen es doch ganz gut getroffen zu haben."

Faith stieß ein bellendes Lachen aus. „Es hat nur jede von ihnen ungefähr zehn Jahre und ein paar wirklich schlimme Typen gebraucht, um es richtig hinzukriegen." Yvettes Ehe war gescheitert, als ihr Ehemann festgestellt hatte, dass er schwul war. Noels erster Ehemann hatte sie eines Tages verlassen und war sechs Jahre lang verschwunden geblieben. Und Abby war gleich nach ihrem Schulabschluss aus der Stadt geflohen, wobei sie den Mann, den sie liebte, zurückgelassen hatte, weil es ihr nicht möglich gewesen war, damit fertig zu werden, dass sie vielleicht unabsichtlich eine Rolle beim tragischen Tod ihrer besten Freundin Charlotte gespielt hatte. „Ich würde es bei meinem ersten Versuch gerne besser machen als sie.“

„Du musst dir einfach jemanden aussuchen, der dich nicht enttäuscht. Was ist mit Brian? Er scheint total auf dich zu stehen. Habt ihr nicht am Freitag ein Date?“

Faith nickte.

„Das ist was Gutes, oder?“ Hanna nahm ihre Tasse und trank einen Schluck Kaffee.

„Schätze schon.“ Faith sank zusammen, es war ihr zuwider, dass sie sich nicht mehr dafür begeistern konnte, mit Brian auszugehen. Wenn das Date nicht ganz außergewöhnlich war, würde sie ihm sagen müssen, dass sie nur Freunde sein konnten. Sie wollte ihm nichts vormachen, wenn sie sich doch eindeutig für einen anderen interessierte. Jemanden, der ganz offensichtlich vergeben war, ganz gleich, was er sagte. „Ich wünschte einfach, ich würde ihn ein wenig mehr mögen, weißt du?“

Hanna nickte, ihre Miene war ernst. „So, wie ich Rhys mag.“ Sie seufzte. „Weshalb kann dieser Mann nicht sehen, was direkt vor ihm ist? Ich habe mich ihm gestern Abend mehr oder weniger vor die Füße geworfen. Und weißt du, was er getan hat?“

Faith richtete sich auf, erfreut, endlich ein anderes Drama zu hören. „Er dachte, du machst einen Witz?“ So ging er mit allen um, die bei der Arbeit in der Brauerei mit ihm flirteten.

„Ha! Schön wär's. Als ich ihm gesagt habe, dass ich am

Samstagabend Zeit hätte und nach einem Tanzpartner suche, hat er mir gesagt, ich soll mich doch bei *Magical Connections* anmelden. Das ist offenbar eine Dating-Seite für Hexen. Kannst du das glauben? Ich hatte dieses Kleid an, das normalerweise für einen Verkehrskollaps sorgt, und er sagt mir, ich soll mich bei einer Internet-Dating-Seite anmelden. Ist er blind? Bin ich der Typ nervige kleine Schwester? Ich verstehe es nicht!"

„Ach, du Liebe. Nein. Das ist es gar nicht", sagte Faith, die sich einen innerlichen Tritt gab, weil sie es ihr nicht eher erzählt hatte. „Es liegt nicht an dir. Ich glaube, er geht mit Lena aus, meiner Rezeptionistin im Spa."

„Lena? Wirklich?" Hanna riss die Augen auf, und sie wirkte durch diese neue Information verwirrt. „Aber ... er hat mir vor ein paar Wochen doch gesagt, dass er mit niemandem zusammen ist. Wann ist das passiert?"

Faith zuckte mit den Schultern. „Ich weiß es nicht genau, aber Lena hat sich gestern Abend mit ihm zu einem Date getroffen. Ich wollte es dir heute erzählen, aber ich war zu abgelenkt durch die Sache mit meiner Mutter. Es tut mir leid."

„Nun ..." Sie stand auf und warf sich in die Brust. „Das sind dann wohl gute Nachrichten."

„Warum?"

„Weil das heißt, dass mit meinem Verkehrskollaps-Kleid noch alles in Ordnung ist. Er ist nur im Augenblick nicht verfügbar. Das ist in Ordnung." Sie lächelte Faith listig an. „Ich lasse es einfach noch mehr krachen."

„Aber wenn er schon mit jemand anderem zusammen ist ...", setzte Faith an.

Hanna wedelte wegwerfend mit der Hand. „Er hat mir vor zwei Wochen gesagt, dass er Single ist. Wenn sie gerade erst mit dem Daten anfangen, dann ist es noch nichts Ernstes. Ich habe Zeit. Wart nur ab und schau dir an, in was ich heute Abend im Pub auflaufe." Sie grinste auf Faith hinab. „Willst du mitkommen?"

„Natürlich. Ich möchte das um nichts in der Welt verpassen." Faith stand auf und schlang die Arme um ihre Freundin, die sie fest drückte. „Danke, dass du zugehört hast. Das habe ich wirklich gebraucht."

„Jederzeit, meine Liebe." Sie ließ los und lehnte sich zurück. „Jetzt geh schon und besuch deine Schwestern. Ich glaube, sobald du es ihnen erzählt hast, geht es dir tausendmal besser."

„Da hast du recht, das stimmt." Faith folgte ihr zum Tresen, klaute sich einen Keks aus der Auslage und winkte Mary zu, Hannas Mutter. Dann zog sie ihr Telefon heraus und rief ihren Vater an. Er hatte es verdient, der erste zu sein, der herausfand, dass Gabrielle zurück in ihr Leben kommen wollte.

Faith trat aus dem *Incantation Café*, als gerade die ersten Schneeflocken auf dem Boden liegenblieben. Sie hielt die Handflächen nach oben und drehte sich erfreut im Kreis.

„Wer hätte gedacht, dass es in Keating Hollow schneit?", fragte eine vertraute Männerstimme hinter ihr.

Sie drehte sich um und stellte fest, dass Brian auf sie zukam, das Gesicht von einem erfreuten Lächeln erhellt. „Es ist nicht an der Tagesordnung, aber hin und wieder kommt es schon vor." Sie erwiderte sein Lächeln. „Was machst du hier draußen? Holst du dir einen Kaffee?"

Er schüttelte den Kopf. „Nein, eigentlich wollte ich dich besuchen."

„Oh? Im Spa?"

„Ja. Bist du dorthin unterwegs?", fragte er.

Sie musterte ihn mit zusammengekniffenen Augen. „Ist es dein Rücken? Brauchst du noch eine Massage?"

„Tatsächlich nur zu gerne, aber nur, weil sie großartig war." Er streckte sich und nahm sie an einer Hand. „Du wirkst wahre Wunder. Es ist, als hätte ich nie ein Problem gehabt. Ich bin heute Morgen aufgewacht und hatte viel mehr Energie als in den ganzen letzten Monaten."

Der ganze Stress des Vormittags schien durch sein Lob von ihr abzufallen. Genau das war der Grund, aus dem sie sich die Massagetherapie als Beruf ausgesucht hatte. Sie war froh, dass sie die Lebensqualität anderer Menschen mit nur etwas Fürsorge und Aufmerksamkeit in großem Stil verbessern konnte. *Auch mit Magie,* rief sie sich in Erinnerung, aber das war ihr noch nicht bewusst gewesen, als sie sich ihren Beruf ausgesucht hatte. „Das höre ich gerne. Ruf Lena an, wenn du einen weiteren Termin willst, und wenn es auch nur einfach so zwischendurch ist. So einen Hausbau sollte man nicht auf die leichte Schulter nehmen."

„Das mache ich. Aber später. Im Augenblick brauche ich dich, damit du mir hilfst, Böden auszusuchen." Er zog sie auf der Hauptstraße hinter sich her, weg vom Café und ihrem Wellnesscenter.

„Was?" Sie lachte. „Warum? Kannst du dir nicht einfach selbst was aussuchen?"

Er schüttelte den Kopf. „Nein. Kann ich nicht. Und dein Spa … es ist wunderschön, Faith. Ich brauche deine Hilfe. Komm schon, hilf doch einem armen Kerl, ehe er sich ein Flickwerk aus PVC in Steinoptik aussucht, das sich mit allem vom Küchentresen bis hin zur roten Ledercouch beißt."

„Rotes Leder?" Sie hob beide Augenbrauen. „Fährst du die ultimative Junggesellen-Einrichtung auf?"

„Siehst du, ich brauche ernsthaft Hilfe. Rette mich vor mir selbst, Faith. Rette mich vor dem ewigen Junggesellendasein wegen miserabler Inneneinrichtung."

Sie verdrehte die Augen, doch seine Mätzchen erheiterten sie wirklich. „Gut. Suchen wir deine Böden aus. Aber kein

Streit, verstanden? Wenn du etwas aussuchst, dass ich nicht gutheißen kann, bin ich raus."

„Wirklich? Ich darf keine eigene Meinung haben?", fragte er skeptisch.

„Aber sicher doch. Wenn du an meinen Ratschlägen jedoch nicht interessiert bist, warum muss ich dann dabei sein?"

Er lachte. „Guter Punkt. Na, dann los."

„Los", sagte sie, ihre Laune entschieden verbessert. *Soll es sich so anfühlen, wenn man mit jemandem zusammen kommt? Behaglich? Witzig? Locker?* Sie musste zugeben, es war gar nicht mal schlecht. Der Wind hob an, und sie schob ihren Arm durch seinen, kuschelte sich um der Wärme willen an ihn.

Er warf einen Blick auf sie hinab, die Lippen zu einem selbstzufriedenen Lächeln gekrümmt. „Das gefällt mir."

„Ja?" Sie nahm seinen Arm fester. „Weißt du was, Brian? Mir auch."

FAITH SAß WIEDER an ihrem Schreibtisch im Spa und ging die Zahlen des Monats durch. Die Einnahmen waren gewachsen. Es gab 25% mehr Termine. Wenn sie in diesem Tempo weiter wuchsen, würde sie eine neue Therapeutin anstellen müssen. *Wäre das nicht schön*, dachte sie. Dann könnte sie ihren Terminplan ein wenig flexibler gestalten. Sie hätte mehr Zeit, um sie mit Brian zu verbringen, wenn sie das wollte.

Das einzige Problem daran war, dass sie nicht wusste, ob sie das wollte. Es war nicht, dass sie ihn nicht mochte. Sie mochte ihn sogar sehr. Es war nur so, dass er mehr an ihr interessiert zu sein schien als sie an ihm. Sie hatten wirklich Spaß gehabt, als sie seine Böden ausgesucht hatten, und dann noch Kacheln und Wandfarben. Sie hatten herumgealbert und viel zusammen gelacht, während sie sich zum Großteil einig gewesen waren, was in seinem Haus am besten wirken würde.

Nachdem sie damit fertig gewesen waren, hatte Brian sie zurück zum Spa begleitet. Draußen vor der Tür hatte er sie an sich gezogen und den Kopf zu einem Kuss hinabgebeugt. Aber ehe seine Lippen auf ihre trafen, hatte sie den Kopf instinktiv zur Seite gerissen, und er hatte ihr einen ungelenken Kuss aufs Kinn gegeben. Er hatte darüber gelacht, aber sie nicht. Sie war peinlich berührt und frustriert gewesen, weil sie ihn nicht küssen wollte. Was stimmte denn nicht mit ihr? Er war toll und witzig und ein echt guter Fang.

Der Mann betrieb einen erfolgreichen Online-Handel für Wellness-Bedarf. Dazu war er gekommen, als seine Ex-Freundin Hilfe gebraucht hatte, um vor über sechs Monaten ihr Luxus-Spa zu schließen. Sie war erkrankt und hatte es aufgeben müssen, aber als es noch in Betrieb gewesen war, hatte er den größten Teil des Tagesgeschäfts übernommen. Während seiner Zeit dort hatte er eine Menge gelernt, und er hatte offenbar im Nu seinen Großhandel aufgesetzt. Sein Geschäft lief bereits gut.

Sie brachte einfach nicht heraus, warum sie sich nicht zu ihm hingezogen fühlte. Stimmte mit ihr etwas nicht? Sie seufzte und legte ihren Stift ab. Sie hatten immer noch das Abendessen am Freitag, aber sie dachte ernsthaft darüber nach, es abzusagen. Sie wollte ihm nichts vormachen, wenn sie seine offensichtlichen Gefühle für sie doch niemals erwidern würde.

Ein leichtes Klopfen erklang an ihrer Tür, und sie stand auf, erwartete, zu einem spätnachmittäglichen Termin gerufen zu werden. Es war nicht ungewöhnlich, dass Kunden nach der Arbeit vorbeischauten, und sie hatte es sich zur Gewohnheit gemacht, zu dieser Zeit verfügbar zu sein, da sie ihren

Kundenstamm ausbauen wollte. Sie ging hinüber zur Tür und zog sie auf.

„Du bist nicht Lena", sagte sie atemlos, während sie Hunter anstarrte und versuchte, nicht zu sabbern. Heilige Hexe auf dem Besen! Der Mann war sengend heiß in seiner locker sitzenden Jeans, dem schwarzen T-Shirt, das sich an seine muskulöse Brust schmiegte, und dem oft genutzten Werkzeuggürtel auf der Hüfte.

„Nein, die bin ich definitiv nicht. Hast du kurz Zeit?", fragte er, während er eintrat und sie damit tiefer in ihr Büro zurücktrieb.

„Klar." Sie schnappte zur Beruhigung nach Luft und lehnte sich an ihren Schreibtisch, versuchte, sich zu benehmen, als wäre ihr nicht gerade ein Hammer aus Leidenschaft auf den Kopf geknallt. „Was ist los?"

Er hob die Hand und zeigte ihr ein paar Steinfliesen, die ihr vorher gar nicht an ihm aufgefallen waren. „Ich muss wissen, welche von denen dir am besten gefallen."

„Oh, genau." Sie nahm sie ihm ab und legte sie auf ihren Schreibtisch. Eine war schiefergrau, durchschossen von einer Marmorierung in hellerem Grau, die andere ein dunkles Ziegelrot mit Orange- und Gelbtönen. „Ist das für die Terrasse?"

Er schüttelte den Kopf. „Es ist für die Bank und die Feuergrube. Ich dachte, wir nehmen für die Terrasse als Kontrast etwas Unauffälligeres, aber ich möchte, dass du dir zuerst die Feuergrube aussucht, denn das wird das Herzstück des ganzen Arrangements."

„In Ordnung." Sie starrte auf die Kacheln hinab und wusste bereits, welche ihr am besten gefielen, aber sie wollte seine Meinung hören. Er hatte sie mehr als einmal davor bewahrt, einen Fehler zu begehen, indem er ihr mögliche Probleme mit ihren ästhetischen Entscheidungen aufgezeigt hatte. „Welche gefällt dir?"

Er trat neben sie und legte eine Hand auf die rote Kachel. „Die hier passt zu den Mammutbäumen, ist aber nicht ganz so modern wie der klassische Schiefer. Es hängt davon ab, wer dein Zielpublikum ist. Naturliebhaber mit einem Sinn für Kunst, oder Stadtmenschen, die klare Linien und wenig Ablenkung bevorzugen."

Sie lächelte zu ihm auf. „Das ist keine Meinung, Hunter."

Er lachte leise. „Da hast du recht. Ist es nicht."

Sie starrten einander in die Augen, und für Faith schien die Zeit stehenzubleiben. Elektrisierende Energie knisterte zwischen ihnen, und noch bevor ihr klar wurde, was sie da tat, legte sie eine Hand an sein raues Kinn und beugte sich vor.

Ihre Lippen streiften seine, und er flüsterte: „Faith", und gleich danach legten sich seine Arme um ihre Taille, und er zog sie an sich.

Sie war verloren. Seine Hitze, seine Berührung, das Kratzen seines unrasierten Kinns, das alles überwältigte sie, und die Leidenschaft übernahm das Ruder. Darauf hatte sie seit dem Abend gewartet, an dem er vor fünf Monaten Keating Hollow verlassen hatte. Sie hatte nur in seinen Armen liegen und *das* noch einmal spüren wollen.

Der Kuss war zögerlich, anfangs sanft, aber dann öffnete sie die Lippen, lud ihn ein. Leidenschaft überkam sie beide, als er den Kuss vertiefte, sie leicht nach hinten beugte, sie schmeckte, neckte, verzehrte.

„Faith! Da ist eine Vivian, die dich sehen möchte", rief Lena, während die Tür aufschwang. „Oh! Huch. Tut mir leid, ich komme nachher wieder."

Die Tür knallte zu, und Faith, die immer noch in Hunters Armen lag, starrte zu ihm auf, der Schock raubte ihr die Worte.

Er grinste auf sie hinab. „Das kam unerwartet.“

Der Klang seiner Stimme holte sie aus ihrer Stille, und sie schob ihn sanft nach hinten, musste ihren persönlichen Raum wieder einfordern. „Es tut mir leid. Das war … das hätte ich nicht tun sollen.“

Er runzelte die Stirn. „Warum nicht?“

Sie wedelte mit einer Hand zur Tür hin, dann zwischen ihnen. „Du arbeitest für mich und … was ist mit Vivian? Und warum ist sie hier, um mich zu sehen?“

Hunter warf einen Blick auf die geschlossene Tür, dann wandte er seine Aufmerksamkeit wieder ihr zu. „Zunächst einmal arbeite ich nicht *für* dich. Ich tue einer Freundin einen Gefallen. Zum zweiten, was ist denn mit Vivian? Es geht sie nichts an, mit wem ich meine Zeit verbringe. Und es geht sie schon gar nichts an, wen ich küsse.“ Seine Lippen zuckten, und er lächelte verhalten, während er auf sie hinabschaute. „Was den Grund angeht, aus dem sie da ist, ich schätze, sie will sehen, ob du in irgendeiner Form Hilfe beim Vertrieb brauchst. Sie putzt gerade Klinken, weil sie ihren Kundenstamm aufbauen möchte.“

Faith setzte sich auf die Kante ihres Schreibtisches und versuchte, sich neu zu orientieren. Dieser Kuss hatte ihren Verstand ordentlich durcheinandergewirbelt. Und sie konnte es nicht einmal auf ihn schieben. Sie war diejenige gewesen, die den ersten Schritt getan hatte. Was hatte sie sich nur dabei gedacht? Nichts. Sie hatte sich überhaupt nichts gedacht. Das war das Problem. Sie räusperte sich. „Wie kann sie das nichts angehen? Ihr lebt doch zusammen.“

Er presste die Lippen fest aufeinander und schüttelte den Kopf. „Wir teilen uns ein Haus, schlafen in getrennten Schlafzimmern. Faith, sie war die Frau meines besten

Freundes. Ich helfe ihnen einfach, bis Vivian wieder auf die Beine kommt. Da läuft überhaupt nichts. Ich schwöre es."

Erleichterung strömte durch sie hindurch, sodass ihr ein wenig schwindlig wurde. Den Göttern sei es gedankt, dass sie nicht gerade die *Andere* geworden war. Faith hatte kein Interesse daran, jemandem den Mann auszuspannen. Aber dann fiel ihr der Streit ein, den sie vorhin auf der Straße mitbekommen hatte. Und der Kuss. Allerdings war es nur ein Kuss auf die Wange gewesen. „Bist du sicher? Ich, äh … habe euch beide heute Vormittag vor dem Incantation Café gesehen. Es sah aus, als hättet ihr gestritten und euch dann versöhnt."

Er sank in einen Stuhl ihr gegenüber und fuhr sich mit der Hand durch das dichte, dunkle Haar. Die Wut, die von ihm ausstrahlte, füllte den Raum, sodass Faith unbehaglich von einem Fuß auf den anderen trat. Er senkte kurz den Kopf. Als er sie schließlich wieder anschaute, lag ein Ausdruck völliger Entschlossenheit auf seinem Gesicht, und er sagte: „Hör mal, normalerweise würde ich nicht über dieses ganze Drama reden, denn von meiner Seite aus ist da gar nichts. Wirklich. Aber zwischen dir und mir hier geht etwas vor, und ich will es nicht abschießen, indem ich nicht völlig ehrlich bin."

Furcht ballte sich tief in ihrem Magen zusammen. Das war es. An dieser Stelle würde er ihr erzählen, dass er und Vivian einfach nur Freunde mit gewissen Vorzügen waren, oder eine offene Beziehung führten, oder irgendetwas anderes, das für sie das Ganze zum Tabu machen würde. Sie konnte sich nicht auf jemanden einlassen, der bereits mit jemand anderem zusammen war, ganz gleich, wie sie das für sich definierten.

Er streckte sich vor und nahm eine ihrer Hände. Sie wollte sich ihm entziehen, aber seine Sanftheit schickte zusammen mit dem rauen Gefühl seiner schwieligen Haut ein leidenschaftliches Beben ihr Rückgrat hinab, und es gelang ihr nicht, ihn abzuweisen. Noch nicht. Sie konnte sich zumindest anhören, was er zu sagen hatte, oder nicht?

„Vivian ist im Augenblick wirklich verletzlich", setzte er an.

Sie versteifte sich, bereitete sich darauf vor, dass er ihr ein Lied davon singen würde, wie er einfach nur versucht hatte, sie zu trösten, und eines zum anderen gekommen war.

„Faith", sagte er und drückte ihr die Hand, „es ist nicht das, was du gerade denkst."

Sie stieß ein schnaubendes Lachen aus. „Oh, was denke ich denn?"

„Es steht dir ganz groß ins Gesicht geschrieben. Du glaubst, dass ich mit ihr zusammen bin. Das bin ich nicht."

„Warst du es je?"

Hunter schaute zur Seite, konzentrierte sich auf das Fenster hinter ihr.

Ihr wurde das Herz schwer. „Schon, oder nicht? Ich schätze, ich kann dir keinen Vorwurf machen. Das kommt doch oft so, dass Menschen Trost bei jenen finden, die ihnen am nächsten stehen, wenn sie trauern. Wie lange ist es her, dass es aus ist?"

„Über sieben Jahre", sagte Hunter, der diesmal ihren Blick festhielt. „Wir waren kurz mal zusammen, bevor sie mit Craig zusammen kam. Es dauerte vielleicht einen Monat, dann war es vorbei. Den Streit heute Morgen gab es, weil Vivian anscheinend glaubt, dass wir dort weitermachen sollten, wo wir vor all den Jahren aufgehört haben. Sie glaubt, dass das für Zoey einfacher wird. Ich sage ihr immer wieder, dass es dazu nicht kommt."

Faith setzte sich aufrechter hin und blinzelte, während sie versuchte, diese neue Information zu verarbeiten. „Du … warst mal mit ihr zusammen?"

Er nickte. „Eine ganz kurze Zeit, vor vielen Jahren."

„Und nun ... passt du einfach für deinen Freund auf sie auf?", fragte sie und grübelte, weshalb er es für notwendig befunden hatte, seine Ex mit nach Keating Hollow zu bringen. Hatte sie nicht irgendwo Familie?

„Gewissermaßen." Er beugte sich vor, die Hände aneinandergelegt. „Craig hat mich gebeten, Zoeys Taufpate zu werden, etwa ein Jahr, nachdem sie geboren wurde. Es geht also gewissermaßen darum, dass ich auf Zoey aufpasse. Für Vivian bin ich nur ein Freund. Ihre Familie ist gerade nicht sonderlich stabil. Sie wollte raus aus Vegas, und als ich erwähnte, dass ich vorhatte, hierher zurückzukehren, kamen sie und Zoey mit mir. Das ist alles, Faith. Abgesehen davon, dass Vivian unrealistische Erwartungen hat, gibt es wirklich nichts, um das du dir Sorgen machen musst. Ich bin frei und kann zusammen sein, mit wem ich will. Und ich hoffe schwer, dass du dich von mir am Freitagabend ausführen lässt."

„Freitag?" Bei den Göttern, sie wollte Ja sagen. Es gab keinen Grund, seine Erklärung nicht zu glauben. Sie hatte gelernt, ihm zu vertrauen, in der Zeit, in der er für sie gearbeitet hatte, und hatte niemals Grund zu der Annahme gehabt, dass er unehrlich war. Falls er log, würde sie es allzu bald mitbekommen. Geheimnisse ließen sich in der kleinen Stadt Keating Hollow unmöglich wahren. Wenn er mit Vivian zusammen war und mit Faith ausging, würde die Gerüchteküche am Rad drehen.

„Ja, Freitag. Wie wäre es mit einem Abendessen? Ich könnte dich ins Cozy Cave ausführen, oder wir könnten rüber nach Eureka, wenn dir das lieber ist."

Ganz entfernt regte sich ein nagendes Gefühl wegen Freitag. Sie vergaß da irgendetwas. Hatte sie da bereits Pläne? Die Brautparty war erst in der folgenden Woche. Gab es ein Familienessen? Pläne mit Hanna? „Ich glaube, ich ... Oh!" Sie verzog das Gesicht, als ihr einfiel, dass sie ein Date mit Brian hatte. „Ich habe bereits Pläne für Freitag."

Er warf ihr einen neugierigen Blick zu. „Ein Date?"

Sie nickte, weil sie, was immer das mit ihm hier war, nicht mit einer Lüge beginnen wollte. „Mit Jacobs Freund Brian. Aber am Samstag habe ich Zeit."

„Dann also Samstag", sagte er und klang amüsiert. „Ich hole dich um sieben ab. Und diesmal, Faith, wird mich nichts von dir fernhalten. Verlass dich drauf."

„Das werde ich. Aber wenn du mich nochmal sitzen lässt … nehme ich es allmählich persönlich." Sie grinste ihn an, ihre Bedenken wegen seiner Beziehung zu Vivian waren beruhigt. Ja, ihre Situation war ein wenig ungewöhnlich, doch sie bewunderte ihn dafür, die Familie seines Freundes im Auge zu behalten. Es war genau die Art loyales Verhalten, die sie von ihm erwartet hätte.

Er erhob sich und zog sie sanft von ihrem Schreibtisch hoch. „Faith, ich werde auf jeden Fall da sein." Hunter neigte den Kopf und streifte mit seinen Lippen erneut ihre, dann murmelte er: „Sag deinem Date bloß, dass er einen Mitbewerber hat."

# KAPITEL 10

Hunter ging vor seinem kleinen Häuschen in die Knie und bedeutete Zoey, sie solle ihm auf den Rücken klettern. „Komm. Ich nehme dich Huckepack mit rein."

Das kleine Mädchen quietschte und warf ihm die Arme um den Hals.

Er hakte die Arme hinter ihren Kniekehlen ein und ließ sie auf und ab hüpfen, während er die Stufen zur Veranda hinaufging. „Wie war es in der Schule? Hast du gelernt, wie du deine Schulkameraden in Kröten verwandelst?"

Sie kicherte. „Neiiiin. Das passiert nur in Märchen."

„Oh. Ich verstehe. Also dann, hast du jemanden geküsst, damit er sich in einen Prinzen verwandelt?" Er schloss die Tür auf und passierte den engen Windfang.

„Onkel Hunter", sagte sie und klang ganz wie ihre Mutter, wenn sie genervt war. „Das ist nicht echt."

„Wirklich? Hmm. Also gut, was hast du dann heute gemacht?" Er setzte sie auf einem der Stühle im Esszimmer ab und betrat die Küche. Nachdem er Steaks aus dem Kühlschrank geholt hatte, ging er zur Spüle, um sich die

Hände zu waschen, während Zoey von ihrer neuen Freundin Daisy und der Magiestunde des heutigen Tages plauderte.

„Wir sollten eine Schale Wasser in Eis verwandeln, aber keine von uns schaffte es. Ein anderes Kind der Klasse hat es geschafft, sobald es den Finger in die Schale steckte, aber dann konnte es niemand zurückverwandeln, und sie mussten ihn zur Heilerin schicken, damit er keine Frostbeulen bekommt."

Hunter hob die Augenbrauen. „Sie konnten es nicht einfach mit warmem Wasser schmelzen?"

Sie schüttelte energisch den Kopf. „Nichts hat funktioniert. Sein Finger wurde sogar schon blau."

„Autsch", sagte Hunter, während er das Fleisch salzte. „Hat ihn die Heilerin befreien können?"

„Das musste sie nicht. Es war eigentlich so, dass er den Zauber weiter gehalten hat, damit er die Matheprüfung nicht machen musste." Zoey verdrehte die Augen. „Was für ein hysterischer Typ." Sie plapperte weiter über die Kinder in der Schule, während er das Abendessen vorbereitete.

Das Geräusch der aufgehenden Eingangstür zog seine Aufmerksamkeit auf sich, und als er von dem Knoblauch aufsah, den er gerade hackte, bemerkte er Vivian, die im Rahmen der Küchentür lehnte. Ihre Augen waren voller Liebe, während sie beobachtete, wie ihre Tochter lebhaft von ihrem Tag erzählte. Vivian warf einen Blick zu ihm herüber, und sie tauschten ein Lächeln aus. Es gab nichts besseres, als zu sehen, wie Zoey in ihrer neuen Umgebung aufblühte.

„Mami!", rief Zoey, als sie ihre Mutter sah. „Du bist zu Hause!"

Vivian trat einen Schritt vor und öffnete die Arme, und als Zoey sich hineinstürzte, hob Vivian sie hoch und wirbelte sie herum. „Ich habe dich heute vermisst, Liebling."

„Ich habe dich auch vermisst, Mami." Zoey vergrub den Kopf an Vivians Schulter.

Gefühle strömten durch Hunter hindurch, während er sie beobachtete. Ein blasses Bild seiner eigenen Mutter, die ihn an einem warmen Sommertag umarmte, zupfte an seinen Erinnerungen, und er lächelte sie an. So sollte ihr Leben sein. Sicher, stabil, von Liebe erfüllt. Und so schräg es auch klang, das war der Grund, weshalb er wusste, dass er und Vivian niemals zusammenkommen sollten. Zoey verdiente es, Eltern zu haben, die einander von ganzem Herzen liebten, so wie die von Hunter es vor ihrem Unfall getan hatten.

Der alte, dumpfe Schmerz brannte in seinem Herzen, als er sich an seine Eltern erinnerte. Sie waren einfache Leute gewesen, die in einer Kleinstadt gelebt hatten, die man Keating Mountain nannte. Sein Vater war der Besitzer der Dorfkneipe gewesen, und seine Mutter war Lehrerin. Aber dann hatte sie eines Nachts ein Schneesturm, zusammen mit einem Holzlaster auf Abwegen, das Leben gekostet, und Hunter hatte sie beide verloren, die einzigen Menschen, die ihn je wirklich geliebt hatten.

„Hunter?" Vivians Stimme durchdrang seine Erinnerungen.

„Hä?"

Vivian deutete hinter ihn. „Ich glaube, deine Steaks sind durch."

„Was?" Er wirbelte herum und fluchte. Rauch füllte die Küche, und ihm war es nicht mal aufgefallen. Er ging zum Ofen und schaltete den Grill ab. „Heiliger Hexenb… Vielleicht sollten wir Abendessen gehen?"

Sie kicherte. „Klar. Ich will mich nur schnell umziehen."

Zoey lief in die Küche, beäugte die verbrannten Steaks und sagte: „Daddy hat auch immer das Fleisch verbrannt. Hat er dir beigebracht, wie man kocht?"

Ein brummendes Lachen stahl sich über seine Lippen, während er sich hinabbeugte und sie hochhob. „Nein, meine Kleine. Es war andersherum. Ich habe ihm alles beigebracht, was ich wusste. Deshalb hat ihn deine Mutter vermutlich aus der Küche verbannt."

„Also ist es deine Schuld?", fragte Vivian, die zurück in die Küche kam. Sie hatte einen Pullover, Jeans und Lederstiefel an. Ihr dunkles Haar war zu einem Pferdeschwanz zusammengebunden, und ihre Wangen waren rosig, sodass sie zehn Jahre jünger wirkte, als sie tatsächlich war. Er hatte sie schon ewig nicht mehr so gelöst gesehen. Nicht seit der Zeit, bevor sie Craig verloren hatten.

Er grinste sie an. „Ja. Ich übernehme die vollständige Verantwortung." Hunter trug Zoey hinüber zu ihrer Mutter, legte ihr einen Arm um die Schultern und zog sie seitlich an sich. „Du siehst aus, als hättest du einen guten Tag gehabt."

„Den hatte ich tatsächlich. Ich bin mehr oder weniger zu jedem Laden der Stadt gegangen, um Kunden zu finden. Ich habe sogar bei Faith Townsends Wellnesscenter Halt gemacht, aber sie war zu beschäftigt, um mit mir zu sprechen."

Hunter spürte, wie Schuldgefühle ihm zusetzten. Er war der Grund gewesen, dass Vivian nicht zu einem Gespräch mit Faith gekommen war, aber es tat ihm nicht leid. Es war eine Unterhaltung, die sie hatten führen müssen, und sie hatte dazu geführt, dass die beiden schließlich ihrer Beziehung eine Chance gegeben hatten. Das wollte er um nichts in der Welt zurücknehmen.

„Aber das ist in Ordnung. Ihre Schwester Abby hat mich probeweise angestellt, um zu sehen, ob ich ihr helfen kann, den Vertrieb ihrer Lotionen, Seifen und Tränke zu verstärken. Wenn das funktioniert, wird es richtig lukrativ. Wusstest du, dass sie bereits ziemlich viele Kunden über Bestellungen aufgebaut hat? Das würde man niemals vermuten, wenn man das kleine Atelier sieht, in dem sie arbeitet, aber sie hat da ein ziemlich gut laufendes Geschäft."

„Ich wusste, dass es anständig läuft, aber ich wusste nicht, dass es so erfolgreich ist. Das ist unfassbar. Gratuliere. Ich bin sicher, sie wird schockiert sein, wie viel Ware du für sie umsetzen kannst." Er umarmte sie noch einmal von der Seite. „Gut gemacht, Vivian."

„Gut gemacht, Mami!", wiederholte Zoey.

Vivian lachte. „Danke, kleine Madame. Und jetzt gib deiner Mama einen Kuss."

Hunter reichte ihr das kleine Mädchen, und zum ersten Mal, seit sie Craig verloren hatten, hatte er das Gefühl, es würde mit ihnen gut werden.

FAITH BETRAT das Haus ihres Vaters mit der Nachricht von ihrer Mutter in der Tasche und Xena, dem Höllenhund, der um sie herum im Kreis lief. Soweit sie wusste, war es zwanzig Jahre her, seit ihr Vater das letzte Mal von seiner Frau gehört hatte, und Faith wollte nicht diejenige sein, die sie zurück in sein Leben holte, wenn er nichts mit ihr zu tun haben wollte. Was immer sie als nächstes wegen ihrer Mutter unternahm, sie wollte zuerst die Zustimmung ihres Vaters.

„Dad?", rief sie, während sie das Wohnzimmer betrat. Der Fernseher lief, auf dem Bildschirm war ein John-Wayne-Film zu sehen. Eine blaue Decke lag auf einer gut gepolsterten Couch, und eine leere Kaffeetasse stand auf einem Beistelltisch.

„Faith? Bist du das?", rief er aus dem Gang. „Ich bin gleich da."

Xena schoss den Gang entlang, bellte und knurrte, als wäre sie hinter einem Eindringling her.

Faith ließ sie ziehen und begab sich in die Küche, um heiße Schokolade zu machen, und zwar die echte mit geschmolzener Schokolade und richtiger Milch.

„Xena, du verrückter Hund", hörte sie ihren Vater sagen. „Sitz. Sitz und sei ein braves Mädchen."

Das Bellen nahm ein Ende.

„Braves Mädchen", sagte er. „Ich weiß doch, dass du das Zeug dazu hast."

Das Bellen fing sofort von Neuem an, und einen Augenblick später schoss Xena wieder in die Küche und sauste um Faiths Füße.

„Ich sehe, die Hundeschule hilft", sagte Lin mit einem Kichern. „Zumindest weiß sie jetzt, was *Sitz* bedeutet."

Faith seufzte, während Xena den Fußabtreter vor der Spüle packte und aus dem Zimmer zerrte. „Sie ist ein Dauerprojekt."

Lin griff nach unten und rettete den Teppich vor dem flauschigen, scheckigen Shih Tzu. „Da wächst sie schon noch raus."

„Das sagen wir ständig." Faith rührte die heiße Schokolade um und biss sich auf die Unterlippe, nicht ganz sicher, wo sie anfangen sollte.

„Was ist los, meine Kleine?", fragte ihr Vater sanft. „Da stimmt doch was nicht. Das sehe ich an der Falte auf deiner Stirn."

Faith drückte sich zwei Finger gleich über ihre Augenbraue. „Ich habe da doch keine Falte, oder?"

Er lachte einfach nur und öffnete den Ofen. Der Geruch nach frisch gebackenen Zimtkeksen erfüllte das Zimmer. Nachdem er sie auf einem Teller gestapelt hatte, stellte er sie auf den Tresen und reichte Faith zwei Tassen. „Schenk mir auch was ein, ja?"

„Natürlich." Faith füllte die Tassen und sprühte ein wenig Schlagsahne aus der Dose darauf.

Lin warf einen Blick auf die Tassen und runzelte die Stirn. „Faith, was ist los?"

Er kannte sie zu gut. Tränen füllten ihre Augen. Anstatt etwas zu sagen, zog sie den Brief aus ihrer Tasche und reichte ihn ihm.

Ihr Vater warf ihr einen neugierigen Blick zu und fragte: „Was ist das?"

„Es kam dieses Wochenende mit der Post." Eine einzelne Träne lief ihre Wangen hinab, aber sie schaffte es, ihre Stimme ruhig zu halten. „Ich bin mir nicht sicher, was ich damit anfangen soll."

Lincoln Townsend konzentrierte sich auf den Brief, und Faith erkannte genau den Moment, in dem ihm klar wurde, dass er von seiner Ex-Frau stammte. Er schnappte kurz nach Luft und versteifte sich. Er brauchte noch ein paar Augenblicke länger, bis er ihr den Brief zurückreichte.

Faith strich das Papier glatt, nur um etwas zu tun zu haben, während sie auf seine Reaktion wartete.

Lin konzentrierte sich auf seine heiße Schokolade, hob die Tasse an die Lippen, dann stellte er sie ab, ohne daran genippt zu haben. Schließlich wandte er sich an sie und sagte: „Was willst du tun?"

Sie lächelte ihn traurig an. „Ich hatte gehofft, das würdest du mir sagen."

Lin legte seine alternde Hand auf die seiner Tochter, um sie sanft zu drücken. „Meine Kleine, diese Entscheidung kann ich nicht für dich treffen. Das weißt du. Du solltest tun, was immer dein Herz dir sagt."

Sie wandte sich zu ihm, ihre Tränen inzwischen getrocknet. „Es sagt mir, dass ich auf *dein* Herz hören soll, Dad. Ich will sie nicht zurück in unser Leben einladen, wenn dir das wehtut."

Alle möglichen Gefühle flackerten durch seine tiefblaugrauen Augen, und Faith war sicher, dass sie dort Feuchte sah. Aber er blinzelte, und seine Augen wurden klar. „Meine Beziehung zu ihr war schon vor langer Zeit vorüber, und ich glaube eigentlich, dass ich ausreichend Zeit zum Heilen hatte, sodass ich es gut überstehen werde, falls sie versucht, eine Beziehung zu euch Mädchen aufzubauen."

Faith nickte, wusste seine Bereitschaft zu schätzen, seine Gefühle für die seiner Mädchen beiseitezuschieben. „Danke, Dad. Das ist wirklich groß von dir."

Sie waren beide still, und Faith fragte sich, ob sie ihre Mutter überhaupt treffen wollte. Was für ein Mensch verließ einfach so eines Tages die Familie und kam niemals zurück? Dazu kam auch noch die Tatsache, dass sie nicht gewollt hatte, dass Faith es ihren Schwestern erzählte, und das sorgte bei ihr nur für ein schlimmes Ziehen in der Magengrube. „Ich muss es Abby, Noel und Yvette sagen, oder nicht?"

„Ja", erwiderte Lin, ohne zu zögern. „Sie verdienen es, zu erfahren, dass sie Kontakt zu dir aufgenommen hat."

Faith seufzte und legte den Kopf auf dem Tresen ab.

Lin strich ihr durch die Haare und sagte: „Ist schon gut, Faith. Du musst dich nicht mit ihr treffen, wenn du das nicht willst."

„Das hat Hanna auch gesagt", murmelte Faith.

„Du hast es ihr bereits erzählt?"

Faith hob den Kopf. „Ja. Ich brauchte jemanden zum Reden, und sie … naja, sie ist eben diejenige für mich."

Lin lächelte sie sanft an. „Aber natürlich, Liebling. Ich

glaube nur, du wirst es lieber früher als später deinen Schwestern erzählen müssen. Wenn sie es von jemand anderem erfahren … Noel wird das nicht gut aufnehmen.“

„Sie wird es sowieso nicht gut aufnehmen“, sagte Faith, aber sie zog bereits ihr Telefon heraus und fing an, eine Gruppennachricht aufzusetzen.

*Habt ihr gerade viel zu tun? Könnt ihr zu Dad kommen? Es ist wichtig.*

Noel antwortete sofort und fragte in ihrer Nachricht, ob es ihrem Vater gut ging. Lincoln Townsend hatte vor einem guten Jahr eine Krebsdiagnose erhalten. Er hatte sich behandeln lassen, und seit dem letzten Chemo-Termin waren seine Werte unauffällig. Aber er war immer noch geschwächt durch die Chemotherapie, und die Ärzte sagten, sein Immunsystem würde noch eine Weile angreifbar bleiben.

Sie biss sich auf die Unterlippe und schrieb zurück: *Es geht nicht um Dad. Es geht um Mom.*

Die Texte ihrer Schwestern trafen rasch ein, eine jede fragte, was mit Mom los war, und forderte Antworten.

Statt einer Antwort schrieb Faith zurück: *Wir reden darüber, wenn ihr herkommt. Dad und ich haben Kekse und heiße Schokolade.*

Dann schaltete sie ihr Handy ab. Das würde sie nicht über das Telefon erledigen.

„Komm schon, kleines Mädchen.“ Lin glitt von seinem Stuhl und küsste sie oben auf den Kopf. „Nehmen wir die Kekse mit zum Sofa und schauen uns den John-Wayne-Film zu Ende an.“

Faith kicherte. Ihr Vater änderte sich nie, und das war genauso, wie sie es wollte. „Xena, komm mit, Mädchen. Zeit zum Kuscheln.“

Der kleine Welpe sauste aus der Küche und sprang auf das

Sofa, um die Decke ihres Vaters zu beanspruchen. Nachdem sie sie mit den Pfoten auf genau die richtige Weise zu einem Bündel zusammengerafft hatte, drehte sie sich dreimal im Kreis und legte sich in die Mitte ihres Nests.

Faith schüttelte den Kopf darüber, wie albern dieser Hund war.

„Da weiß aber jemand ganz genau, wie man es sich gemütlich macht", sagte Lin, der sich neben den Welpen setzte. Faith setzte sich auf die andere Seite, zog die Beine zu einem Schneidersitz an und bediente sich an dem Teller Kekse, den ihr Vater auf den Beistelltisch gestellt hatte.

Lin beäugte den Teller. „Sie beeilen sich mal besser, oder es sind nur noch Krümel übrig."

Faith zuckte mit den Schultern. „Ich bin doch nicht schuld, dass sie sich so viel Zeit lassen."

Er lachte und drehte den Fernseher lauter.

# KAPITEL 11

„Nein. Ich finde nicht, dass du sie anrufen solltest", sagte Noel, während sie in Lincolns Wohnzimmer auf und ab ging.

Ein Feuer fauchte im Kamin, nahm der nächtlichen Novemberluft die Kühle, aber es wärmte Faith nicht. Ihr Inneres war eiskalt, und das war schon seit dem Augenblick so, in dem Noel in das Haus marschiert war.

„Sie versucht, Faith zu manipulieren, die Jüngste. Die Einzige, die sich am wenigsten an das erinnert, was passiert ist. Nein. Es spielt keine Rolle, was sie zu sagen hat", tobte Noel.

„Noel", sagte Abby sanft. „Ich weiß, dass du wütend bist, aber …"

„Da hast du verdammt recht, ich bin wütend, und das solltest du auch sein, Abby. Sie hat dich an deinem Geburtstag verlassen. Sie hat nicht einmal daran gedacht!"

Tränen traten in Abbys Augen, und sie schaute zur Seite.

Yvette, die bis hierhin still gewesen war, erhob sich. „Ich glaube, Faith muss das selbst entscheiden."

„Vette!" Noel funkelte sie an. „Das ist eine

Familienentscheidung. Und ich sage, wir machen gar nichts, außer wir sind uns alle einig."

Yvette schüttelte den Kopf. „Du weißt, dass das nicht funktioniert. Wie würdest du dich denn fühlen, wenn Mom dir einen Brief geschrieben hätte, und wir würden dir sagen, dass es nicht in Ordnung ist, ihr zu antworten?"

„Ich würde den verdammten Brief in Wodka tränken und dann anzünden", sagte Noel, ihre Stimme ausdruckslos und gar nicht aufgeregt.

Faith wusste auch, dass sie das getan hätte. Sie fragte sich, ob ihre Mutter das über ihre zweitälteste Tochter wusste? Es war schwer vorstellbar, aber Noel hatte schon immer den kürzesten Geduldsfaden gehabt. Sie war außerdem nachtragend, und am allermeisten trug Noel Gabrielle Townsend etwas nach. Nicht, dass Faith ihr einen Vorwurf hätte machen können. Auch sie war wütend. Wütender sogar, als ihr klar gewesen war. Aber nun, da Noel alles aussprach, bemerkte Faith die brodelnde Abneigung, die sich in ihrem Inneren gebildet hatte.

„Ich würde sie anrufen", sagte Yvette, die eine Hand hob, um Noels Einwände abzuwehren. „Ich will wissen, was sie zu ihrer Verteidigung zu sagen hat. Ich will wissen, was an ihrem Leben so schrecklich war, dass sie uns einfach verlassen hat. Uns alle."

Abby streckte sich und nahm Yvette an der Hand, um ihr schweigend moralische Unterstützung zuteilwerden zu lassen.

„Spielt es eine Rolle, warum?", fragte Noel, während sie sich auf einen von Lins extra-großen Sesseln warf.

„Einige von uns brauchen Antworten, selbst wenn es nicht die sind, die wir hören wollen", sagte Abby. „Du weißt schon, einen Abschluss."

„Abschlüsse sind überbewertet", erwiderte Noel und legte sich den Handrücken über die Augen.

„Nein, sind sie nicht", entgegnete Yvette leise und warf einen Blick hinüber zu ihrem Vater, der in der Nähe des Kamins stand und nichts sagte. „Was meinst du, Dad?"

Er zuckte mit den Schultern und schüttelte den Kopf. „Mir hat sie nicht geschrieben."

„Er will nichts von ihr hören", keifte Noel. „Vertrau mir. Sie hat ihn mit vier kleinen Mädchen sitzengelassen. Was musst du denn dazu noch wissen?"

Faith beobachtete Noel durch zusammengekniffene Augen und dachte nicht zum ersten Mal, dass ihre Schwester vermutlich diejenige von ihnen war, die den größten Schaden davongetragen hatte. Zuerst wurde sie von ihrer Mutter verlassen, die nicht zurückgekehrt war, und dann hatte ihr erster Ehemann genau dasselbe getan. Xavier, ihr Ex-Mann, war vor einem Jahr wieder zurück in ihr Leben gekommen. Es hatte sich herausgestellt, dass er eigentlich gar nicht hatte gehen und sie und Daisy verlassen wollen, aber das änderte nichts an der Tatsache, dass sie an ernsthaften Verlustängsten litt.

„Was, wenn wir herausfinden, dass sie gar nicht gehen wollte?", fragte Faith. „Würdest du das wissen wollen?"

Noel warf ihr einen finsteren Blick zu. „So wie Xavier, meinst du?"

Faith nickte.

„Ich möchte dich daran erinnern, dass Xavier aus freien Stücken ging, weil er nicht ehrlich zu uns sein konnte. Dass man ihn unter Drogen setzte und seine Erinnerungen veränderte, kam erst später. Ich glaube keine Sekunde lang, dass Mom keine Wahl hatte, und ehrlich, seit ich Daisy habe, gibt es daran für mich nichts zu verstehen oder zu verzeihen.

Ich stimme für Nein; nimm keinen Kontakt zu ihr auf. Und das ist alles, was ich dazu zu sagen habe."

„Abby?", fragte Yvette. „Wozu tendierest du?"

Tränen standen in Abbys Augen, während sie sich an Faith wandte. „Ich würde sie anrufen. Was immer ihre Gründe sind, gute oder schlechte, ich würde es wissen wollen. Ich würde die Sache zum Abschluss bringen."

„Eine Stimme für Anrufen, eine Stimme für Ignorieren", sagte Faith. „Yvette? Was meinst du?"

Yvette ließ den Kopf hängen. Als sie aufsah, begegnete sie Noels Blick. „Ich verstehe völlig, wie du das siehst, Noel. Der Gedanke, mich von Skye abzuwenden, bereitet mir Bauchschmerzen, und ich verstehe nicht, wie eine Frau einfach ihre Kinder verlassen kann. Aber ich muss zugeben, ich will hören, was sie zu ihrer Verteidigung zu sagen hat. Nicht ihretwegen, sondern um meinetwillen, damit ich versuchen kann, irgendeinen Sinn in dem zu sehen, was sie getan hat. Ich bin immer noch dafür, sie anzurufen."

„Zwei Stimmen für Anrufen, eine für Ignorieren", sagte Faith tonlos.

Abby setzte sich neben Faith. „Es sieht so aus, als läge die Entscheidung ganz bei dir, kleine Schwester. Was immer du tun willst, wir stehen hinter dir. Stimmt's, Vette, Noel?"

„Natürlich tun wir das", sagte Yvette, die sich auf die andere Seite von Faith setzte.

Alle drei wandten ihre Aufmerksamkeit Noel dazu, alle starrten sie an.

Sie warf hinter ihrer Hand einen Blick auf sie und stöhnte. „Ihr braucht meine Zustimmung nicht."

„Doch, tun wir", sagten die anderen drei gleichzeitig.

Yvette lächelte sie an. „Du bist eine von uns. Uns ist auch wichtig, was du denkst."

„Urgs!" Noel erhob sich. „Also gut. Ruf sie an. Aber sag ihr, sie soll keinen Kontakt zu mir aufnehmen. Es würde ihr nicht gefallen, was ich zu sagen habe." Sie schüttelte den Kopf und ging hinüber zu Lin. „Gute Nacht, Dad. Es tut mir leid, dass du dich damit herumschlagen musst. Ich weiß, wie sehr das wehtut."

Lin schlang die Arme um sie und drückte ihr einen Kuss auf die Schläfe. „Ich habe diese Beziehung schon vor langer Zeit losgelassen, meine Liebe. Jetzt machen mir nur noch meine Mädchen Sorgen. Ich will nicht, dass euch noch einmal wehgetan wird."

Sie nickte und umarmte ihn fester. „Mach dir keine Sorgen um mich." Noel wies mit dem Kopf auf ihre Schwestern. „Um die drei gefühlsduseligen Weiber musst du dich kümmern."

Er kicherte. „Das weiß ich doch."

Faith ging in ihrem Büro auf und ab, ihre Nerven ließen ihren Magen verrücktspielen. Sie hatte nichts bis auf ein Plunderteil vom Incantation Café gegessen, und der Zucker hatte ihre Nervosität nur noch befeuert. Wie sollte sie da einfach das Telefon nehmen und ihre Mutter anrufen? Sie wusste nicht einmal, ob sie etwas herausbringen würde. Was sollte sie schon sagen? *Hi, Mom. Danke, dass du endlich zur Kenntnis nimmst, dass du Töchter hast?*

Warum machte sie sich einen solchen Stress? Sie musste doch gar nichts sagen, oder? Ihre Mutter war diejenige, die den Kontakt angebahnt hatte. Faith konnte sie anrufen und einfach nur sehen, was sie zu sagen hatte, oder? Genau das sollte sie wohl tun, aber sie konnte es nicht. Nicht ganz allein auf jeden

Fall. Sie griff zum Handy, aber anstatt ihre Mutter anzurufen, wählte sie Abbys Nummer.

„Faith?", fragte ihre Schwester nach dem ersten Klingeln. „Geht es dir gut? Hast du mit ihr gesprochen?"

„Nein. Bist du beschäftigt?", fragte Faith, die versuchte, das flaue Gefühl zu ignorieren, dass sich in ihren Eingeweiden breitmachte.

„Nicht zu beschäftigt für dich. Was brauchst du?"

„Kannst du einfach rüberkommen und nur … ich weiß nicht. Mir dabei die Hand halten? Ich dachte, ich könnte das allein machen, aber ich bin so nervös, dass ich mich gleich übergebe."

„Das macht es ja sehr verlockend, kleine Schwester", neckte Abby sie sanft. „Genau, was ich heute noch auf dem Plan hatte – dir die Haare zurückhalten, während du mit der Mutter sprichst, die uns abserviert hat."

Faith wusste, dass Abby einen lockeren Spruch beabsichtigt hatte, aber die Worte waren letztlich ausdruckslos mit einem Hauch Abneigung gewesen.

„Es tut mir leid, Faith", sagte Abby schnell. „Das kam jetzt nicht rüber wie geplant. Ich bin gleich da. Soll ich irgendetwas mitbringen? Schokolade? Wein? Eine Voodoopuppe?"

Tränen brannten in Faiths Augen, während sie lachte. „Nur dich. Wir können danach rüber in die Brauerei gehen."

„Ich bin unterwegs."

Sie beendeten den Anruf, und Faith sank in ihrem Sessel zusammen. Sie legte den Kopf auf den Schreibtisch und versuchte, an nichts anderes zu denken als das Weihnachts-Schokoladen-Bier, von dem sie wusste, dass man es in der Townsend-Brauerei zapfen konnte. Sie hatte heute Nachmittag keine Termine mehr eingetragen. Wenn sie sich besaufen wollte, stand ihr das frei.

Es klopfte an der Tür, gefolgt von Lenas nervöser Stimme. „Faith? Hier fragt jemand nach dir."

Aber natürlich. Wenn man ein Geschäft hatte, hieß das, dass keine Zeit für Selbstmitleidspartys war. „Ich komme." Sie öffnete die Tür, nur um festzustellen, dass ihre Empfangsdame dastand und die Hände rang. „Was ist los, Lena?"

„Machst du … äh, Änderungen beim Personal?", fragte Lena.

„Hä?" Faith starrte sie verwirrt an. „Nein. Warum fragst du das?"

„Also stellst du niemanden ein?"

Faith runzelte die Stirn. „Offiziell nicht. Wir werden eine neue Therapeutin brauchen, wenn das Geschäft weiter wächst, aber abgesehen davon hatte ich keine Pläne. Noch nicht."

Lena stieß einen langen, erleichterten Seufzer aus und lächelte Faith an. „Gut. Ich weiß nicht, was vorgeht, aber die Frau, die im Empfangsraum auf dich wartet, redet die ganze Zeit davon, wie sie diesen Ort verwandeln wird, und wenn sie fertig ist, werden wir ihr zum Dank die Füße küssen. Ich dachte, du willst vielleicht eine neue Geschäftsführerin einstellen oder so."

Das war der Job, den Faith Lena versprochen hatte, sobald sie groß genug waren, um mit voller Besetzung zu laufen. „Auf keinen Fall." Sie lächelte Lena beruhigend an. „Ich lasse dich nicht so leicht aus unserer Vereinbarung. Ich habe es ernst gemeint, als dir gesagt habe, dass du diese Aufgabe bekommst, sobald der Laden richtig brummt."

„Danke", sagte Lena, in ihren dunklen Augen blitzte Erleichterung auf. „Sie schien einfach nur so selbstsicher, und ich schätze, davon habe ich mich paranoid machen lassen."

Faith hakte sich bei Lena unter und sagte: „Komm mit. Sehen wir nach, worum es bei alledem geht."

„Sie heißt Vivian", sagte Lena. „Sie war schon gestern da, weißt du noch? Aber du warst zu sehr, äh … mit Hunter beschäftigt, um dich mit ihr zu treffen."

„Vivian?" *Die Vivian? Hunters Vivian?*

„Ja, Sie ist kürzlich von Las Vegas hergezogen, hat sie, glaube ich, gesagt."

Oh, ihr Götter. Es *war* Hunters Vivian. Was machte sie denn im Spa? Faith war unfassbar neugierig, während sie durch die Tür zum Empfangsbereich ging.

Vivian trug eine schicke schwarze Hose, modische Lederstiefel und eine fließende Seidenbluse, die eine Schulter frei ließ. Ihr gerades schwarzes Haar war geglättet, sodass sie aussah wie ein Model, frisch vom Laufsteg.

*Himmel, sie ist anbetungswürdig,* dachte Faith, und sie spürte einen Ansturm der Eifersucht, während sie zu der Frau hinüberging, eine Hand zum Gruß ausgestreckt. „Hallo Vivian. Was für eine Überraschung, Sie wiederzutreffen."

Vivian nahm Faiths Hand in ihre und sagte: „Ihr Wellnesscenter ist großartig. Ich gratuliere. Soweit ich das sehe, haben Sie erst seit diesem Sommer geöffnet."

Faith ließ Vivians Hand los und nickte. „So ist es. Es war ein ganz schöner Akt, aber auch sehr lohnend."

„Auf jeden Fall." Sie sah sich um und konzentrierte sich auf den handgeschnitzten fünfzackigen Stern, der über dem gasbetriebenen Kamin hing. „Ich sehe Hunters Handschrift hier überall. Das Stück hat er für den Künstler gezeichnet, damit der es anfertigen kann, oder?"

Faith stand vor Überraschung der Mund offen. Es war ein Abbild des Sterns, der im Townsend-Haus hing, und Hunter hatte ihn für den Künstler gezeichnet, der ihn hergestellt hatte. „Ja, hat er. Woher haben Sie das gewusst?"

Ihre Augen glitzerten, während sie sich vorbeugte, und

flüsterte: „Es ist der Baum gleich in der Mitte. Er hat ihn schon einmal gezeichnet. Ich glaube, es ist eine Replik eines Baums, der in Hunters Garten stand, als er ein Kind war. Er und Craig haben ein Baumhaus gebaut und dann den Großteil ihrer Jugend dort verbracht, um es als Versteck vor sämtlichen Eltern zu nutzen."

Faith starrte den Stern an und spürte, wie ehrfürchtige Dankbarkeit sie überkam. Es war der gleiche Baum, den Hunter benutzt hatte, als er ihr mit dem Logo des Ladens geholfen hatte. Er sorgte dafür, dass sie sich ihm näher fühlte, auf irgendeine besondere Art. „Wow, ich hatte ja keine Ahnung."

„Das ist so typisch für Hunter", sagte Vivian mit einem stillen Lächeln. Dann richtete sie die Schultern auf und verwandelte sich in eine fröhlichere, lebhaftere Version ihrer selbst, während sie ein Fläschchen von Abbys selbst gemachter Lotion nahm und zustimmend nickte. „Tolle Produkte im Regal. Hat Ihre Schwester Ihnen erzählt, dass ich inzwischen den Vertrieb für sie mache?"

„Wirklich?", fragte Faith überrascht. „Wann ist das denn passiert?"

„Es ist erst vierundzwanzig Stunden her, und ich habe ihr bereits einen neuen Kunden in Eureka verschafft."

„Wow, beeindruckend", sagte Faith, die sich fragte, worauf das wohl hinauslief.

Sie musste nicht lange warten, um es herauszufinden. Vivian ging hinüber zum Empfangstresen, stützte einen Ellbogen auf und sagte: „Wenn Sie mir eine Chance geben, kann ich dasselbe für Sie tun."

Faith runzelte die Stirn. „Aber wir verkaufen keine Waren. Zumindest nicht unsere eigenen. Wir verkaufen Dienstleistungen."

„Genau." Vivian schaute sich um. „Dieser Laden ist wunderschön und luxuriös, aber es sieht aus, als könnten Sie ein wenig mehr Laufkundschaft vertragen."

Da gerade ein Wochentag in der Zeit zwischen Thanksgiving und Weihnachten war, gab es nicht viele Touristen in Keating Hollow, was bedeutete, dass es im Spa ruhig war. Am Vormittag waren ein paar Kunden gekommen, aber an diesem Nachmittag war Keating Hollow eine Geisterstadt. Und Faith musste zugeben, dass es ihr, wenn es im Dezember nicht bald besser lief, ihr im Januar schwerfallen würde, ein paar der Rechnungen zu bezahlen.

„Wir versuchen auf jeden Fall, neue Arten zu finden, uns einen Kundenstamm vor Ort aufzubauen", sagte Faith.

„Toll." Vivian strahlte sie an. „Da komme ich ins Spiel. Wenn Sie möchten, würde ich mir gerne anschauen, was ich tun kann, um Kunden aus Eureka und anderen umliegenden Städten herzuholen, Stammkunden genauso wie Touristen. Welche, die nicht unbedingt ständig nach Keating Hollow kommen, und entweder nicht wissen, dass Sie hier sind, oder Sie einfach noch nicht ausprobiert haben. Ich würde natürlich auf Kommissionsbasis arbeiten, aber es wäre für uns beide ein Gewinn, da Sie nur zahlen, wenn ich auch liefere."

Faith hatte dieses Gespräch mit der klaren Absicht begonnen, Vivian eine Abfuhr zu erteilen, für welchen Job auch immer sie sich bewarb. Im Budget war dafür einfach kein Platz. Aber zu einer Aufgabe auf Kommissionsbasis konnte sie ja wohl kaum Nein sagen. Es ließ sich nicht leugnen, dass sie mehr Besuch im Spa brauchten, damit es sich richtig etablieren konnte. Faith wäre töricht gewesen, wenn sie das abgelehnt hätte.

„Woher sollen wir wissen, dass Kunden, die bei uns buchen,

eine direkte Folge Ihrer Marketing-Bemühungen sind?", fragte Faith.

„Ist das ein Ja?", erwiderte Vivian, deren Grinsen breiter wurde.

„Ich denke schon. Wir müssen noch ein paar Einzelheiten besprechen, etwa Ihre Kommissionbedingungen, und wie man sicherstellt, dass Sie Ihre Provision erhalten, aber auf den ersten Blick klingt es so, als wäre es einen Versuch wert."

„Hervorragend!" Vivian klatschte in die Hände. „Sollen wir in Ihr Büro gehen und die Einzelheiten ausarbeiten?"

„Auf jeden Fall." Faith öffnete Vivian die Tür nach hinten und wandte sich an Lena. „Abby ist auf dem Weg hierher. Schick sie einfach nach hinten, wenn sie ankommt."

„Kein Problem, Boss", sagte Lena, die zurück hinter den Empfangstresen glitt. „Hey, aus Vertrieblern werden keine Geschäftsführer, oder?"

Faith stieß ein lautes Lachen aus. „Nicht bei *A Touch of Magic*, nein. Mach dir keine Sorgen. Mit etwas Glück wirst du, nun, da wir Vivian an Bord haben, schneller befördert, als du glaubst."

# KAPITEL 12

Es dauerte nicht lange, einen Vertrag zusammenzuzimmern, und als Vivian das Büro verließ, tauchte gerade Abby mit zwei dampfenden Mocca Latte aus dem Incantation Café auf.

„Hier", sagte Abby und reichte ihr die Tasse. „Trink erst das. Es wird helfen."

„Abby, ich glaube nicht, dass Koffein mir hilft, mich zu beruhigen", sagte Faith und winkte Vivian zu, die gerade die Straße entlangging.

„Nein, aber der Kognak schon." Abby zwinkerte und nickte in Vivians Richtung. „Hat sie sich eine Massage gegönnt?"

Faith schüttelte den Kopf. „Nein. Sie macht für uns den Vertrieb und sucht uns Kunden, während sie unterwegs ist und deine Waren anbietet."

„Wirklich? Das ist fantastisch." Abbys Augen leuchteten. „Sie hat mir bereits einen großen Kunden organisiert. Ich glaube, du wirst sie bestimmt mögen."

Das tat Faith bereits. Sie schätzte Vivians Tatkraft beim Aufbau ihres Vertriebsgeschäftes, und es gefiel ihr, dass sie so offen war, eine Eigenschaft, von der Faith das Gefühl hatte, dass sie ihr selbst fehlte. Das Einzige, was ihr ein ungutes Gefühl gab, war die Art, wie Vivian über Hunter sprach. Es lag eine Bewunderung und Sehnsucht in ihrem Tonfall, der Faith die Gewissheit gaben, dass sie Gefühle für ihn hegte. Es könnte schon seltsam sein, mit Hunter auszugehen und mit der Frau zusammen zu arbeiten, die womöglich in ihn verliebt war.

„Ja, sie wirkt toll", sagte Faith und nahm einen großen Schluck von dem Mocca mit Schuss. Die Flüssigkeit wärmte sie bis in die Zehenspitzen. Sie hielt die Tasse zu einem gespielten Salut nach oben. „Das war eine gute Idee."

„Gern geschehen", sagte Abby, die sich vor den Schreibtisch setzte. „Okay. Mach es. Reiß das Heftpflaster einfach ab. Ruf sie an und finde heraus, was sie will."

Faith stöhnte und wünschte, sie hätte den Brief einfach weggeworfen, ohne es jemandem zu sagen. Dann müsste sie sich jetzt nicht damit beschäftigen. Aber tief in ihrem Innern wusste sie, dass sie diese Entscheidung bereut hätte. Sie nahm einen weiteren Schluck von ihrem Mocca und tippte die Nummer ihrer Mutter ein. Sie hatte so viel Zeit damit verbracht, den Brief anzustarren, dass sie sie sich gemerkt hatte.

Das Handy fing an zu läuten, und Panik kam in Faiths Brust auf. Ihr Herz hämmerte gegen die Rippen, und wenn Abby ihr nicht die Hand gedrückt hätte, hätte sie das Telefon ganz bestimmt durch das Zimmer geworfen. Warum nochmal machte sie das eigentlich?

„Hallo?" Die Stimme am anderen Ende der Leitung klang sowohl vertraut als auch fremd. Es war so lange her, dass Faith ihre weiche, leise klingende Stimme gehört hatte, dass sie fast sicher war, sie hätte sie sich eingebildet. „Hallo?", wiederholte sie, diesmal war es ein wenig heiser.

„Mom?", brachte Faith quietschend hervor. „Bist du das?"
Schweigen.

Faith starrte Abby an, konnte kaum atmen. Vielleicht hatte
es sich ihre Mutter anders überlegt und wollte nichts von ihr
hören. Hatte sie den Brief in einem Augenblick der Schwäche
geschickt? Wollte sie …

„Faith?", fragte Gabrielle mit einem ganz leisen Flüstern.
„Faith, Kleines, bist du das wirklich?"

„Ja, Mom. Ich bin es. Ich habe deinen Brief bekommen." Sie
wusste nicht, was sie sonst sagen sollte.

„Oh, bei der Göttin." In Gabbys Stimme waren Tränen zu
hören, gefolgt von einem leisen Schluchzen. „Du hast
angerufen. Ich kann nicht glauben, dass du angerufen hast.
Danke."

„Gern geschehen?", sagte sie und ließ die Worte eher nach
einer Frage klingen.

Ihre Mutter schluchzte weiter leise, während Faith aufs
Telefon zeigte und lautlos zu Abby sagte: *Sie weint.*

„Gut. Das sollte sie auch", erwiderte Abby mit giftigerer
Stimme, als es Faith bei ihr für möglich gehalten hätte.

„Ist jemand bei dir, Liebling?", fragte Gabrielle.

„Ja. Abby ist hier." Sie gab keine Erklärung ab. Soweit es sie
betraf, verdiente ihre Mutter keine Erklärung.

„Oh. Ich verstehe." Die Tränen in ihrer Stimme waren
weg, aber Faith hörte, wie sie zur Stärkung Luft holte.
„Wissen auch Yvette und Noel, dass ich dir geschrieben
habe?"

„Ja."

Weiteres Schweigen.

Alle Nervosität wich von Faith, als Zorn sie überkam. Sie
packte das Handy so fest, dass sie überrascht war, nicht das
Gehäuse zu zerdrücken. „Es ist über zwanzig Jahre her. Was

ist? Brauchst du Geld? Bist du gerade aus dem Koma erwacht? Bist du krank?"

*Krebs.* Das Wort blitzte in Faiths Gedanken auf, und sie klappte den Mund zu, weil sie die Antwort nicht wissen wollte. Sie hatten bereits ein Elternteil, das mit dieser schrecklichen Krankheit geschlagen war.

„Nein, nein. Nichts dergleichen. Ich wollte … ich wollte dich einfach sehen", sagte sie, ihre Stimme verklang, als würde der Wind das Geräusch forttragen.

„Warum?" Es war eine ehrliche Frage. Faith hatte keine Ahnung, was sie nach all den Jahren wollen könnte.

„Weil ich meine Mädchen vermisse", sagte sie, ihre Stimme wieder erstickt von Tränen. „Ich hab es vermasselt, Faith. Ich hab alles vermasselt. Ich wollte dich einfach nur sehen … herausfinden, ob es irgendeine Möglichkeit gibt, dass du und deine Schwestern mir vergeben könnt."

Tränen traten Faith in die Augen, nicht, weil ihr Herz sich nach der Mutter sehnte, die sie verlassen hatte, sondern weil es das nicht tat. Der Klang ihres Weinens bewegte sie überhaupt nicht. Er ging ihr nicht ans Herz. Sie fühlte sich lediglich betäubt.

„Lass mich mit ihr reden", sagte Abby.

Faith nickte und sagte zu ihrer Mutter: „Ich reiche dich an Abby weiter."

„Abby", sagte ihre Mutter, die Sehnsucht war nicht zu verkennen.

Faith schnaubte und schob Abby das Telefon in die Hand. Sie brauchte frische Luft, musste atmen. In diesem Büro war es zu stickig. Sie musste hier raus.

„Mom?", hörte sie Abby sagen.

Es war zu viel. Wenn sie hier nicht rauskam, würde sie durchdrehen. Ohne ein Wort zu sagen, eilte Faith aus dem

Zimmer, knallte die Tür hinter sich zu. Sie ging nach draußen, brauchte die frische Luft, damit ihr Kopf nicht explodierte.

In dem Augenblick, in dem sie durch die Tür krachte, bahnte sich ein Schrei den Weg aus ihrer Lunge, ein Schrei, von dem sie gar nicht gewusst hatte, dass sie ihn zurückgehalten hatte. Das Geräusch war herzzerreißend, selbst in ihren Ohren. Sie beugte sich vor und ließ zwanzig Jahre Schmerzen, zwanzig Jahre gebrochenes Herz und Verwirrung aus sich heraus.

Als der Schrei endlich leiser wurde, fiel sie auf die Knie und schluchzte.

„Faith?" Die tiefe, beruhigende männliche Stimme wurde ihr zwar bewusst, aber Faith war zu weit weg, um sie zur Kenntnis zu nehmen.

Sie wusste, dass Hunter hinter ihr stand, eine Hand auf ihrem Rücken, die andere hielt sie sanft an der Hand.

„Ist schon gut, Faith", sagte er beruhigend. „Lass es raus."

Die Tränen kamen schnell und heftig, und ihr Körper wurde von Schluchzern geschüttelt. „Sie … hat uns verlassen."

„Wer hat euch verlassen?" Er strich ihr das Haar über die Schulter zurück, seine Bewegungen zielgerichtet und vorsichtig.

„Unsere … Mutter. Sie ist gegangen und … kam niemals zurück." Sie drehte sich um und schaute ihn an, ihr Herz wund vor Schmerzen und rohen Gefühlen. „Sie. Hat. Uns. Verlassen. Jetzt …" Sie schüttelte den Kopf, kniff die Augen zusammen und wollte noch einmal schreien. Aber sie wusste, dass sie es nur überstehen würde, wenn sie die Worte aussprach. Sie laut aussprach. Sie losließ. „Sie hat uns nicht genug geliebt, um zu bleiben. Jetzt will sie Vergebung, und ich … ich kann nicht. Ich weiß nicht, wie."

Seine Augen wurden groß. „Du hast von deiner Mutter

gehört?" Sie nickte und lehnte sich an ihn, musste etwas anderes spüren als Schmerz.

Hunters Arme legten sich um sie, und er zog sie auf seinen Schoß. Er drückte ihr eine raue Hand an die Wange, starrte ihr in die Augen und sagte: „Du musst nichts tun, was du nicht tun willst. Das weißt du, oder?"

„Ja. Mein Verstand weiß ich das schon. Aber hier drin", sie deutete auf ihre Brust, „will mein kleines Mädchen mit dem gebrochenen Herzen seine Mutter."

Die Arme immer noch fest um sie gelegt, wiegte er sie langsam vor und zurück, während die Tränen lautlos über ihr Gesicht liefen. „Willst du über das reden, was passiert ist?"

„Wann?" Sie stieß ein trauriges, bellendes Lachen aus. „Damals oder jetzt?"

„Beides. Keines. Was immer du willst." Er drückte ihr die Lippen auf die Stirn und gab ihr einen sanften Kuss.

Seine Zärtlichkeit, die Art, wie er dafür sorgte, dass sie sich geliebt und sicher fühlte, beruhigten sie, und die Tränen hörten auf. Der Kontrast der Wärme, die von ihm ausging, und der eisigen Kälte der Luft sorgte dafür, dass sie sich plötzlich lebendig fühlte und sich seiner nur allzu bewusst wurde, und der Tatsache, dass sie ihn überall berühren wollte.

Faith räusperte sich, schob sich sanft von ihm weg und stand auf. Ihr Gesicht wurde langsam heiß vor Verlegenheit, und sie starrte an ihm vorbei, während sie sagte: „Es tut mir leid, Hunter. Ich hätte nicht so schreien sollen." Sie stieß ein nervöses Lachen aus. „Es ist gut, dass wir keine Kunden hatten, oder?"

Er stand auch auf, musterte sie mit einem merkwürdigen Ausdruck auf dem Gesicht. „Faith, was ist passiert?"

Sie seufzte und nahm hin, dass er irgendeine Art Erklärung brauchte. Er würde sie nicht einfach zurück ins Spa gehen lassen, als wäre nichts passiert. Sie hätte es auch nicht getan, wenn sie gesehen hätte, wie er einen Zusammenbruch hatte. „Meine Mom, von der ich seit zwanzig Jahren nichts gesehen oder gehört habe, hat mir einen Brief geschickt und wollte, dass ich Kontakt mit ihr aufnehme. Nachdem ich mit meinem Dad um meinen Schwestern gesprochen hatte, habe ich beschlossen, sie heute anzurufen. Und als sie sagte, ihr ginge es nur um Vergebung, wurde ich damit nicht fertig. Ich bin mehr oder weniger durchgedreht. Ein richtiger Zusammenbruch."

„Das ist eine Menge, mit dem du fertig werden musst, wenn deine Mutter in so jungem Alter verschwindet", sagte er und schob sich die Hände in die Taschen. „Was hast du gesagt?"

„Nichts. Ich habe mein Telefon Abby gereicht und kam hier raus, um … Ich weiß auch nicht, um alles aus mir rauszubefördern, schätze ich."

„Daran ist nichts falsch", sagte er. Als sie nichts erwiderte, fügte er an: „Es ist nicht dasselbe, aber ich habe auch meine Mutter verloren. Ich war acht."

„Sie ist weggegangen?", fragte Faith, die erleichtert war, über die Erfahrung eines anderen sprechen zu können. Sie wusste nicht, wie sie die Gefühle wegen ihrer Mutter verarbeiten sollte; sie wusste nur, dass in ihr ein Sturm herangereift war, und sie musste ihn loswerden.

„Sie ist gestorben … gemeinsam mit meinem Dad. Es gab einen Schneesturm und einen großen Laster."

„Das du mir so leid", sagte sie und meinte es ernst. „Das muss verheerend gewesen sein." Während ihre Mutter einfach nur verschwunden war, hatten sie zumindest noch ihren Vater gehabt, von dem sie alle schworen, dass er der beste Vater war, den es je gegeben hatte. Faith konnte sich nur schwer vorstellen, wo sie ohne ihn heute wären.

„War es." Er zog sie sanft über die Veranda nach unten, um

sie auf eine Bank zu setzen – eine Bank, die vorher noch nicht da gewesen war.

Sie schaute sich um, nahm endlich ihre Umgebung war. Die Veranda war mit großen Kacheln in einem warmen Beigeton gefliest, während die Feuergrube aus roten und orangen Kacheln gebaut war. Er hatte außerdem eine passende gerundete Bank links von ihrem derzeitigen Platz aufgestellt. Das ganze Design war beeindruckend. Die Farben passten perfekt zu den Mammutbäumen, die das Grundstück umgaben, und waren auch für sich schon aufsehenerregend. „Hunter", sagte sie mit gedämpfter Stimme. „Das ist atemberaubend. Ich kann nicht glauben, dass du schon so viel fertig gebracht hast."

Seine Augen glitzerten im spätnachmittäglichen Licht, während er sie zufrieden anlächelte. „Dann gefällt es dir also?"

Sie kam auf die Beine und musterte alles. Hinter ihnen hatte er eine Felswand begonnen, die vermutlich mit heimischen Pflanzen und einem Wasserfall auf einer Seite gefüllt werden würde. „Ich liebe es. Es ist so viel mehr, als ich erwartet hatte."

Er kam zu ihr und nahm ihre Hand in seine. „Ich wollte eine Beleuchtung an Lampenpfosten überall im Umkreis anbringen, und außerdem eine Bodenbeleuchtung rund um die Stufen hier drüben. Ich finde, es sollte am Abend genauso friedlich sein wie tagsüber."

Ein Hauch Frieden strömte in sie hinein, während sie ihre Umgebung musterte, das vollendete Bild bereits im Kopf. Ihre Augen wurden trüb, aber diesmal aus reiner Wertschätzung und Dankbarkeit anstelle von Traurigkeit. Er verwandelte ihr Geschäft in die Vision, über die sie vor Monaten gesprochen hatten, ehe er nach Las Vegas aufgebrochen war. „Es wird so wunderschön. Wir werden es für Events vermieten können. Partys, Hochzeiten, Jubiläen."

„Solange es draußen nicht eiskalt ist", sagte er und warf einen Blick auf den dunkler werdenden Himmel.

„Ist der Feuerhexe etwa kalt?", neckte sie ihn, glitt in seine Arme und packte ihn.

Er kicherte. „Nicht, wenn ich dich in den Armen halte."

Wärme breitete sich in ihr aus, und sie erhob sich auf die Zehenspitzen, drückte ihre Lippen auf seine. „Danke."

„Wofür?" Er strich mit dem Daumen über ihren Wangenknochen, schaute sie an, als wolle er nie wieder den Blick von ihr abwenden.

„Dafür, dass du mit mir hier bist. Ich weiß nicht, was es ist, aber deine Anwesenheit beruhigt mich einfach."

„Weißt du was, Faith?", sagte er, seine Stimme ein wenig heiser.

„Was?"

„Du wirkst genauso auf mich." Er neigte den Kopf und küsste sie, sodass ihr Körper bis hinab zu den Zehenspitzen prickelte. Als sie sich schließlich voneinander lösten, lächelten sie beide wie Teenager, während Hunter sie zurück in ihr Büro begleitete.

Als sie an ihrer Tür ankamen, blieb sie stehen, nicht sicher, ob sie bereit für das war, was im Innern auf sie wartete.

„Kommst du denn klar?", fragte er.

„Ehrlich gesagt, weiß ich es nicht." Sie wandte sich zu ihm. „Kannst du dir vorstellen, dass ich mit fünf Jahren die Einzige war, die nicht geweint hat, als uns klar wurde, dass meine Mutter gegangen war?"

Er hob beide Augenbrauen. „Du machst Witze."

Sie schüttelte den Kopf. „Ich habe es schon vorher getan, als ich das Gefühl bekam, dass etwas nicht stimmte, doch dann hatte ich so eine Art Vorahnung, dass sie niemals zurückkehren würde. Und ich weiß nicht, vielleicht wurde ich mit dem Trauma nicht fertig, darum habe ich einfach nicht an sie gedacht. Es ist, als hätte ich sie aus meinem Leben und meinen Erinnerungen entfernt. Sie ist gegangen, und ich tat so, als hätte es sie nie gegeben."

„Bis jetzt", sagte er.

„Bis jetzt. Ich hatte keine Ahnung, wie wütend ich eigentlich war. Und um ehrlich zu sein, jetzt wünsche ich mir, ich hätte sie nicht angerufen. Ich glaube nicht, dass ich sie sehen will." Sie starrte auf ihre Füße hinab und schämte sich ein wenig. Es ging hier um ihre Mutter, und ganz gleich, was sie getan hatte, verdiente sie nicht zumindest eine Chance, sich zu erklären? Faith war nicht so sicher.

„Faith, hör zu", sagte Hunter, der ihr beide Hände auf die Wangen drückte, während er sie entschlossen anstarrte. „Ich weiß, dass es nicht einmal annähernd dasselbe ist, denn meine Mutter hat mich unbeabsichtigt verlassen, aber ich kann dir sagen, dass ich einfach alles geben würde, um sie noch ein einziges Mal zu sehen und mit ihr zu sprechen."

„Du hast recht. Es ist nicht dasselbe", sagte Faith mit nüchternem Unterton. „Und ich habe dieses Gefühl nicht. Zumindest nicht heute."

„Ich verstehe", sagte er mit einem Nicken. „Und ich kann es nachvollziehen. Glaub mir, wirklich. Es gibt Leute in meinem Leben … nun, sagen wir einfach, dass ich auch Verwandte habe, die mich enttäuscht haben, und es steht nicht sonderlich weit oben auf meiner To-Do-Liste, mit ihnen zu sprechen. Aber lass mich dir nur eine Frage stellen … Wenn das deine letzte Gelegenheit wäre, mit ihr zu sprechen, würdest du sie ergreifen, wärst du glücklich mit deiner Entscheidung?"

„Meinst du, ob es mich stören würde, wenn sie wieder abhaut?" Das dachte sie eigentlich nicht.

„Ja … Und Nein. Stell dir einfach die Frage, wenn ihr etwas zustoßen würde und du niemals wieder mit ihr sprechen könntest, niemals Antworten erhalten, ihr niemals die Gelegenheit geben könntest, es wiedergutzumachen, wie würde sich das anfühlen?"

Sie lehnte sich an die Tür und verschränkte die Arme vor der Brust. „Du glaubst, ich sollte mich mit ihr treffen."

Er presste die Lippen fest aufeinander und zuckte unentschlossen mit einer Schulter. „Ich weiß nicht, ob du das solltest oder nicht." Er zog sie dicht an sich und legte ihr eine Hand aufs Herz. „Ich glaube, du solltest genau das tun, was dein Herz zusammenhält."

„Verdammt", flüsterte sie und blinzelte Tränen weg. „Woher soll ich denn bitte wissen, was das ist?"

Er küsste sie auf die Schläfe und sagte: „Hör einfach zu. Du wirst es schon wissen."

Faith umarmte ihn fest und flüsterte: „Danke."

# KAPITEL 13

Faith fand Abby an ihrem Schreibtisch, an dem sie saß und das Telefon in ihrer Hand anstarrte. Sie schaute nicht einmal auf, als Faith das Büro betrat und die Tür hinter sich schloss. Ihre Schritte hallten auf dem Hartholzboden, sodass Abbys Aufmerksamkeit sich schließlich auf sie richtete.

Abbys rot umrandete Augen begegneten Faiths Blick, und sie sagte: „Das war um einiges schwerer, als ich erwartet hatte."

Faith lehnte sich an den Schreibtisch und legte eine Hand über die ihrer Schwester. „Das musst du mir nicht sagen. Ich hatte gerade draußen einen Zusammenbruch."

Abbys Lippen zuckten zu einem Lächeln hoch. „Einen Zusammenbruch? Du? Das klingt gar nicht nach meiner kleinen Schwester."

„Ich weiß. Armer Hunter. Er musste mich wieder aufrichten."

„Hunter, hm?", fragte Abby mit plötzlichem Interesse. „Was geht denn da vor?"

Faith spürte immer noch seine Arme um sich, während sie sagte: „Wir gehen am Samstag miteinander aus."

„Oh, oh, oh! Du solltest mal dein Gesicht sehen. Du bist in ihn verschossen." Abby grinste. „Ziemlich sogar."

„Vielleicht." Doch der Gedanke, am Samstag mit ihm allein zu sein, machte sie nervös.

„Warte mal, hast du am Freitag nicht ein Date mit Brian?", fragte Abby, die Augenbrauen verwirrt zusammengekniffen. „Bist du gerade mit zwei Typen gleichzeitig zusammen?"

„Nein. Ich bin nicht mit zwei Typen zusammen." Doch in Wirklichkeit war da was dran. „Ich glaube, ‚zusammen' ist dafür leicht übertrieben."

„Also hast du am Freitag ein Date mit Brian und am Samstag eines mit Hunter. Verdammt, kleine Schwester." In Abbys Augen glitzerte der Schalk. „Du bist ganz schön intrigant."

„Beruhige dich. Hast du nicht Clay schöne Augen gemacht, noch während du eigentlich mit wie-hieß-er-noch aus New Orleans zusammen warst?"

Abby lachte. „Vielleicht. Aber ich habe auf jeden Fall nicht mit beiden am selben Wochenende ein Date gehabt. Ich bin beeindruckt, Faith. Ernsthaft. Monatelang hast du überhaupt nichts, und jetzt buhlen die beiden heißesten Typen der Stadt um deine Aufmerksamkeit. Gut gemacht, Kleine."

„Danke, glaube ich", sagte Faith, die das Date mit Brian nervös machte. Sie mochte ihn, aber sie wusste bereits, dass derjenige, mit dem sie wirklich zusammen sein wollte, Hunter war. Sie verzog das Gesicht. „Ich glaube nicht, dass mein Wesen es zulässt, sie gegeneinander auszuspielen. Ich sollte vermutlich mein Date mit Brian absagen."

„Also … magst du Hunter wirklich so sehr?"

Faith nickte. „Mehr als nur sehr, glaube ich."

Abby warf ihr ein mitfühlendes Nicken zu. „Ich verstehe. Viel Glück dabei."

„Danke", sagte Faith. Sie wandten beide ihre Aufmerksamkeit dem Handy zu, das noch auf dem Schreibtisch lag. Faith biss sich auf die Lippe, ehe sie fragte: „Was hat sie gesagt?"

Abby packte die Armlehnen, während ihre Miene grimmig wurde. „Es tut ihr leid. Es gibt eine ganze Menge Dinge, die ihr leidtun, wie es aussieht. Dass sie gegangen ist. Dass sie nur an dich geschrieben hat. Dass sie gebeten hat, den Brief geheim zu halten." Abby schnaubte. „Sie sagte, sie wollte ganz langsam eine nach der anderen zurück in unser Leben kommen, und sie dachte, du wärst am zugänglichen, weil du immer ein einfaches Kind warst."

„Einfach? Klar", sagte Faith, die das Schnauben ihrer Schwester nachahmte. „Die hat ja Nerven. Hast du ihr gesagt, dass niemand an ihren Entschuldigungen interessiert ist?"

„Mehr oder weniger." Abby lehnte sich im Sessel zurück, sie wirkte geschlagen.

„Was ist los, Abs?"

Sie schluckte sichtlich, dann zwang sie hervor: „Ich habe ihr gesagt, sie kann am Sonntag kommen."

„Du … was? Sie kommt am Sonntag hierher? Wohin?" Faiths Herz begann gegen ihre Rippen zu hämmern. Was, wenn sie noch einen Zusammenbruch hatte?

„Ich habe ihr gesagt, sie kann zu mir nach Hause kommen." Abby schloss die Augen und lehnte sich im Stuhl zurück. „Ich wusste nicht, was ich sonst sagen soll."

„Zu dir nach Hause, Abs? Was ist mit Olive und Clay? Bist du sicher, dass du das willst?" Olive war Clays Tochter aus erster Ehe und Abbys Stieftochter. Sie war gerade zehn geworden, und sie einer Großmutter vorzustellen, die vermutlich wieder abhauen würde, klang nicht gerade nach der besten Idee.

„Nein, ich bin nicht sicher, ob ich sie überhaupt in unserem Haus sehen will, aber mir ist nichts anderes eingefallen, wo wir uns privat treffen können. Ich lasse Olive von Clay zu seiner Mutter bringen." Sie öffnete die Augen, ihre Miene war gequält. „War das in Ordnung, Faith? Ich wusste nicht, was ich sagen soll. Aber eines weiß ich sicher: Als ich endlich nach Hause kam, hatte ich es satt, wegzulaufen. Und ich wollte einfach nur die Verbindung zu meiner Familie wiederherstellen. Das ist es auch, was sie will, sagt sie, und wenn das stimmt …"

„Die Situation mit dir war nicht einmal annähernd die gleiche wie die von Mom, Abby", sagte Faith ernst. „Du hast Keating Hollow verlassen, aber du hast nie *uns* verlassen. Niemals. Ich weiß, dass du dich aus eigenen Gründen ferngehalten hast, aber wir wussten immer, wo du warst, und wie wir dich erreichen."

„Ich weiß. Es ist nur … Wir kennen ihre Gründe nicht, uns verlassen zu haben, und, Faith, ich finde, wir *müssen* es wirklich erfahren. Um für mich nachvollziehen zu können, was passiert ist, muss zumindest ich von ihr hören, weshalb sie gegangen ist." Ihr Handy summte, und sie zuckte zusammen. Sie angelte es aus ihrer Tasche und las eine Nachricht. „Ich muss Olive bei einer Freundin abholen."

„Okay", sagte Faith, die sich mit der Hand durch ihre langen, blonden Haare fuhr. „Danke, dass du hergekommen bist. Ich schätze, ich habe das irgendwie bei dir abgeladen."

Ihre Schwester nahm sie in die Arme und hielt sie fest. „Dazu sind große Schwestern doch da." Als Abby sie losließ, lächelte Faith sie teuflisch an. „Jetzt ist es an dir, es Noel und Yvette zu sagen."

„Was? Nein. Ich sage es Yvette, aber Noel ist deine Aufgabe", erwiderte Faith, die Hände erhoben und im Rückwärtsgang.

Abby schnaubte. „Bitte. Du bist die Einzige, die es Noel sagen könnte, ohne dass sie jemanden mit dem nächstbesten scharfen Gegenstand erdolcht." Sie eilte durch das Zimmer, die Schlüssel bereits in der Hand. Kurz bevor sie draußen war, rief sie: „Ich würde Noel lieber früher als später anrufen. Sie wird Zeit brauchen, um sich zu beruhigen." Sie warf Faith einen Luftkuss zu. „Ich liebe dich."

Die Tür schloss sich hinter Abby, und Faith setzte sich hin, starrte ihr Telefon an. Mit einem Kopfschütteln nahm sie es, verfluchte Abby und rief Noel an.

Hunters Muskeln schmerzten vor Erschöpfung nach einer langen Woche, in der er auf Lin Townsends Farm und in Faiths Spa gearbeitet hatte. Sein Körper verlangte nach einer Dusche, einer ordentlichen Mahlzeit und einem langen Nickerchen, aber er stand kurz davor, Faiths Entspannungsoase im Außenbereich fertigzustellen, und brauchte ihre Meinung zur Beleuchtung. Ganz zu schweigen davon, dass er sie unbedingt sehen wollte, sie berühren wollte, sie erneut in die Arme nehmen wollte.

Es war später Freitagnachmittag, und im Städtchen Keating Hollow war es dunkel geworden. Aber die Sterne leuchteten hell, und er fragte sich, ob er Faith zu einem Spaziergang unten am Fluss überreden konnte. Sein erschöpfter Körper konnte warten, er wollte einfach mehr Zeit mit ihr verbringen. Er klopfte an ihre Bürotür und wartete.

Keine Antwort.

Er klopfte erneut.

Als er von drinnen nichts hörte, drehte er den Türknauf und steckte den Kopf hinein. Im Büro war es dunkel. Sie war bereits heimgegangen.

Enttäuscht schaltete er das Licht an und ging zu ihrem Schreibtisch, wo er eine Nachricht hinterlassen wollte, dazu einige Leuchtenmuster, damit sie sie morgen Vormittag anschauen könnte. Doch während er nach einem Stift und einem Stück Papier suchte, erspähte er ein paar alte, verblichene Fotos, die auf dem Schreibtisch lagen – Fotos von einer Frau, die er kannte. Der Frau, die ihn aufgezogen hatte, seit er neun Jahre alt gewesen war.

Er ließ die Leuchte auf den Schreibtisch fallen und hielt das Bild mit einer Hand ans Licht, um es besser sehen zu können. Er starrte Gia an, die langjährige Freundin und Hausgenossin seines Onkels, diejenige, die er neun Jahre lang sowohl geliebt als auch gehasst hatte, bis er das Haus seines Onkels verlassen hatte und auf eigene Faust losgezogen war.

Was machte Faith mit einem Bild von seiner „Tante"? Er nahm das zweite Bild und fluchte. Gia war vorn in der Mitte, vier kleine Mädchen drängten sich um sie. Eine hatte dunkle Haare, und die anderen drei waren blond. Er drehte es um und fand etwas unten hingekritzelt. Gabrielle, Yvette, Noel, Abby und Faith Townsend.

Er ließ das Foto fallen und schüttelte den Kopf. Gia war Faiths Mutter? Wie war das möglich? Weshalb sollte Gia jemanden wie Lincoln Townsend und vier schöne Mädchen verlassen, um draußen, wo sich Fuchs und Hase gute Nacht sagten, bei Mason McCormick zu leben? Aber er vermutete, dass er die Antwort darauf bereits kannte. Und er wollte auf keinen Fall ihre Probleme nach Keating Hollow einschleppen.

Nachdem er Faith eine Nachricht wegen der Beleuchtung geschrieben hatte, zog er sein Handy heraus, machte ein Bild von dem Foto und schickte eine Nachricht an Vivian, um sie wissen zu lassen, dass er bis zum Morgen unterwegs sein würde. Dann begab es sich direkt zu seinem Truck. Er hatte eine lange Fahrt vor sich.

Die kleine Hütte stand weit hinten unter den Mammutbäumen, ein einzelnes Licht leuchtete durch das Vorderfenster nach draußen. Der kaputte, verrostete Sportwagen blockierte immer noch die Kieszufahrt, und eine alte Ledercouch mit Wasserflecken stand im Hof vor dem Haus neben einer ausgedienten Felge, aus der eine Feuerstelle geworden war. Es sah aus, als hätte sich an der McCormick-Residenz in den letzten vier Jahren nicht viel geändert.

Er parkte neben einem alten Ford Bronco und schaltete den Motor ab. Gerade als er heraussprang, ging die Vordertür der Hütte auf, und Gia erschien auf der Veranda, in eine Decke gewickelt.

„Wer ist da?", rief sie.

Erst da fiel ihm auf, dass sie eine Schrotflinte in der Hand hielt. Er verdrehte die Augen, weil er wusste, dass das Gewehr vermutlich nicht geladen war, und sie immer noch nicht gelernt hatte, wie man damit umging. Trotzdem hatte er sie vier Jahre lang nicht gesehen, und alles war möglich. „Ich bin's, Hunter."

„Hunter? Was machst du denn hier?" Sie trat zurück und hielt ihm die Tür auf.

„Ich muss mit dir reden." Er eilte die Treppe hinauf und stellte überrascht fest, dass die vermoderten Setzstufen durch solides Holz ersetzt worden waren. Er sah sich um und bemerkte, dass die ganze Veranda renoviert worden war.

„Ist ein bisschen spät, meinst du nicht?" Sie drehte sich um und verschwand wieder im Haus.

Er folgte ihr, ohne auf ihre Bemerkung einzugehen, und fand sich in einem sauberen, aufgeräumten Häuschen mit einem neuen Sofa und passenden Sesseln wieder. Die alte Reposal-Esszimmergarnitur war weg, ersetzt durch einen Holztisch und passende Stühle. Er blinzelte, betrachtete alles und fragte dann: „Wo kommt denn das alles her?"

„Wir haben es gekauft." Sie warf die Decke ab und lehnte sich an den üblichen alten gefliesten Tresen, beobachtete ihn mit skeptischem Blick.

Die Küche war noch wie immer, ausgenommen die ausgetauschten Geräte aus rostfreiem Stahl. „Womit?"

„Mason wurde befördert." Sie zog eine einzelne Zigarette aus der Tasche ihres Sweatshirts und rollte sie zwischen den Fingerspitzen, ohne sie anzuzünden.

„Beim Sägewerk?" Hunter musterte sie, suchte nach den verräterischen Anzeichen der Abhängigkeit. Doch obwohl ihre Augen müde wirkten, waren sie klar, und sie schien auf jeden Fall zusammenhängend zu reden.

„Ja. Er wurde Vorarbeiter."

In dieser Ansage lag kein Stolz, es war nur eine nüchterne Tatsache. Nicht zum ersten Mal fragte sich Hunter, ob sie überhaupt etwas für seinen Onkel empfand. „Und du? Machst du immer noch deine … Tränke?"

Sie schüttelte den Kopf. „Das ist vorbei. Ich habe Kimmy

geholfen, drüben in der Gärtnerei der Stadt Pflanzen im Glashaus zu ziehen."

„Keine Nebeneinkünfte?", fragte er, immer noch skeptisch, obwohl das Grundstück besser aussah, als er es je gesehen hatte. Und sie ebenfalls, was das anging. Trotz der offensichtlichen Müdigkeit rund um ihre Augen war da ein rosiges Leuchten, nicht ganz unähnlich dem von Faith, und ein klarer, leuchtend blauer Blick.

„Keine Nebeneinkünfte", sagte sie mit einem Seufzen. „Was spielt das denn für eine Rolle? Du hast beim letzten Mal, als wir dich gesehen haben, wirklich klargemacht, dass du an unserem Leben hier kein Interesse hast."

„Weil du, Gabrielle, dich in das Leben von jemandem einmischen willst, der mir wichtig ist, und das lasse ich nicht zu, außer ich weiß, dass du clean bist." In dem Moment, in dem er ihren echten Namen erwähnte, sah er die Überraschung in ihren Augen aufblitzen, und drängte weiter. „Warum hast du mir nicht gesagt, wer du warst?"

Sie starrte auf ihre Füße in Socken hinab. „Diese Frau habe ich zurückgelassen. Es spielte keine Rolle."

„Es spielte verdammt noch mal schon eine Rolle. Du hast nach Craigs Beerdigung einfach nur dagestanden, hast zugehört, wie ich Onkel Mason von der Arbeit erzählte, die ich für Faith Townsend erledige, während ich ihre Schwestern und ihren Vater dafür gelobt habe, das Herz und die Seele von Keating Hollow zu sein. Und du hast kein verdammtes Wort gesagt, dass du ihre Mutter bist. Warum?"

Gia kaute auf ihrer Unterlippe, wirkte dabei wie eine ältere Version von Faith, und schüttelte den Kopf. „Ich war über zwanzig Jahre lang nicht ihre Mutter."

„Und doch hast du mit ihr Kontakt aufgenommen und willst einen Platz in ihrem Leben beanspruchen", sagte er trocken. „Warum, Gia? Warum jetzt? Hast du irgendeine Vorstellung davon, was du dieser Familie angetan hast? Was du deinen vier Töchtern angetan hast?“

„Natürlich weiß ich, was ich getan habe!“ Sie schob sich vom Tresen weg und kam auf ihn zu. „Glaubst du nicht, dass ich nicht jeden Tag mit der Schuld und dem Schmerz lebe, alles verloren zu haben? Ich hatte einen Ehemann, der mich vergötterte, und vier schöne Mädchen. Und was habe ich jetzt? Das.“ Sie wedelte mit der Hand und schloss dabei das ganze kleine, schäbige Haus ein. Trotz der neuen Möbel war es immer noch heruntergekommen und benötigte dringend Reparaturen. „Und einen Partner, der mich nie geliebt hat. Er wollte immer nur die Tränke, die ich herstellte. Und dann kommst du daher, der süße kleine Junge, der seine Eltern verloren hatte, und ich dachte, du wärst meine Chance, meine Verfehlungen auf der Welt wiedergutzumachen, mich um dich zu kümmern, dich mit all der Liebe zu überschütten, die ich meinen Töchtern verweigert hatte. Aber du …“ Sie schüttelte heftig den Kopf. „Du wolltest mich nicht. Ich hatte es nicht verdient, ein Ersatz für deine Mutter zu sein. Ich scheiterte. Immer und immer wieder scheiterte ich. Jetzt bin ich clean und will versuchen, einen Neuanfang zu machen. Ist das zu viel verlangt? Was ist, Hunter?“

Gefühle strömten durch ihn hindurch, rollten sich zusammen wie eine Schlange in seiner Magengrube. Er erinnerte sich an den Tag, an dem er hergekommen war, um bei ihnen zu leben. Es war in seine Erinnerungen eingebrannt und schwebte immer vor seinem geistigen Auge, wenn er an jenen schicksalhaften Tag vor achtzehn Jahren erinnert wurde. Sein Onkel hatte ihn beim Babysitter abgeholt und ihn zu seiner Hütte gefahren. Damals hatten sie nur ein Bett gehabt. Gia hatte einen Schlafsack auf das Ledersofa im Wohnzimmer geworfen – dasjenige, das inzwischen draußen auf dem Hof stand – und ihm gesagt, er solle leise sein. Sie habe Migräne.

Kein weiteres Wort hatte sie zu ihm gesagt, während sie in der Küche einen Trank gebraut hatte. Als er fertig war, stürzte sie ihn hinunter und verschwand mit seinem Onkel im Schlafzimmer. Sie kamen drei Tage lang nicht heraus. Es hatte nichts zu essen gegeben. Keinen Trost. Keine Antworten.

Er war neun Jahre alt gewesen, ein Waise, und seine neuen Pflegeeltern waren drogenabhängig. Neun Jahre lang hatte er beobachtet, wie sie versuchten, clean zu werden, Rückfälle erlitten, und es erneut versuchten. Es hatte zwischendurch tröstliche Augenblicke gegeben, wenn Gia mit sanfter Stimme gesprochen und liebevoll gewesen war. Sie hatte ihm beigebracht zu kochen, ihm bei den Hausaufgaben geholfen und Craig als Teil der Familie akzeptiert. Doch dann waren sie erneut dem Trank verfallen, hatten behauptet, dass sie ihn brauchten, damit es ihnen wieder gut ging. Während dieser Phasen hatte er den Großteil seiner Zeit im Haus von Craig verbracht. Wenn er zu Hause war, musste er sich mit Gläubigern, Dealern und dem Abschaum der Gesellschaft herumschlagen, während sein Onkel und Gia die ganze Zeit besinnungslos herumlagen.

„Ich weiß nicht, was ich zu alldem sagen soll, Gia. Es ist ja nicht so, als hätte ich euch keine Chance gegeben", erklärte er.

„Genau. Eine Chance", sagte sie ausdruckslos.

Er ging nicht darauf ein. Er war ein trauerndes Kind gewesen, das Erwachsene gebraucht hätte, die ihm ein Gefühl der Sicherheit vermittelten, aber so hatte er sich nie gefühlt, nicht einmal, wenn sie versucht hatten, clean zu werden. „Das willst du also von Faith?"

Ihre scharfen, leuchtenden Augen richteten sich auf ihn. „Ich bin nicht böse, Hunter."

„Das habe ich auch nie gesagt.“

„Doch, hast du. Du hast es nur nicht laut ausgesprochen.“ Sie hob die Zigarette an die Lippen, immer noch nicht angezündet, und tat so, als würde sie daran ziehen. „Ich werde meine Töchter treffen. Das gehört zu meiner Genesung. Ich wüsste es zu schätzen, wenn du dich da einfach raushältst.“

„Ich glaube nicht, dass ich das kann“, sagte er. „Faith und ich sind … zusammen.“

Sie kniff die Augen zusammen und funkelte ihn an, wie es nur eine Mutter mit heftiger Beschützernatur konnte. „Du bist doch verantwortlich für diese Frau, Hunter. Du kannst sie und dieses Kind nicht einfach für Faith sitzen lassen.“

Es nervte ihn, dass Gia über seine Situation mit Vivian und Zoey Bescheid wusste. Wenn es an ihm gewesen wäre, hätte er sie im Dunkeln darüber gelassen. Doch nach Craigs Unfall waren Mason und Gia in den Bronco gesprungen, der draußen vor dem Haus stand, und den ganzen Weg nach Vegas gefahren, um sich zu verabschieden. Vor seinem Tod war Mason der beste Freund von Craigs Vater gewesen, und er hatte das Gefühl gehabt, es wäre seine Pflicht, ihm Respekt zu zollen. Während sie da waren, erzählte ihnen Vivian von ihren Plänen, mit Hunter hinauf nach Keating Hollow zu ziehen, und es war offensichtlich, dass bei ihnen der falsche Eindruck angekommen war.

Er wollte sich umdrehen und hinausstürmen. Jeder Instinkt sagte ihm, dass es Zeit war, zu gehen. Aber das konnte er nicht. Es gab immer noch etwas zu sagen. „Meine Beziehung zu Vivian geht dich nichts an. Ich bin hier, weil Faith die Wahrheit erfahren muss, und ich will sicherstellen, dass sie von dir kommt.“

„Weiß sie, dass ich dich aufgezogen habe?“, fragte Gia.

Er schnaubte verächtlich. Ihn aufgezogen? Sie machte sich

etwas vor. Er hatte sich mehr oder weniger selbst aufgezogen. Wenn irgendjemand diese Lorbeeren verdiente, war es Craigs Mutter, obwohl sie verstorben war, als er fünfzehn gewesen war. „Nein. Ich habe erst heute Abend herausgefunden, dass du ihre Mutter bist. Wir haben uns noch nicht darüber unterhalten. Wirst du es ihr erzählen, oder soll ich?"

„Ich sage es ihr", erklärte sie. „Meine Töchter verdienen es, die Wahrheit von mir zu hören."

Er war einen Augenblick lang sprachlos. Gia war niemals jemand gewesen, der Verantwortung übernahm, stattdessen warf sie gern alles ihrer „Migräne" oder Mason oder Hunter vor. Oder jedem sonst, der in Reichweite war. „Wann triffst du dich mit ihr?"

„Am Sonntagnachmittag." Ihre Stimme bebte ein wenig, und es war schwer, nicht zumindest ein klein wenig Mitleid für sie zu empfinden.

Er hatte sein Date mit Faith am Samstag. Er war sich nicht sicher, wie er diesen Abend überstehen sollte, ohne ihr zu erzählen, dass er ihre Mutter kannte, sie sogar besser kannte als Faith. Aber er war einverstanden, dass Gia es zu ihren Bedingungen hinter sich brachte, solange sie nur ehrlich war. „Wenn du ihr am Sonntag nicht alles erzählt, mache ich das. Wie ich sagte, wir sind … Freunde, und ich will keine Geheimnisse vor ihr haben."

Sie schloss die Augen und nickte.

„Gut." Er machte sich auf zur Tür, aber ehe er hinausging, drehte er sich um und sagte: „Ich mag es nicht, wenn man mich benutzt, Gia. Sorg dafür, dass das nicht noch einmal vorkommt."

„Was?", fragte sie, während sie ruckartig den Kopf hob.

„Glaub bloß nicht, dass ich nicht mehr weiß, wie du mir all diese Fragen über Faith und ihre Familie gestellt hast. Du hättest zu diesem Zeitpunkt sagen sollen, wer du bist. Ich hätte dir ihre Telefonnummer gegeben, wenn du ehrlich gewesen wärst."

„Nein, hättest du nicht", sagte sie mit völliger Überzeugung. „Sie ist dir zu wichtig."

„Du hast doch keine Ahnung, was ich für sie empfinde."

„Nicht?" Sie kniff die Augen zusammen, während sie ihn musterte. „Ich glaube schon, ansonsten wärst du nicht den ganzen Weg hier herauf gefahren, um um zehn Uhr nachts auf meiner Türschwelle zu erscheinen. Du bist doch schon halb in sie verliebt."

Er wollte es schon leugnen, hielt aber den Mund einfach geschlossen und ging, ohne noch ein Wort zu sagen. Sie hatte recht. Er war bereits halb in sie verliebt, und das war schon so gewesen, bevor er im Sommer die Stadt verlassen hatte. Er hoffte einfach nur, dass das, was immer da zwischen ihnen heranwuchs, den Sturm überleben würde, den Gia auf jeden Fall mit sich bringen würde, wenn sie in die Stadt schneite.

Faith zog sich fünfmal um, ehe sie sich für einen roten Pullover, einen schwarzen Wollrock und kniehohe Schnürstiefel entschied. Sie verbrachte extra viel Zeit damit, sich zu schminken und die Haare zu locken, und sie war trotzdem schon eine halbe Stunde, bevor Hunter eintreffen sollte, fertig.

Sie drückte sich eine Hand auf den Magen, versuchte, ihre Nervosität zu beruhigen, und ging in die Küche, um sich ein Glas Wein einzuschenken. Ihr Handy summte, als eine Nachricht ankam, und sie runzelte die Stirn und hoffte, dass es nicht Hunter war, der ihr eine Absage erteilte. Sie schnappte sich das Telefon und stieß einen erleichterten Seufzer aus. Es war Brian.

*Tut mir leid, dass es gestern nicht geklappt hat. Vielleicht können wir es auf irgendwann nächste Woche verlegen.*

Schuldgefühle strömten über sie hinweg, und sie fühlte sich schrecklich. Sie hatte zweimal versucht, ihn anzurufen, um abzusagen, hatte ihn aber nie erwischt, und beim dritten Versuch hatte sie schließlich eine Nachricht hinterlassen, in der sie ihn wissen ließ, dass sie es nicht schaffen würde. Sie konnte ihm doch nicht einfach etwas vormachen, wenn sie wusste, dass sie eigentlich mit Hunter zusammen sein wollte. Nun jedoch hatte sie das Gefühl, dass sie ihm eine Erklärung schuldig war.

Sie schrieb zurück: *Kaffee am Dienstag nach der Arbeit?*

*Machen wir ein Abendessen daraus. Ich hole dich um sechs ab.*

Sie starrte auf das Handy und schüttelte den Kopf. Es sah so aus, als würde er doch noch sein Date bekommen. Da sie nicht wusste, wie sie da herauskommen sollte, ohne ein Drama zu veranstalten, schrieb sie zurück: *Also um sechs.* Außerdem mochte sie Brian, und es war nichts Unrechtes daran, mit einem Freund essen zu gehen. Sie musste nur dafür sorgen, dass er das auch gleich von vornherein wusste.

Ihr Weinglas war halb geleert, als es klingelte. Ihr Inneres schmolz zusammen, während sie mehr oder weniger zur Tür hüpfte. Als sie öffnete, fand sie dort Hunter, der am Geländer ihrer Veranda lehnte, eine einzelne rote Rose in der Hand. Sie trat nach draußen und lächelte zu ihm auf.

„Du siehst ... unglaublich aus", sagte er, während er einen Arm um die Taille gleiten ließ und sie an sich zog.

„Du auch." Sie beugte sich vor und küsste ihn, sein reiner, männlicher Geruch überall um sie herum.

„Das war aber eine heftige Begrüßung", sagte er, seine Augen glitzerten in ihrer Verandabeleuchtung.

„Es kommt ja nicht jeden Tag vor, dass mir ein gutaussehender Mann eine Rose vorbeibringt." Sie nahm ihm die Blume ab, schnappte sich seine Hand und führte ihn ins Haus. Nachdem sie die Rose in eine schmale Vase gestellt hatte, drehte sie sich um und legte den Kopf schief. „Wein? Oder sollten wir uns zum Restaurant aufmachen?"

Er warf einen Blick auf die Flasche auf dem Tresen und

dann zu ihr zurück, auf seinem Gesicht ein nachdenklicher Ausdruck. „So gern ich auch hierbleiben und dich nur für mich haben würde, glaube ich, wir sollten wahrscheinlich zum Cozy Cave gehen." Er drückte ihr eine Hand an die Wange, starrte ihr in die Augen und sagte mit tiefer, rauer Stimme: „Sonst gehst du doch hungrig ins Bett."

Sein Tonfall ließ ihre Haut prickeln, und sie war versucht, das Essen Essen sein zu lassen. Stattdessen lächelte sie ihn leicht verschlagen an und sagte: „Das bezweifle ich, aber es wäre doch eine Schande, die Forelle mit Krabbenfüllung zu verpassen, die der Koch auf sein Spezialmenü gesetzt hat."

„Du kennst bereits die Spezialangebote?", fragte er mit einem Kichern.

Sie zuckte mit den Schultern, während sie ihn an der Hand nahm und ihn zur Tür führte. „Katie, die Köchin, kam heute Vormittag zu einer Massage ins Spa. Ich habe einen Insider-Bericht abgegriffen."

Auf dem Weg hinaus zu seinem Truck legte Hunter Faith eine Hand auf den Rücken. Es war nur eine kleine Geste, aber seine Berührung und seine Aufmerksamkeit, während er ihr die Tür öffnete, sorgten dafür, dass sie sich besonders vorkam, als wäre sie wirklich wichtig. Und als er nach ihr in den Truck stieg, war es das natürlichste der Welt, dass er ihre Hand nahm und sie den ganzen Weg lang hielt, bis sie vor dem Cozy Cove parkten.

Obwohl Faith klar war, dass ihre gegenseitige Anziehung jenseits von Gut und Böse war, erwies sich auch ihre Unterhaltung beim Abendessen als überraschend mühelos. Hunter unterhielt sie mit Geschichten über einen Kunden, der einen aufblasbaren Dinosaurier hatte und ihn täglich im Haus umstellte. Er hatte ihn auf der Toilette sitzend vorgefunden, wie er im Pool abhing, sogar, wie er aus dem Kamin schaute, eine Nikolausmütze auf dem Kopf. Sie sprach über ihre Schwestern und deren neue Besessenheit von Golfmobilrennen, und er konnte sich kaum halten vor Lachen, als sie beschrieb, wie Xena, der vier Kilo schwere Shih Tzu, es geschafft hatte, drei Stromkabel, ein halbes Dutzend Schuhe, vier Hundebetten und Faiths Lieblingspulli zu zerstören.

„Ich schwöre, sie ist ein Höllenhund. Ich habe sie zu jeder Welpenschule im Umkreis von fünfzig Kilometern gebracht, und sie ist an allen gescheitert", sagte Faith, die geschlagen die Hände in die Luft warf.

„Aber du liebst sie", erwiderte Hunter wissend.

Sie seufzte. „Auf jeden Fall. Wenn sie nicht gerade alles in meinem Haus zerstört, ist sie die *Süßeste* überhaupt. Und sie kuschelt ganz toll."

„Du bist die Süßeste überhaupt", sagte er grinsend.

Sie stützte sich auf einen Ellenbogen auf den Tisch und ließ das Kinn in der Hand ruhen. „Fahr fort."

Er lachte, und als die Bedienung kam, bestellte er Kaffee und den Schokokuchen ohne Boden.

„Das nehme ich auch", sagte Faith.

Er hob beide Augenbrauen. „Ich bin beeindruckt. Du willst beim Dessert nicht nur mitessen?"

„Nein. Wenn man mit drei Schwestern aufwächst, lernt man als Mädchen, sich selbst etwas zu bestellen." Sie blinzelte und nahm noch einen Schluck Wein. „Hattest du Geschwister?"

„Nein. Nur ich."

Als er keine weiteren Informationen über seine Kindheit preisgab, wurde sie ernst. „Du hast schon mal erzählt, dass du deine beiden Eltern verloren hast, als du noch klein warst. Stört es dich, wenn ich dich frage, wohin du dann gekommen bist? Zu deinen Großeltern?"

Hunter nahm die Weinflasche, die er bestellt hatte, und füllte ihre beiden Gläser. Nachdem er ein paar Schlucke genommen hatte, sagte er: „Nein. Ich habe dann bei meinem Onkel und seiner Freundin gewohnt." Er hielt inne und schaute zur Seite, ehe er fortfuhr: „Sie waren nicht gerade die besten Pflegeeltern."

Faith wurde das Herz schwer wegen des kleinen Jungen, der nicht nur seine Eltern verloren hatte, sondern dann auch noch in eine nicht sonderlich fördernde Umgebung abgeschoben worden war. „Das tut mir leid. Wir müssen darüber nicht sprechen, wenn du das nicht willst."

„Ich will nicht", sagte er und runzelte die Stirn. „Aber es ist vermutlich besser, wenn du etwas über meine Hintergründe und das, was du dir einhandelst, erfährst, bevor wir zu weit gehen."

„Du willst, dass ich weiß, was mich erwartet?", fragte sie.

„Ja, sowas in der Art. Bist du dafür bereit?"

Sie begegnete seinem besorgten Blick, nickte und lächelte ihm ermutigend zu. „Ja. Du weißt bereits über mich Bescheid, also sollte ich über dich Bescheid wissen."

„Okay." Er griff nach ihrer Hand und legte seine Finger darum. „Soweit ich mich erinnere, hatte ich Vorzeige-Eltern. Sie kümmerten sich um mich und meldeten mich für alle möglichen Kurse an, von Fußball bis hin zu Gitarrenunterricht. Sie vergötterten einander und ihren einzigen Sohn."

„Du spielst Gitarre?", fragte sie. „Das ist echt sexy, das weißt du, oder?"

Er lachte leise. „Tut mir leid, dich enttäuschen zu müssen, aber ich habe seit meinem neunten Geburtstag keine mehr angefasst."

„Verdammt, und ich hatte bereits vor, Präsidentin deines Fanclubs zu werden", neckte sie ihn.

„Die Stelle ist immer noch frei", sagte er mit einem Glitzern im Auge.

„Das werde ich im Hinterkopf behalten."

Er wurde wieder ernst und drückte ihre Finger. „Als ich dann bei Mason und Gia einzog, änderte sich alles. Ich erspare dir die Einzelheiten, aber sie waren keine guten Ersatzeltern. Beide waren drogenabhängig."

Faith sog scharf Luft ein, ihre Augen weit aufgerissen. „Du bist bei Drogenabhängigen aufgewachsen?"

Er nickte und sagte: „Es war ziemlich hässlich, Faith, aber zumindest hatte ich Craig und seine Familie."

„Dein Freund, der vor kurzem verstorben ist?", fragte sie, weil sie sicherstellen wollte, dass sie nichts falsch verstand.

„Ja. Er war mein bester Freund. Wir haben alles zusammen gemacht, und ich habe sehr viel Zeit drüben in seinem Haus verbracht. Seine Mutter war ein Engel, und ohne sie … Nun, ich hätte es vermutlich nicht geschafft. Aber das habe ich, und ich bin an dem Tag, an dem ich achtzehn wurde, aus dem Haus meines Onkels ausgezogen."

„Bei den Göttern, Hunter. Es tut mir so leid. Das bringt mich nur dazu, dass ich dein jüngeres Ich in die Arme nehmen und beschützen will."

„Du kannst mich immer noch in die Arme nehmen", merkte er an.

Sie lachte. „Das möchte ich wetten."

Die Bedienung brachte ihre Kaffees und Kuchen. Faith nahm zwei Bissen, schloss die Augen und stöhnte vor Vergnügen.

„Wenn du so weitermachst, zerre ich dich in weniger als zwei Sekunden hier raus", warnte er sie.

„Das würdest du nicht wagen." Sie nahm betont noch einen Bissen von ihrem Kuchen, während sie eine Miene reiner Ekstase aufsetzte.

„Faith", hauchte er.

Sie kicherte.

„Du bist atemberaubend, weißt du das?", fragte er.

„Du auch." Faith spießte ein weiteres Schokoladenstück auf und fügte hinzu: „Vivian auch."

Er legte seine Gabel ab und beugte sich vor, sein Gesichtsausdruck erneut ernst. „Ich habe dir bereits gesagt, dass da nichts läuft. Glaubst du mir?"

Sie nickte. „Klar. Aber ich glaube auch, dass sie will, dass da mehr ist, und das macht mich ein wenig nervös, denn sie wohnt schließlich bei dir."

„Du hast recht, das tut sie", sagte er und überraschte sie erneut mit seiner Ehrlichkeit, was seine Situation betraf. „Ich habe dir bereits gesagt, dass Craig mein bester Freund seit der Kindheit war. Wir waren eher wie Brüder. Du hast Schwestern, darum schätze ich, dass du verstehst, wenn ich sage, dass ich für meinen Bruder alles tun würde, dazu gehört auch, mich um seine Frau und seine Tochter zu kümmern."

„Was heißt das genau, ‚sich um seine Frau und seine Tochter zu kümmern'?"

Hunter trank seinen Kaffee aus und sagte: „Du weißt bereits, das Zoey meine Patentochter ist."

„Das hast du erwähnt."

„Ich habe vor, mein Bestes zu geben, um für den Rest ihres Lebens in Craigs Fußstapfen zu treten."

„Und Vivian?", fragte Faith, die sich bereits bewusst war, dass sie Hunter mehr wollte, als sie zugeben wollte. „Was passiert, wenn sie nicht bekommt, was sie will?"

Hunter verzog das Gesicht. „Vivian wird tun, was immer

sie tut. Sie glaubt, dass sie möchte, dass ich Craig vertrete, was sie angeht. Sofort zu ihrem Ehemann und Zoeys Vater werde. Ich bin mehr als nur bereit, wenn es um Zoey geht, aber wenn es um sie und mich geht, glaube ich, dass da nur ihre Trauer aus ihr spricht. Sie wird bald darüber weg sein."

„Das muss merkwürdig sein, wenn man bedenkt, dass ihr im gleichen Haus wohnt", sagte Faith, der die Situation für alle Beteiligten nicht geheuer schien.

Er starrte ihr direkt in die Augen, während er sagte: „Ich bin hundertprozentig nicht an ihr interessiert. Wird das ein Problem zwischen uns, wenn Vivian sich an die Hoffnung klammert, dass ich mich irgendwann umentscheide?"

Faith griff fester nach ihrer Gabel. Es machte ihr Sorgen, dass eine andere Frau ein Auge auf ihn geworfen hatte. Aber er hatte nichts getan, das nahegelegt hätte, dass sie ihm nicht vertrauen konnte, und ihr Bauchgefühl sagte ihr, dass er die Wahrheit sprach. „Ich möchte nicht lügen, Hunter. Es stört mich. Sie wohnt unter deinem Dach, und jetzt arbeitet sie für mich. Es ist ein Schlamassel."

„Ein zu großer Schlamassel, um weiterzumachen?", fragte er.

Sie wartete kurz, dann schüttelte sie langsam den Kopf. Nichts würde sie davon abhalten, das weiterzutreiben, was zwischen ihnen gerade begann. „Nein. Ist es nicht. Enttäusch mich nur nicht."

„Das würde ich nicht wagen." Er hob ihre Hand und drückte ihr einen sanften Kuss auf die Fingerknöchel. „Bist du bereit, aufzubrechen?"

„Ja. Nur eine letzte Sache noch." Grinsend griff sie nach seinem Teller und schaufelte sich den Rest seines Kuchens in den Mund.

# KAPITEL 16

Faith konnte ein albernes Grinsen auf ihrem Gesicht nicht verhindern, als sie am nächsten Vormittag das Haus ihres Vaters betrat. Ihr Date mit Hunter war perfekt gelaufen. Sie hatten ihre Geheimnisse voreinander ausgeschüttet, gelacht und geknutscht wie Rockstars. Es war richtig knapp geworden, aber letztlich hatte sie ihn nicht eingeladen, über Nacht bei ihr zu bleiben. Sie hatte es gewollt. Verdammt, die Götter wussten, dass sie es gewollt hatte. Aber ihre Beziehung war intensiv, und sie hatte Angst, dass sie, wenn sie sie zu schnell vorwärts trieben, dazu ausersehen waren, auf spektakuläre Weise auszubrennen.

Hunter war genauso unwillig gewesen, aufzubrechen, wie sie ihn nicht nach Hause hatte schicken wollen. Aber er hatte sie innig geküsst, ihr versprochen, sie am nächsten Abend anzurufen und sie dann verlassen, Xena zu ihren Füßen, die an ihren Schnürsenkeln kaute.

„Dad!", rief Faith, die durch das Haus schlenderte. „Wo bist du?"

Sie hörte ein leises Geräusch aus dem Schlafzimmer und

nahm an, dass er auf dem Weg nach draußen war. Die Teekanne auf dem Herd fing an zu pfeifen, und Faith ging in die Küche, um ihnen beiden eine Tasse Tee zu machen. Fünf Minuten später, als ihr Dad sich immer noch nicht gezeigt hatte, nahm Faith beide Teetassen und stellte sich neben die einen Spalt weit offenstehende Tür ihres Vaters.

„Dad? Dein Tee ist fertig."

„Faith?" Seine Stimme war schwach und ziemlich leise.

„Geht es dir gut?"

„Nein", sagte er mit einem Stöhnen.

Faith zögerte nicht. Sie eilte ins Zimmer und schaute sich um, ihr Blick suchte ihn panisch. „Dad, wo bist du?"

Sie glaubte, ein Knurren zu hören, und suchte überall im Schlafzimmer. Er war nirgends zu sehen. „Dad!"

„Faith." Diesmal bemerkte sie, woher das Geräusch kam, und lief hinüber zur anderen Seite des Bettes, wo sie ihren Vater auf dem Boden fand, sein Fuß stand merkwürdig ab. Der gleiche Fuß, den er sich vor etwa einem Jahr verletzt hatte.

„Dad! O nein, was ist passiert?" Sie stellte die Tassen auf das Nachtkästchen und ging neben ihm in die Hocke.

„Ich glaube, ich bin ohnmächtig geworden", sagte er und starrte zu ihr hinauf, sein Gesicht so weiß, dass es beinahe grau wirkte.

„Heiliger Besenstiel", murmelte sie und bückte sich, um ihm unter die Arme zu greifen und zu versuchen, ihm zum Sitzen aufzuhelfen. Aber in dem Augenblick, in dem ihre Hände seine Haut berührten, riss sie sie zurück, als hätte sie sich verbrannt. Tränen strömten aus ihren Augen, und ohne etwas zu ihrem Vater zu sagen, rief sie den Rettungsdienst.

Schon beim ersten Klingeln meldete sich eine Dispatcherin. „Rettungszentrale, welcher Notfall liegt vor?"

Faiths Worte waren gedämpft, weil sie lautlose Schluchzer

unterdrückte. „Es ist mein Vater. Er ist umgekippt, hat sich den Knöchel gebrochen oder verstaucht, und er ist sehr krank. Er hat Krebs, und wie ich annehme, eine Lungenentzündung."

Die Dispatcherin bestätigte ihre Adresse und sagte: „Ein Krankenwagen ist unterwegs. Soll ich bei Ihnen am Telefon bleiben?"

„Nein, danke", erwiderte Faith. Doch sobald sie den Anruf beendet hatte, wünschte sie sich bereits, sie hätte das Angebot der Dispatcherin angenommen. Sie drückte ihrem Vater eine Hand auf die Stirn, und er zuckte zurück. „Zu kalt?"

Er nickte ihr schwach zu, und ihr Herz fühlte sich an, als wolle es ihr jeden Moment aus der Brust springen.

„Ich hole dir eine Decke", sagte sie, weil sie nicht wusste, was sie sonst tun konnte. Wenn Sie Abbys Talente gehabt hätte, hätte sie ihm einen Trank brauen können, der ihn zumindest genug gestärkt hätte, um sich hinzusetzen. Aber sie konnte das nicht. Sie konnte nur spüren, dass mit ihm etwas ernsthaft nicht stimmte. So sehr, dass es verheerend sein würde, wenn die Ärztin ihnen die Nachrichten überbrachte.

Die Sirene des Krankenwagens war zu hören, und Faith stieß die Luft aus, von der ihr nicht einmal klar gewesen war, dass sie sie angehalten hatte. Es war Hilfe da. Leute, die wussten, was sie für ihn tun mussten.

Sie rannte zur Tür, riss sie auf und führte sie zu Lins Schlafzimmer. „Er denkt, er ist umgekippt. Sein Knöchel ist ziemlich im Eimer, er hat Krebs, und ich bin zu 95% sicher, dass er eine Lungenentzündung hat."

„Ist das geraten oder haben Sie Magie?", fragte einer der Rettungssanitäter.

„Wasserhexe. Ich kann spüren, wenn eine virale oder bakterielle Infektion im Körper ist. Bei ihm ist es eine schlimme bakterielle Infektion."

Gerade, als sie den Satz fertig gesprochen hatte, wurde Lins Körper von einem Hustenanfall durchgeschüttelt, bei dem Faiths Blut eiskalt durch ihre Adern lief. Ihr Vater war krank, wirklich krank, und das machte ihr Angst.

„Danke", sagte der Sanitäter und machte sich mit einer Infusion an die Arbeit. Nur Augenblicke später hatten sie Lincoln Townsend auf eine Trage gepackt und rollten ihn zum Wagen. „Fahren Sie mit uns?", fragte der Sanitäter Faith.

Sie nickte, sprang in den Krankenwagen und rief Noel an. Ihre Schwester antwortete mit einem knappen Gruß, als hätte sie ihren Anruf erwartet. „Faith, ich treffe mich immer noch nicht mit Mom. Ich habe kein Interesse daran, mir etwas von dem anzuhören, was sie zu sagen hat. Außerdem, nichts, was du sagst, holt mich heute vom Sofa."

„Noel", erwiderte Faith mit einem leisen Schluchzen. „Es ist Dad. Er ist sehr krank. Wir sind in einem Krankenwagen auf dem Weg ins Krankenhaus. Kannst du Abby und Yvette anrufen und ihnen sagen, dass sie uns dort treffen sollen?"

Noels ganzer rechtschaffener Zorn war wie weggeblasen, während sie sagte: „Mach dir darum keine Sorgen, Faith. Ich erledige das."

„Danke", flüsterte Faith, um vor ihrem Vater nicht zu schluchzen.

„Und Faith?", sagte Noel. „Ich bin unterwegs, meine Kleine."

FAITH GING im sterilen Gang des Krankenhauses auf und ab, ihr Inneres war ein einziger angespannter Knoten. Sie konnte die Gefühle nicht abschütteln, die in dem Augenblick über sie hereingebrochen waren, als sie die Haut ihres Vaters berührt hatte. Seine Krankheit hatte sich ihr als eine Reihe besorgniserregender Gefühle gezeigt. Entsetzen, Aufregung und Unruhe waren ihr bis ins Mark gedrungen. Und dann die Schuldgefühle, dass sie machtlos war und nichts dagegen tun konnte. Sie konnte bei Verspannungen und gezerrten Muskeln helfen, aber wenn es um Infektionen ging, war sie völlig nutzlos.

„Faith?" Noel rannte auf sie zu, ihr Mund grimmig verkniffen. „Was ist los?"

Faith schnappte sich ihre Schwester, umarmte sie und hielt sie einen Augenblick lang ganz fest. „Die Krankenhaus-Heilerin ist im Augenblick bei ihm. Ich habe die Whipples angerufen. Martin ist unterwegs."

Martin Whipple war in den letzten fünfzehn Jahren Lins vorrangiger Heiler gewesen. Er hatte die Versorgung nach der Therapie übernommen. „Und seine Onkologin?"

„Sie sagen, sie haben sie angerufen, aber ich habe sie noch nicht gesehen."

Noel schnappte heftig nach Luft und nickte. „Okay. Abby und Yvette sind unterwegs." Dann fuhr sie fort. „Er muss damit aufhören. Mein Herz hält das nicht aus." Sie bezog sich auf das eine Mal, als ihr Vater früher im Jahr wegen Dehydrierung ohnmächtig geworden war. Nur dass Faith wusste, dass es dieses Mal sehr viel schlimmer war.

Faith starrte auf die Doppeltüren und wünschte sich, die Heilerin möge zurückkehren. Das Warten brachte sie noch um.

„Komm schon", sagte Noel, die Faith durch den Gang zog. „Gehen wir in den Wartebereich. Ich werde die Schwester fragen, wie lange es noch dauert, bis wir etwas hören."

Faith war zu betäubt, um zu widersprechen. Ihr Dad, der einzige, der sie immer bedingungslos unterstützt hatte, war sehr krank. So krank, dass ihr dabei angst und bange wurde. Dass es sie zutiefst erschütterte. Sie war während seiner

Krebsbehandlungen mutig gewesen, hatte geglaubt, dass ihr Vater stark genug war, die Krankheit zu besiegen. Er hatte ein tapferes Gesicht aufgesetzt und war während des letzten Jahres wie ein Fels in der Brandung gewesen. Aber ihn ohnmächtig vorzufinden und zum ersten Mal zu spüren, wie krank er tatsächlich war, führte dazu, dass sie über die Möglichkeit nachdachte, dass sie ihn vielleicht verlieren würden.

Tränen traten ihr in die Augen, und ihr stockte der Atem, als sie lautlos schluchzte, sodass ihr ganzer Körper vor Kummer bebte.

„Oh, Faith", flüsterte Noel und zog ihre Schwester sanft auf die steife, blaue Couch hinab.

Faith setzte sich neben sie, die Ellbogen auf die Knie geschützt, das Gesicht in den Händen vergraben. „Es tut mir leid", brachte sie erstickt hervor. „Es ist nur … Als ich ihn berührt habe …"

Noel sagte nichts, als Faith den Rest des Satzes nicht herausbekam. Das brauchte sie nicht. Alle ihre Schwestern verstanden Faiths Gabe, sowohl ihre Stärken als auch ihre Grenzen. Noel strich ihrer Schwester über den Rücken und flüsterte: „Er kommt schon in Ordnung. Das muss er."

„Warum?", fragte Faith und warf einen Blick zu ihr hinüber.

Noel drückte sich eine Hand auf den Bauch. „Weil er sich richtig ärgern wird, wenn er es verpasst, sein nächstes Enkelkind zu treffen."

Faiths Augen wurden groß, während der Schock sie sprachlos machte. Ihr Blick landete auf dem immer noch flachen Bauch ihrer Schwester. Dann krümmten sich ihre Lippen zu einem schwachen Lächeln. „Ich wusste nicht, dass du und Drew daran gearbeitet habt."

Sie stieß ein leises Lachen aus. „Ich würde nicht gerade

sagen, daran gearbeitet, aber wir haben auch nichts getan, um es zu verhindern."

Ein Hauch Freude begann sich durch Faiths ganze Sorgen zu arbeiten, und sie schlang einen Arm um ihre Schwester, zog sie zu einer Umarmung heran. „Bei der guten Göttin, Noel." Faiths Augen wurden feucht vor Glückstränen. „Das sind die schönsten Neuigkeiten. Ich freue mich so für dich. Weiß es Daisy schon?"

Sie schüttelte den Kopf. „Noch nicht. Wir wollten bis nach der Hochzeit warten, aber ich werde nicht damit warten, es Dad zu erzählen. Scheint der richtige Zeitpunkt zu sein, um die Katze aus dem Sack zu lassen."

„Aber natürlich." Durch die Neuigkeiten ihrer Schwester fühlte sich Faiths Herz leichter an. Sie und Drew waren bereits tolle Eltern für Noels Tochter aus ihrer ersten Ehe. Sie freute sich unbändig, dass zu ihrer kleinen Familie jemand dazu kommen würde. „Sie wird so gespannt sein. Beinahe so gespannt wie ich, dass ich noch einmal Tante werde."

Noel lächelte sie still an. „Deine Tanten-Termine werden rappelvoll, oder?"

„Mit deinem Kleinen werden es vier. Vielleicht bekommen wir dieses Mal einen Jungen." Ein dumpfes Ziehen kam in Faiths Eingeweiden auf. Sie liebte alle ihre drei Nichten und war wirklich glücklich für Noel, aber sie konnte nicht verhindern, dass sie sich fragte, wann sie dazu kommen würde, Mutter zu werden. Sie hatte es nicht eilig, aber sie wünschte sich auf jeden Fall, es möge mehr als eine vage Hoffnung am Horizont geben.

„Ich weiß nicht, ob wir wissen würden, was wir mit einem Jungen anfangen sollen", sagte Noel lachend. „Das X-Chromosom scheint in unserer Familie stark zu sein."

Da hatte sie recht, obwohl zwei von Faiths Nichten durch

vorherige Ehen in ihr Leben getreten waren. Sowohl Olive als auch Skye waren eigentlich ihre Stiefnichten, aber niemand betrachtete sie als solche. Sobald jemand in die Townsend-Familie aufgenommen war, gab es kein Zurück mehr.

„Noel! Faith!", rief Abby ihnen zu, Yvette gleich hinter ihr. „Was ist passiert?"

Faith brachte sie auf den neuesten Stand, tat ihr Bestes, die Tränen zurückzuhalten. Das Entsetzen, das sie in dem Augenblick gespürt hatte, in dem sie ihren Vater berührt hatte, pochte noch immer in ihr, und sie war sich sicher, dass es nicht weggehen würde, bis sie selbst das Gefühl hatte, dass es ihm besser ging.

„Yvette Townsend?", rief eine Frau in einem weißen Kittel. Sie trug ein Klemmbrett in einer Hand und einen Stift in der anderen.

„Ja?", sagte die älteste Townsend-Schwester und erhob sich.

„Miss Townsend." Sie streckte die Hand aus. „Ich bin Heilerin Ricci, und ich habe Neuigkeiten über Ihren Vater."

„Oh, der Göttin sei gedankt." Yvette winkte zu Faith, Noel und Abby hin. „Das sind meine Schwestern. Wir sind schon ganz aufgeregt und wollen hören, was Sie zu sagen haben."

„Setzen wir uns", erwiderte sie mit einem freundlichen Lächeln.

Faith musterte sie und fragte sich, ob das Lächeln Beruhigung oder Mitleid diente. Sie konnte es nicht erkennen. „Wie geht es ihm? Ist es eine Lungenentzündung?", stieß Faith hervor.

Sie richtete den Blick aus ihren leuchtend grünen Augen auf Faith. „Im Augenblick ist er stabil. Er war dehydriert und hat Schwierigkeiten beim Atmen. Wir geben ihm eine Kochsalz-Infusion und Sauerstoff, bis seine Werte besser werden. Wir verabreichen ihm außerdem ein starkes Antibiotikum gegen die Infektion."

„Also ist es Lungenentzündung", sagte Noel, die sich im Stuhl vorbeugte.

„Da sind wir uns noch nicht ganz sicher", sagte die Heilerin. „Es besteht schon eine hohe Wahrscheinlichkeit. Wir haben eine Kultur ins Labor geschickt und wissen es in ein paar Stunden. Auf jeden Fall wäre es die gleiche Behandlung. Antibiotika, Flüssigkeit und viel Ruhe."

„Und was es mit dem Krebs?", fragte Abby, die sich eine Hand an die Kehle drückte. „Ist er schlimmer geworden? Hat das zu der Infektion geführt?"

„Seine Onkologin hat einige Tests angesetzt", sagte sie. „Aber es gibt keinen Grund für die Annahme, dass der Krebs etwas damit zu tun hätte. Es ist wahrscheinlicher, dass sein Immunsystem die Infektion wegen der Krebsbehandlungen nicht bekämpfen konnte."

„Also ist der Krebs schuld, zumindest indirekt", sagte Noel.

„Es ist eine Möglichkeit." Die Heilerin stand auf. „Aber behalten Sie im Kopf, dass jeden Tag Leute an bakteriellen Infektionen erkranken, und dass sie auch jeden Tag damit fertig werden. Im Augenblick kann man nur warten."

„Ist er wach? Können wir ihn sehen?", fragte Faith.

„Er ruht sich vermutlich aus, aber sobald die Onkologin fertig ist, kann die unmittelbare Familie hinein und ihn sehen." Sie nickte ihnen rasch zu, wirbelte auf dem Absatz herum und verschwand zurück durch den Gang.

„Ich hole uns Kaffee", erklärte Noel.

„Ich komme mit", sagte Yvette.

„Abby, Faith?", fragte Noel.

Abby schüttelte den Kopf und sank zurück auf einen der Sessel.

„Für mich nichts." Faith ging zum Tresen der Station. „Können Sie mir sagen, wann es soweit ist, dass ich reingehen und meinen Dad sehen kann?"

Die Schwester nahm ein paar Informationen auf und verschwand. Als sie ein paar Augenblicke später zurückkehrte, sagte sie: „Sie können jetzt hinein."

Faith gab Abby ein Zeichen, und während sie einander an den Händen hielten, begaben sie sich in das Krankenzimmer ihres Vaters.

Lincoln Townsend war an piepende Maschinen und ein paar Infusionen angehängt, seine Augen geschlossen.

„Er sieht so klein aus", flüsterte Abby. „Als könnte er einfach verschwinden."

Der ungefilterte Schmerz in ihrer Stimme passte zu dem, was Faith empfunden hatte, seit sie ihren Vater vor ein paar Stunden gefunden hatte, und irgendwie führte das dazu, dass sie sich nicht so allein fühlte. „Er wird schon wieder", beharrte Faith. „Schau, seine Wangen haben schon wieder Farbe."

Abby trat an die Seite des Bettes und nahm Lins Hand. Sie beugte sich hinab, küsste ihn auf die Wange. „Hey, Daddy", sagte sie leise. „Du weißt aber schon, wenn du Urlaub machen willst, hätten wir dich stattdessen zu einem Ausflug an den Strand bringen können."

Faith stieß ein leises Kichern aus. Abby hatte schon immer ein Talent dafür gehabt, die Lage ein wenig aufzuheitern. Sie trat an Lins andere Seite, nahm aber nicht seine Hand. Sie war noch nicht ganz für das bereit, was sie vorfinden könnte, wenn sie ihn berührte. Vorerst reichte es aus, dass er wieder etwas Farbe hatte.

„Du weißt doch, dass ich gern eine Ansage mache", flüsterte Lin, seine Worte kaum hörbar.

„Der war gut, Dad", sagte Abby mit leiser Stimme. „Du hast Faith halb zu Tode erschreckt. Das weißt du, oder?"

„Faith?", fragte er und klang verwirrt.

„Ich bin da, Dad", sagte Faith.

Er drehte den Kopf ein paar Zentimeter nach rechts und blinzelte zu ihr auf. „Es tut mir leid, Liebling."

„Dir muss doch nichts leidtun", sagte sie, weil sie wusste, dass er davon sprach, dass sie ihn in seinem Schlafzimmer gefunden hatte. „Es ist doch gut, dass ich da war, oder?"

Seine Augen schlossen sich, und sie sah, wie sich seine Finger fester um die von Abby legten. Seine Atmung wurde ruhig, was darauf hinwies, dass er bereits wieder eingeschlafen war. Faith fing den Blick ihrer Schwester auf und bemerkte die stummen Tränen, die ihr die Wangen hinabliefen.

Abby wischte sich das Gesicht mit dem Handrücken ab und stand auf. „Ich muss Clay anrufen. Ich komme gleich zurück."

Faith sah ihrer Schwester nach, dann nahm sie ihren Platz neben ihrem Vater ein. Sie starrte seine Hand an, Angst und Nervosität ließen sie zögern. Aber das war der einzige Weg, wie sie erfahren würde, ob er sich erholte, ob die Behandlungen funktionierten. Sie stieß ein stummes Gebet zu den Göttern aus und griff nach Lins Hand.

Sie schlang die Finger um seine und hielt die Luft an. Das Entsetzen, die Aufregung und die Unruhe strömten mit neuer Heftigkeit zurück. Sie stand da, die Füße fest im Boden verwurzelt, und zwang seine Gefühle dazu, in sie hineinzusickern, betete, dass, wenn sie sie auf sich nahm, ihr Vater irgendwie nicht die Last seiner Krankheit tragen müsse. Es war ein sinnloser Versuch. Sie glaubte nicht wirklich, dass ihre Magie sein Leiden lindern konnte, aber sie hatte einfach das Gefühl, wenn sie die Last irgendwie schultern konnte, hätte er mehr Kraft, um die Infektion zu bekämpfen.

Tränen liefen ihre Wangen ungehindert hinab, während sein Schmerz durch sie hindurchströmte. Sie wusste nicht, wie lange sie dort stand, ihn mit beiden Händen festhielt. Das konnte doch nicht passieren. Sie konnten Lincoln Townsend nicht verlieren, den Patriarch der Familie, eine Säule von Keating Hollow, und den besten Menschen, den sie je gekannt hatte.

Während er schlief, hob sie seine Hand zu ihren Lippen empor und küsste die Fingerknöchel. „Ich liebe dich, Dad", sagte sie, ihre Stimme stockte, überwältigt von Gefühlen. „Werde gesund. Wir brauchen dich."

Dann ließ sie den Kopf hängen und gestattete sich, einfach zu weinen.

Die Tür öffnete sich, und sie hörte schwache Schritte hinter sich, aber sie schaute nicht auf. Sie konnte nicht. Es ging nur darum, ihren Vater festzuhalten und nicht loszulassen.

„Faith", sagte Yvette, die die Hände auf Faiths Schultern legte. „Komm schon, Kleines. Es ist in Ordnung. Du musst jetzt loslassen."

„Ich kann nicht", sagte sie und schüttelte den Kopf. „Ich muss diesen Schmerz für ihn auf mich nehmen."

„Faith." Die Stimme ihrer Schwester geriet ins Stocken. Dann setzte sie noch einmal an. „Heiler Whipple ist da. Er wird sich Dad anschauen. Wir müssen mal kurz nach draußen."

Faith schaute auf, und durch ihre verschwommene Sicht erblickte sie Martin.

Er lächelte sie freundlich an, während er sich streckte und ihr die Hand tätschelte, die immer noch die von Lin hielt. „Er weiß, dass du da bist, Faith. Er weiß, dass du ihm deine Kraft leihst. Für den Augenblick reicht das."

Yvette zog sie sanft zurück. „Komm schon, Faith. Wir haben Tee für dich geholt, und jemand wartet auf dich."

„Ich will niemanden sehen", sagte Faith, aber sie hatte die Hand ihres Vaters auf dem Bett abgelegt und ließ sich von Yvette zur Tür führen.

„Vertrau mir, Süße. Ich glaube, den willst du schon sehen."

Faith konnte sich nicht vorstellen, wer das sein mochte, aber es war ja auch egal. Der einzige Ort, an dem sie sein wollte, war am Bett ihres Vaters, wo sie darauf wartete, dass er sich beschwerte, im Krankenhaus festzusitzen, wenn er doch im Obsthain arbeiten musste. Aber als Yvette sie durch den Gang zog, sah sie ihn dort stehen und warten.

Ihr Herz schwoll an vor Liebe, Dankbarkeit und etwas, dass sich sehr stark nach Erleichterung anfühlte.

Hunter öffnete die Arme, und sie fiel hinein, klammerte sich fest, als ginge es um ihr eigenes Leben.

# KAPITEL 17

Es hatte nicht lange gedauert, bis sich die Nachricht in der Stadt verbreitete, dass Lin Townsend eilig ins Krankenhaus gebracht worden war. Hunter hatte am Incantation Café angehalten, um Kaffee zu holen, und noch bevor er überhaupt drankam, hatte er mitgehört, wie Rhys Hanna erzählte, dass Clay angerufen hätte, um ihm die Neuigkeiten zu sagen.

Hunter drehte sich um, sprang in seinen Truck und fuhr direkt zum Krankenhaus. Er war am vorigen Tag bei Lin gewesen, um am alten Schuppen zu arbeiten, und wusste, dass er sich nicht gut gefühlt hatte, aber er war in seinem Golfmobil herumgefahren und hatte im Obsthain nach dem Rechten gesehen wie an jedem anderen Tag auch. Hunter hatte ihn husten gehört und ihm gesagt, dass er übernehmen würde, was immer getan werden musste, aber Lin hatte abgewinkt und behauptet, dass es ihm gut ging. Hunter hatte ihm geglaubt.

Nun war es offensichtlich, dass Lin sich zu sehr verausgabt hatte, und Hunter wollte sich einen Tritt geben, weil es ihm nicht aufgefallen war. In dem Augenblick, in dem er Faiths tränenverschmiertes Gesicht sah, fühlte er sich, als hätte man ihm einen Schlag in die Magengrube verpasst. Yvette hielt sie an den Schultern, schien sie zusammenzuhalten, während sie sie durch den Gang lotste.

Dann hob Faith den Kopf und sah ihn, und im nächsten Augenblick war sie in seinen Armen und hielt ihn mit allem fest, was sie hatte.

„Hey, schon gut", flüsterte er und strich ihr mit einer Hand über die Haare. „Er kommt wieder in Ordnung."

Sie sagte nichts, hielt ihn nur noch fester.

Hunter stand dort sehr lange, hielt sie, war die beruhigende Kraft, die sie in diesem Augenblick brauchte. Schließlich zog sie sich zurück und schaute zu ihm auf. Ihre Augen waren rot, aber nun trocken.

„Danke", sagte sie, ihre Stimme ein raues Flüstern.

„Es gibt nichts zu danken", sagte er und meinte es auch so. Er wollte nirgendwo anders sein. Er wusste, was es bedeutete, einen geliebten Menschen zu verlieren, und betete, dass sie eine solch verheerende Erfahrung nicht in nächster Zeit durchmachen musste.

„Das ist wirklich lieb." Sie ließ nicht los, aber ihr Griff lockerte sich, sodass sie sich im Warteraum umschauen konnte. „Wo sind meine Schwestern?"

„Yvette und Noel sitzen bei deinem Vater. Abby ist bei Clay." Er hatte sie beobachtet, wie sie durch das Krankenhaus gegangen waren, während er Faith festgehalten hatte. „Du solltest vermutlich einen Bissen zu dir nehmen und ein wenig trinken."

„Ich habe keinen Hunger", sagte sie und warf bereits einen Blick auf das Zimmer ihres Vaters.

„Da bin ich mir sicher, aber du musst essen." Er lächelte sie beruhigend an. „Wenn du mich lässt, kann ich dich vor dem

Krankenhausessen bewahren. Oder wenn du dich weiter sträubst, wird dir sehr wahrscheinlich eine Schwester die Truthahn-Überraschung verabreichen."

Sie verzog das Gesicht und schüttelte den Kopf. „Truthahn-Überraschung? Bitte sag mir, dass du dir das ausgedacht hast."

„Habe ich nicht. Die gibt es wirklich. Aber auf der anderen Straßenseite ist ein kleiner Feinkostladen. Kommst du mit?"

„Okay. Geh du vor."

„Gute Entscheidung." Er verschränkte seine Finger mit ihren, und sie gingen Hand in Hand aus dem Krankenhaus. Außer Zoey konnte sich Hunter nicht erinnern, dass er jemals jemanden so sehr hatte beschützen wollen, und es kam ihm in den Sinn, dass er, obwohl sie erst auf einem Date gewesen waren, niemals von ihrer Seite weichen würde, wenn Faith das zuließ. Der Gedanke hätte ihm Angst machen sollen, doch stattdessen fühlte er sich glücklich und angekommen, als hätte er gerade den Menschen gefunden, nach dem er sein ganzes Leben lang gesucht hatte.

Faith war nicht sicher, was genau Hunter an sich hatte, aber dieser Mann sorgte einfach dafür, dass es ihr sofort besser ging. Sie war erschöpft gewesen und hatte es ganz bestimmt übertrieben, als sie die Effekte der Krankheit ihres Vaters in sich hatte einsickern lassen, aber sobald sie in Hunters Armen lag, war es, als hätte sie einfach den ganzen Seelenschmerz und die Anspannung hinaus ins Universum entlassen. Und obwohl sie sich noch immer Sorgen machte und ihren Vater unbedingt wieder sehen wollte, wusste sie, dass sie eine Pause brauchte, und auch das Essen, das er sie mehr oder weniger zwang, zu bestellen.

„Du brauchst Nährstoffe, Faith", sagte er. „Vor allem wenn du Tag und Nacht hier im Krankenhaus ausharren willst."

„Wieso glaubst du denn, dass ich die ganze Nacht im Krankenhaus bleibe?", fragte sie, dann biss sie einmal von ihrem Krabbensalat-Sandwich ab.

Er starrte sie nur ausdruckslos an.

Sie konnte nicht verhindern, dass ihr ein mattes Kichern über die Lippen kam. „Okay, du hast recht. Ich habe nicht die Absicht, nach Hause zu fahren, bis ich weiß, dass er in Ordnung kommt."

„Das habe ich mir doch gedacht." Er schob sich eine Pommes in den Mund und bot ihr welche an.

„Danke." Sie aß zwei und hörte auf. Sie hatte immer noch mehr als die Hälfte des Sandwiches übrig, dazu eine Tüte Chips. „Ich glaube, ich bin fertig."

Er beäugte ihr nicht aufgegessenes Essen, sagte aber nichts dazu. Er packte einfach nur das Sandwich ein und steckte es zurück in die Papiertüte. „Das kannst du später haben, anstelle des Truthahns." Hunter wollte sich schon vom Tisch erheben, aber als sie sich nicht rührte, setzte er sich wieder. „Was ist los?"

„Warum bist du hergekommen?", fragte sie und kniff die Augen in seine Richtung zusammen. Es war nicht so, dass sie ihn nicht hier haben wollte. Das tat sie. Mehr als alles andere. Und das war das Problem. Sie war nicht daran gewöhnt, sich auf einen anderen Mann als ihren Vater zu stützen. Wenn er nur wegen einer Art Verpflichtung gegenüber ihr oder Lin hier war, weil er für sie arbeitete, dann musste sie das wissen, ehe sie sich zu tief hineinsteigerte.

„Das ist dir nicht klar?", fragte er und starrte sie so intensiv an, dass sie das Gefühl bekam, er würde ihr direkt in die Seele schauen.

„Nein", sagte sie und kämpfte gegen den Drang an, die Arme vor der Brust zu verschränken, um sich weniger bloßgestellt zu fühlen.

Er nahm ihre Hand und küsste sie auf die Handfläche. „Ich bin hier, Faith, weil Leute das tun, wenn diejenigen, die ihnen wichtig sind, Unterstützung brauchen."

„Ich bin dir wichtig?", fragte sie, nicht überrascht, aber sie wollte noch einmal hören, wie er die Worte sagte.

„Ich glaube, du kennst die Antwort auf diese Frage, aber nur für den Fall, dass du es nicht weißt, hier kommt es … Ich verliebe mich gerade in dich, Faith. Ich könnte mich von dir genauso wenig abwenden, wenn du leidest, wie ich es bei Zoey konnte, als ihr Vater um sein Leben kämpfte. So wichtig bist du mir."

Schon wieder brannten Tränen in ihren Augen, aber sie blinzelte sie weg. Sie hatte für heute genug Tränen vergossen. „Danke. Es hilft, dass du da bist."

„Willst du darüber sprechen?"

Sie zuckte mit den Schultern. „Was gibt es denn zu sagen? Er ist krank, und sie sagen ständig, dass sie alles tun, was sie können, aber ich weiß, dass die Behandlung nicht anschlägt, oder zumindest noch nicht anschlägt. Und ich bin so wütend, dass ich nichts tun kann, um zu helfen."

„Natürlich hilfst du. Allein die Tatsache, dass du da bist, gibt ihm Kraft."

Sie fragte sich kurz, ob es das gewesen war, was sie sich die ganze Zeit gesagt hatten, als sie darauf gewartet hatten, dass Craig wieder aufwachte. Aber sie behielt den Gedanken für sich und seufzte. „Ich habe gemeint, dass meine Hände nutzlos sind. Ich kann nicht helfen, die Infektion zu vertreiben, so wie ich helfen kann, die Heilung schmerzender Muskeln zu beschleunigen."

„Ich verstehe." Er hob ihre Hand und strich leicht mit einem Finger über die Linien ihrer Handfläche. „Deine Hände sind magisch, Faith. Die Menschen von Keating Hollow sind mit dir gesegnet, aber wenn du dich über dich ärgerst, weil du deinen Vater nicht heilen kannst, machst du dir zu viel Druck. Selbst die Heiler können nicht das tun, was du nahelegst."

Sie wusste, dass er recht hatte. Sie pumpten ihren Vater mit Antibiotika-Tränken und Energie-Boostern voll. Zweifelsohne würden sie Heiler mit heilenden Händen dazu holen, aber das würden sie erst tun, wenn er kräftiger war, wenn sein Körper die Kraft hatte, sich selbst zu helfen. „Ich weiß. Es ist nur … Ich ertrage es nicht, ihn so krank zu sehen. Er ist das Herz unserer Familie, Hunter. Wenn er …" Sie schüttelte den Kopf. „Wir können ihn nicht verlieren."

„Das werdet ihr nicht." Seine Worte waren stark und sicher, und sie waren wie Balsam für ihr schmerzendes Herz. Er erhob sich, und sie stand mit ihm auf. „Brechen wir auf und sehen, wie es ihm geht."

„Hunter?"

Er schnappte sich die Tasche, in der ihr halb gegessenes Sandwich war. „Ja?"

„Ich bin froh, dass du da bist." Sie beugte sich vor und küsste ihn. Seine Lippen waren warm und weich und genau das, was sie brauchte. Als sie sich zurückzog, lächelte sie zu ihm auf. „Und danke, dass du so tust, als würde ich nicht völlig erledigt aussehen."

„Ich sehe da nur eine tolle Frau, die sich nicht scheut, ihre Gefühle zu zeigen." Er zog sie weiter und sagte: „Gehen wir, ehe der Typ hinter dem Tresen versucht, dich mir wegzuschnappen."

Sie warf einen Blick zurück auf den Typen mit angehender Glatze, der an einer der Maschinen Käse schnitt. Er starrte sie direkt an, in seinen großen Augen funkelte Interesse. Sie lächelte zu Hunter auf. „Ich glaube, du könntest es mit ihm aufnehmen."

„Vielleicht, aber es lässt sich nicht sagen, was für eine Magie er auffährt."

Sie lachte und folgte ihm aus dem Laden und zurück ins Krankenhaus.

Es dauerte nicht lange, herauszufinden, dass etwas ernsthaft im Argen lag. In dem Augenblick, in dem sie im Wartezimmer ankamen, war eine so starke Anspannung spürbar, dass Faiths Haut tatsächlich zu jucken begann. Yvette stand neben dem Fenster, starrte hinaus auf den Parkplatz, während Abby auf ihrem Handy panische Nachrichten schrieb. Noel sprach mit der Schwester, ihr Körper bebte vor etwas, das Faith für Wut hielt.

„Was ist los?", fragte Faith.

Abby schaute von ihrem Telefon auf und starrte betont auf eine Frau, die ihnen gegenüber im Raum saß. Ihr honigblondes Haar war gelockt, und es umrahmte ein vertrautes Gesicht.

Faith stieß ein leises Keuchen aus und hätte schwören können, dass sie Hunter lautlos fluchen hörte, aber sie war immer noch zu sehr auf die Frau konzentriert, die zu ihr zurück starrte. „Mom?"

Gabrielle schob sich langsam aus ihrem Sessel. Sie war dünn, vielleicht zu dünn, und obwohl sie sich offensichtlich Mühe gegeben hatte, ihre Haare zu frisieren, brauchte sie ganz dringend einen neuen Schnitt und Farbe. Aber es waren ihre Augen, die Faith quälten. Sie waren traurig, mit einem Hauch Erschöpfung, und zeigten eine Frau, die eine Million Dinge bedauerte.

„Sie sollte nicht hier sein", keifte Noel. „Ich kann nicht glauben, dass sie nach all den Jahren einfach so hier auftaucht." Sie wandte sich an Gabrielle. „Du bist hier nicht erwünscht."

„Noel, bitte", flehte Abby ihre Schwester an. „Das ist jetzt nicht der richtige Zeitpunkt."

„Nein, ist es nicht. Unserem Vater geht es schlecht, und wir haben keine Zeit, uns mit ihr zu beschäftigen." Noel richtete ihre Aufmerksamkeit wieder auf die Schwester. „Sie soll Lincoln Townsend nicht besuchen dürfen, verstehen Sie das? Er will nichts mit ihr zu tun haben."

„Das weißt du doch nicht", sagte Abby.

„Noel hat vermutlich recht", ließ sich Yvette vernehmen, die sich schließlich umwandte, um ihre Mutter anzustarren. „Zumindest sollten wir warten, bis er aufnahmefähig genug ist, um ihn zu fragen."

„Wir lassen niemanden hinein, der nicht zur unmittelbaren Familie gehört", sagte die Schwester. „Darüber müssen Sie sich keine Sorgen machen."

„Ich bin seine Frau", sagte Gabrielle.

Alle drehten sich um, um sie anzustarren. Faith konnte nicht glauben, dass sie die Nerven hatte, nach all den Jahren, in denen sie weg gewesen war, irgendeine Art von ehelichen Privilegien einzufordern. Während sie dastand und die Frau anstarrte, von der sie sich den Großteil ihres Lebens lang gewünscht hatte, sie würde zurückkommen, spürte Faith überhaupt nichts. Keine Wut, kein Bedauern und ganz gewiss keine Freude. Es war ihr egal, und diese Tatsache stimmte sie einfach nur traurig.

„Sie ist seine Ex-Frau", schoss Noel zurück. „Ex. Dad hat vor über fünfzehn Jahren die Scheidung wegen Vernachlässigung eingereicht. Du kannst nicht einfach so in sein Leben zurückspazieren, in unser Leben, und so tun, als wäre nichts passiert." Sie deutete auf den Ausgang. „Du solltest gehen.“

Gabrielles Blick wanderte durch den Raum, streifte ihre vier Töchter, und Faith musste sich abwenden. Sie hielt den ruhelosen Ausdruck ihrer Mutter nicht aus. Nicht zu diesem Zeitpunkt. Nicht, wenn ihre ganze Energie sich auf ihren Vater richtete, der in einem Krankenhauszimmer lag.

„Ich verstehe“, sagte Gabrielle leise. „Ich wollte nicht stören. Ich bin nur …“ Sie schüttelte den Kopf. „Ich hoffe, Lin geht es gut.“ Dann lief sie aus dem Wartebereich.

Abby schluchzte lautlos, und im nächsten Augenblick lief sie ihr nach.

Faith, Yvette und Noel starrten ihnen schweigend nach. Dann seufzte Yvette und folgte Abby.

„Was ist mit dir?“, fragte Noel Faith. „Lässt du sie einfach so zurück in unser Leben spazieren, als sei nichts passiert?“

Faith war nicht begeistert davon, dass ihre Schwester sie angriff, aber sie verstand, woher ihre Wut kam, und vergab ihr sofort. „Nein. Ich glaube nicht“, sagte Faith. „Das bringe ich nicht zustande.“

Noel schloss die Augen und nickte. Dann wandte sie sich an die Schwester und sagte: „Es tut mir leid. Wir hatten keine Ahnung, dass sie herkommt.“

„Ist schon gut, meine Liebe“, sagte die Schwester. „Wir haben schon alles gesehen.“

„Geht es dir gut?“, flüsterte Hunter ihr ins Ohr.

Sie drehte sich um und drückte ihm eine Hand auf die Brust. „So gut es mir jetzt eben gehen kann.“

Er starrte auf sie hinab, musterte ihren Blick, um zu sehen, ob sie sich quälte.

„Ich schwöre es. Alles ist gut. Ich habe nur einfach im Augenblick nicht die emotionale Energie, mich jetzt mit ihr zu befassen. Es war seltsam, sie zu sehen, ich spürte einfach …

nichts. Ich schätze, ich habe alles an dem Tag bereinigt, an dem ich mit ihr geredet habe."

Er strich ihr eine Strähne aus den Augen. Seine Berührung war so zärtlich, sie wünschte sich, sie möge nie aufhören. Aber dann senkte er die Hand und zog sich zurück. „Ich muss mich um etwas kümmern. Kommst du klar?"

„Natürlich", sagte sie und runzelte die Stirn. „Sag bitte nicht, dass du bei meinem Dad oder im Spa arbeitest, denn ..."

„Das ist es nicht", erwiderte er und schnitt ihr das Wort ab. „Ich muss nur kurz telefonieren. Ich komme wieder."

Ach ja. Er musste vermutlich Vivian anrufen. Der Gedanke beunruhigte sie. Wenn zwischen ihnen nichts war, weshalb musste er dann anrufen und sich melden? Sie fühlte sich sofort beschämt. Es hatte vermutlich etwas mit Zoey zu tun. Er hatte ihr bereits gesagt, dass er in Craigs Fußstapfen treten wollte. Da lag es doch nahe, dass er mit Vivian kommunizieren musste. „Klar. Danke, dass du hergekommen bist. Es war wirklich aufbauend, dich hierzuhaben."

Er warf ihr einen merkwürdigen Blick zu. „Hattest du den Eindruck, ich würde gehen?"

„Na ..."

Er lachte leise. „Faith, ich freue mich, dass ich etwas beigetragen habe, aber ich gehe noch nicht weg. Ich muss mich nur um etwas kümmern. Ich komme wieder, okay?"

„Okay." Sie lächelte ihn verlegen an. „Tut mir leid. War ein anstrengender Tag."

„Ich weiß." Er beugte sich herab, küsste sie und marschierte dann weg.

Faith setzte sich auf einen Stuhl, plötzlich vollkommen erschöpft.

„Das ist mal eine Entwicklung", sagte Noel, die sich neben sie setzte.

„Ja", erwiderte Faith seufzend. „Wir hatten gestern Abend unser erstes offizielles Date."

Noel strich mit den Fingerknöcheln über Faiths Wange. „Sind etwa seine Barstoppeln der Grund für die Hautrötungen?"

Faith zuckte zurück. „Ich habe doch keine Hautrötungen!"

„Klar, red dir das nur ein, Schwesterchen", sagte sie lachend. Dann wandte sie ihr den Blick wieder zu. „Ich möchte festhalten, es steht dir."

Faith verdrehte die Augen. „Hör auf. Du bringst mich in Verlegenheit."

„Dazu sind große Schwestern da."

„Vertrau mir, das ist mir bewusst." Als Jüngste hatte Faith ihr ganzes Leben lang die Hauptlast schwesterlicher Neckereien ertragen müssen. Aber sie war auch mit drei älteren Geschwistern gesegnet, die ebenso oft für sie einstanden. Faith warf einen Blick den Gang entlang, der in das Krankenzimmer ihres Vaters führte. „Bist du kürzlich da drin gewesen, um nach ihm zu sehen?"

„Nur ein paar Minuten, bevor Gabrielle aufgetaucht ist. Sie haben ihm ein Beruhigungsmittel verabreicht, damit er schlafen kann."

Es entging ihr nicht, dass Noel ihre Mutter beim Vornamen nannte. Noel war nicht einmal bereit, mit ihr zu reden, und schon gar nicht, sie Mom zu nennen. „Warum ein Beruhigungsmittel? Er hat doch gut geschlafen, als wir vorhin bei ihm waren."

„Fieberträume haben ihm zu schaffen gemacht. Martin sagte, sobald die Antibiotika wirken, hören die Träume auf."

Faith erhob sich, wollte zurück in sein Zimmer, um einfach nur bei ihm zu sitzen, während er schlief, aber ein riesiges Gähnen überkam sie, und ihre Augen wurden feucht. Sie warf einen Blick auf Noel. „Ich glaube, ich hole mir einen Kaffee. Willst du auch einen?"

Noel drückte sich zwei Finger an die Schläfen und sagte: „Ja. Groß. Schwarz."

„Wird gemacht." Faith ging durch den Krankenhausgang, auf der Suche nach der Cafeteria. Nicht sicher, wohin sie sich wenden sollte, bog sie zweimal falsch ab, ehe sie ihren Weg zurückverfolgte und in einen Teil des Krankenhauses gelangte, der ihr nicht vertraut war. Nachdem sie sich eine Übersichtskarte an der Wand angesehen hatte, trat sie durch die Glastüren nach draußen, um das Gelände zu überqueren, und blieb abrupt stehen.

Auf der rechten Seite, in der Nähe einer Baumgruppe, entdeckte sie ihre Mutter und Hunter. Sein ganzer Körper war angespannt, seine Hände zu Fäusten geballt. Es war keine Frage, dass er wütend war. Aber worauf? Dass Gabrielle sich bei ihr und ihrer Familie einmischte? Sie wollte schon zu ihnen gehen, erstarrte aber erneut, als ihre Mutter die Stimme erhob und auf ihn zeigte.

„Und was ist mit dir, Hunter?", fragte sie, ihre Stimme drang durch die Dezemberluft zu Faith herüber. „Warst du denn ehrlich zu ihr? Hast du Faith erzählt, dass ich diejenige war, die dich aufgezogen hat, und dass du die ganze Zeit wusstest, wo ich bin? Und was ist mit Zoey? Weiß sie, wer ihr echter Vater ist? Red nicht von Ehrlichkeit. Wir haben alle unsere Geheimnisse. Wenn alle unsere Leichen im Keller ans Tageslicht kommen, dann lasse ich mir vielleicht von dir Vorträge halten. Bis dahin behalt sie für dich."

Eine eisige Kälte durchströmte Faith, während sie darauf wartete, dass Hunter ihr widersprach. Ihre Vorwürfe zurückwies. Aber das tat er nicht. Stattdessen sagte er: „Ich erzähle es ihr, wenn ich es für angemessen halte."

*Ich erzähle es ihr, wenn ich es für angemessen halte.* Die Worte klingelten in Faiths Ohren. Er hatte nichts geleugnet. Was sie gesagt hatte, entsprach der Wahrheit. Gabrielle hatte Hunter großgezogen? Hatte er nicht gesagt, er hätte bei seinem Onkel und dessen Freundin Gia gewohnt? *Gia* war ein Spitzname für Gabrielle. Und was war mit Zoey? Hatte ihre Mutter gerade nahegelegt, dass Zoey eigentlich von Hunter war, nicht von Craig?

Das hatte sie, und Hunter hatte nichts davon geleugnet.

Alles, was er gesagt hatte, war eine Lüge gewesen. Ihr ganzer Körper wurde taub, während sie sich ruhig umdrehte und zurück ins Krankenhaus ging.

# KAPITEL 18

In Hunter brodelte es lautlos, während er auf dem Krankenhausgelände umherlief und versuchte, seinen Zorn abzukühlen. Er konnte es nicht fassen, dass Gia einfach ohne Vorwarnung im Krankenhaus aufgetaucht war. Ihm war klar, dass sie nach Keating Hollow eingeladen worden war, um sich mit ihren Töchtern zu treffen, aber das war gewesen, bevor Lin mit Blaulicht in die Notaufnahme gefahren worden war.

Es war ihm egal, wie groß die Sorgen waren, die sie sich um Lin oder ihre Töchter machte. Ihren Mist hätte sie sich an diesem Tag sparen können. Und schlimmer noch, als er sie im Gespräch mit Abby und Yvette erwischt hatte, war sie darüber, wo sie gewesen war, nicht bei der Wahrheit geblieben. Er hatte mitgehört, wie sie Tucson, Arizona, erwähnte und es damit klingen ließ, als wäre sie nicht einfach nur wenige Autostunden von hier entfernt. Nachdem Abby und Yvette wieder hineingegangen waren, hatte er Gia am Ellbogen genommen und ihr unmissverständlich klar gemacht, dass er es ihr nicht durchgehen lassen würde, ihre Familie anzulügen.

Wenn sie so entschlossen war, den Kontakt wieder aufzunehmen, dann hatten sie es auch verdient, die Wahrheit über sie zu erfahren.

Und da hatte sie ihm den einzigen Mist vor die Füße geworfen, zu dem sie Zugang hatte, und ihn beschuldigt, Faith zu belügen. Das hatte er nicht getan. Zumindest nicht, was seine Beziehung zu Gia anging. Hatte er nicht eben erst herausgefunden, wer sie wirklich war? Ihm war es ein Anliegen gewesen, dass Gia selbst Faith und ihren Schwestern von ihrer Vergangenheit erzählte. Aber wenn sie lügen wollte, blieb ihm keine Wahl. Er war nicht die Art Mensch, die jenen, die ihm wichtig waren, Geheimnisse vorenthielt.

Was nun Zoey anging … naja, Zoey kannte die Wahrheit noch nicht einmal selbst. Bis es so weit war, würde Hunter die Tatsache, dass er ihr richtiger Vater war, nicht ausplaudern. Sobald der richtige Zeitpunkt gekommen war, würden sie es ihr sagen. Und bis dahin ging es niemanden etwas an … auch nicht Gia. Es gab nur einen Grund, aus dem sie es wusste: Als sie und Mason zu Craigs Beerdigung gekommen waren, hatten sie Hunters Streit mit Vivian darüber mitangehört, wie man damit umgehen sollte.

Gia wäre sonst wirklich die Letzte gewesen, der er es erzählt hätte. Wenn sie clean bleiben konnte, würde sie das Wissen zwar für sich behalten, doch wenn sie einen Rückfall hatte und wieder mit den Tränken anfing, stand völlig offen, was sie tun oder sagen würde.

Hunter lief ein halbes Dutzend Mal das ganze Krankenhausgelände ab, ehe er sich schließlich zurück in den Wartebereich begab. Er wollte nach Faith schauen und sehen, ob er etwas für sie tun konnte. Sich vergewissern, dass es ihr gut ging.

Er fand sie an einem Fenster, wo sie hinaus auf die Stadt

Eureka schaute, eine Tasse Kaffee in der Hand. Er legte ihr eine Hand auf den Rücken und flüsterte: „Hey. Wie geht's? Alles soweit in Ordnung?"

Sie drehte sich nicht einmal zu ihm um, während sie sagte: „Schon okay." In ihrer Stimme lagen keinerlei Gefühle. „Hast du dein *Ding* erledigt?"

„Klar." Er runzelte die Stirn. Bildete er sich das nur ein, oder war sie wütend auf *ihn*? Sie wirkte kühl und distanziert. Aber noch während diese Frage aufblitzte, wies er sich gedanklich zurecht. Ihr Vater war ernsthaft krank, und ihre lang verschollene Mutter war gerade im schlimmsten aller möglichen Augenblicke zurück in ihr Leben geplatzt. Natürlich ging es ihr nicht gut. Das sah doch jeder. Sie darum zu bitten, von ihren Ängsten abzulassen, würde alles nur noch schlimmer machen. „Hat sich bei deinem Dad etwas Neues ergeben?"

Sie schüttelte den Kopf, schaute ihn noch immer nicht an. „Nichts."

Ihr Körper war so angespannt, dass sich ihre Muskeln ballten, als wäre sie bereit, jemandem eine Ohrfeige zu verpassen. Vermutlich ihrer Mutter. Oder sogar einfach nur dem Universum, weil es ihrem Vater Krebs und lebensbedrohliche Infektionen auferlegte.

„Versuch dich etwas zu entspannen, Faith", sagte er und legte ihr die Hände auf die Schultern, um die Verspannungen zu massieren, die er dort fand.

Faith stieß einen hörbaren Seufzer aus und trat von ihm weg, brachte so viel Abstand zwischen sie, dass er sie nicht berühren konnte, ohne einen Schritt nach vorn zu machen.

„Zu fest?", fragte er und bezog sich dabei auf die unprofessionelle Massage, die er gerade einer ausgebildeten Massagetherapeutin hatte zukommen lassen wollen.

„Ich glaube, du solltest gehen, Hunter. Ich muss mich im Augenblick auf meinen Dad und meine Familie konzentrieren."

„Oh, alles klar", sagte er und schob sich die Hände in die Taschen. „Ich wollte meinen freundlichen Empfang hier nicht über Gebühr ausreizen."

Sie gab keine Antwort.

Hunter wollte nach ihr greifen und sie in die Arme schließen, sie festhalten und ihr klarmachen, dass sie geliebt wurde, aber der resolute Ausdruck in ihren Augen und ihre verschlossene Körpersprache hielten ihn davon ab. Sie war eindeutig nicht mehr daran interessiert, dass man sich um sie kümmerte. „Also gut. Rufst du an, falls es etwas gibt, was ich tun kann?"

„Ich werde nicht anrufen. Es gibt für niemanden etwas zu tun, außer warten. Danke, dass du vorbeigekommen bist. Das war sehr aufmerksam von dir."

Irgendetwas lag so richtig im Argen, und er glaubte, genau zu wissen, wem er ihren plötzlichen Persönlichkeitswandel zu verdanken hatte. Gia. Sie war einfach hereinmarschiert und hatte einen Sturm ausgelöst. Die Wut, die er zurückgehalten hatte, ehe er wieder in das Krankenhaus hineingegangen war, kehrte brüllend zurück, aber er hielt sie tief verschlossen. Faiths eigenes Päckchen an Gefühlen war bereits groß genug, sie musste sich nicht auch noch mit seinen befassen.

„Trotzdem", beharrte er, „zögere nicht, mich anzurufen, falls du etwas brauchst. Essen, Kaffee, einen Fahrer, jemanden zum Reden. Ich bin da, für alles, was du brauchst."

„Danke, Hunter. Das weiß ich zu schätzen, aber wie ich schon sagte, wir kommen zurecht." Sie drehte sich um und entfernte sich durch den Korridor, verschwand, indem sie um eine Ecke bog.

Er warf einen Blick auf die anderen Townsend-Schwestern. Noel stand allein da und sprach ins Handy, während Abby und Yvette die Köpfe zusammensteckten und besprachen, was sie wegen ihrer Mutter unternehmen sollten. Es schien, als hätten sowohl Noel als auch Faith gesagt, sie wären nicht daran interessiert, was sie zu sagen hatte, aber die anderen beiden wollten Antworten. Hunter wusste, dass er ihnen von Gias Leben hätte erzählen können, aber er wusste auch, dass es nicht an ihm war, diese Geschichte auszubreiten. Außerdem, wenn er es jemandem erzählen würde, dann als erstes Faith, und die war gerade nicht in einem Zustand, in dem sie sich anhören konnte, weshalb ihre Mutter sie verlassen hatte, als sie sie am meisten gebraucht hätten.

Mit gesenktem Kopf und schwerem Herzen, weil er nicht mehr tun konnte, verließ Hunter das Krankenhaus und begab sich auf den Heimweg.

Es war später Nachmittag, als Hunter seinen Truck in der Zufahrt gleich neben einem silbernen Honda-SUV packte. Sein kleines Häuschen war hell erleuchtet, Licht strömte aus den Fenstern, und Hunter stöhnte. Hatte Vivian Gäste? Sie hatte ihm nichts gesagt. Er hatte nicht mal gewusst, dass sie noch andere Leute außer Abby und Faith kennengelernt hatte.

Müde bis in die Knochen stieg er aus seinem Truck und ging widerstrebend rein. Er hatte erwartet, Stimmen oder Gelächter oder irgendetwas anderes zu hören, das darauf hinwies, dass Leute durch sein Haus stromerten, aber er wurde von Stille empfangen. Nicht einmal das Geräusch von Zoeys Füßen auf dem Holzboden war zu hören, denn sie kam nicht, um ihn zu begrüßen, wie sie es normalerweise tat.

„Vivian?", rief er.

Keine Antwort.

„Zoey?"

Immer noch nichts. Er hängte seinen Mantel auf die Garderobe neben der Tür und fragte sich, ob sie draußen mit dem Besitzer des silbernen SUV spazieren gingen. Erleichterung strömte durch ihn hindurch, als ihm klar wurde, dass er wohl allein war. Gut. Er wollte sich nur noch ein Bier genehmigen, eine Dusche und ein Sandwich – in dieser Reihenfolge –, bevor er sich aufs Sofa fallen ließ. Aber als er in die Küche trat, bemerkte er Vivian, die am Tisch saß, die Arme vor der Brust verschränkt.

„Wessen Auto steht da draußen?", fragte er und schaute sich um.

„Meins. Ich habe es heute gekauft. Gebraucht. Ich brauche was Zuverlässiges, das mich nach Eureka und zurückbringt."

„Klingt nach einem Plan."

Ihr Blick richtete sich auf ihn, und sie sagte: „Hunter, ich glaube, wir sollten reden."

Ungute Vorahnungen und Gereiztheit sorgten dafür, dass er den Mund hielt, während er sich eine Flasche Bier aus dem Kühlschrank holte. Ohne sie zur Kenntnis zu nehmen, öffnete er sie und nahm einen langen Schluck zur Stärkung.

„Hast du mich gehört?", fragte sie mit herausforderndem Unterton.

Er drehte sich um und lehnte sich an den Tresen. „Ich habe dich gehört. Worüber müssen wir denn reden?"

Sie beäugte ihn, dann sein Bier. „Ich glaube, ich könnte auch eins vertragen."

Hunter zuckte mit den Schultern, nahm sich noch ein Bier, öffnete es für sie und stellte es vor ihr auf dem Tisch ab.

Nachdem sie auch einen langen Schluck genommen hatte, schaute sie zu ihm auf und sagte: „Ich kann das nicht mehr.“

„Was genau?“ Sein Inneres verwandelte sich in einen Schlamassel aus überreizten Nerven, während er darauf wartete, dass sie erklärte, was sie meinte. In seinem Haus wohnen? Sich Zoey mit ihm teilen? In Keating Hollow bleiben? Bei jedem dieser Szenarien wurde ihm unwohler. Der Gedanke, dass sie ihm Zoey wegnehmen könnte, ließ Übelkeit aufkommen.

„So zu tun, als wären wir eine Familie, wenn wir keine sind.“ Sie starrte auf den Tisch hinab, fuhr nervös die Holzmaserung mit den Fingerspitzen nach.

„Wir sind eine Familie. Wir sind Zoeys Eltern“, sagte er und schaute sich nach seinem kleinen Mädchen um. „Wo *ist* Zoey eigentlich?“

„Sie ist mit Daisy und Olive bei Olives Großmutter. Clay setzt sie hier ab, wenn er sie alle später abholt.“

Er nickte. „Das ist gut. Sie findet schnell Freunde.“

Doch Vivian schüttelte den Kopf. „Nein, Hunter. Es ist nicht gut. Nicht, wenn ich mit ihr wieder umziehen muss.“

„Umziehen?“ Er stellte sein Bier auf dem Tresen ab. „Was meinst du mit umziehen?“

„Ich kann das nicht. Ich dachte, ich könnte es, aber nachdem ich mitbekommen habe, wie du Faith letzten Abend ausgeführt hast, und dann heute …“ Sie schloss die Augen und schüttelte leicht den Kopf. „Du hast den ganzen Tag mit ihr im Krankenhaus verbracht.“

„Und? Ihr Dad, mein Arbeitgeber, ist sehr krank. Ich war nur dort, um …“

„Ich weiß, weshalb du dort warst“, sagte sie, ihre Stimme hitzig. „Ich bin nicht blöd, Hunter. Oder vielleicht doch. Denn ich war diejenige, die dumm genug war zu denken, dass du, sobald wir einmal hier sind, sobald wir einmal im selben Haus wohnen und Zoey zusammen aufziehen, in mir jemanden sehen würdest, der mehr ist als nur Craigs Witwe. Dass du anfangen würdest, mich wieder als Frau zu sehen, eine, mit der du vielleicht dein Leben teilen möchtest. Ich will keine Fake-Familie sein, Hunter. Ich will das ganze Paket. Und ich dachte dummerweise, dazu könntest auch du gehören."

Er starrte sie verblüfft an. „Aber ich … wir haben doch darüber gesprochen, Vivian."

„Nein, du hast darüber gesprochen." Sie stand auf, und die Holzbeine des Stuhls quietschen auf dem Boden. „Ich habe zugehört und gehofft, du würdest es dir anders überlegen. Aber für mich ist inzwischen offensichtlich, dass du dich in eine andere verliebt hast. Natürlich." Sie stieß ein hohles Lachen aus. „Warum sonst solltest du so schnell die Möglichkeit ausschließen, dass aus uns mehr werden könnte?"

„Wir waren nur knapp einen Monat zusammen, Viv", sagte er, während er immer noch versuchte, sich auf alles einen Reim zu machen. „Ich verstehe nicht, wie das zu ‚wir leben zusammen' führen soll."

„Wir haben ein gemeinsames Kind!", schrie sie, und Tränen strömten über ihre Wangen. „Ich schätze, ich habe törichterweise geglaubt, dass es für sie schön wäre, wenn ihre Eltern zusammen wären. Wenn ich damals gewusst hätte, dass sie von dir ist, hätte ich dich nicht so leicht gehen lassen. Das solltest du wissen."

„Hui, mach mal kurz Halt", sagte er und zog einen Stuhl heraus, um sich zu setzen. Er zog sie auf ihren Stuhl hinab und sah ihr direkt in die Augen. „Du hast Craig geliebt. Ihr beiden wart toll zusammen. Weshalb solltest du so etwas sagen?"

Sie sank in ihrem Stuhl zusammen und wischte sich mit

einer Hand die Tränen ab. „Ich habe ihn geliebt. Ich habe ihn mit allem geliebt, was ich hatte."

„Das ist gut, Viv. Er hat dich auch geliebt. Warum hättest du dir wünschen sollen, dass ich dem im Wege stehe?"

„Das ist nicht … Ach! Ich meine einfach, dass ich glaube, Eltern sollten es zumindest miteinander versuchen. Ich war damals nämlich in dich verliebt. Bevor Craig und ich zusammenkamen. Wenn ich von Zoey gewusst hätte, wenn mir klar gewesen wäre, dass sie von dir ist, hätte ich es dir gesagt. Und wer weiß, was dann passiert wäre? Du musst mir glauben, Hunter. Ich hatte wirklich keine Ahnung."

Er glaubte ihr. Sie hatten erst herausgefunden, dass Hunter Zoeys Vater war, als Craig nach seinem Unfall eine seltene Blutgruppe für eine Transfusion gebraucht hatte. Eine Blutgruppe, die absolut ausschloss, dass er Zoeys Vater war. Vivian war genauso schockiert gewesen wie er. Craig war gestorben, ohne die Wahrheit je zu erfahren. Und darum war Hunter dankbar. Craig hatte Zoey von ganzem Herzen geliebt. Falls er später herausgefunden hätte, dass sie von Hunter war, hätte ihm das den Boden unter den Füßen weggezogen.

Erst hatte Hunter es geleugnet. Zoey war klein gewesen, als sie zur Welt gekommen war, klein genug, dass alle geglaubt hatten, sie wäre vergleichsweise früh geboren. Aber tatsächlich war sie ein paar Wochen zu spät dran gewesen, und ein Bluttest hatte das bewiesen. Craigs Tod, Hunters Versprechen an ihn, sich um seine Familie zu kümmern, und die Enthüllung, dass Zoey Hunters Kind war, hatten ihn mehr als nur erschüttert.

Aber letztlich hatte er das Einzige getan, was er tun konnte – sein Kind und die Mutter genommen und sie nach Hause geholt. Sie im Stich zu lassen war keine Option gewesen.

Nicht, dass er es gewollt hätte. Er liebte Zoey mehr, als er sich je hatte vorstellen können, jemanden zu lieben.

„Ich glaube dir", sagte er. „Und ich verstehe, was du sagst, aber ich glaube nicht, dass ein Kind ausreicht, um zwei Leute zusammen zu halten. Nicht, wenn sie einander nicht lieben."

„Ich hätte dich lieben können." Sie senkte die Stimme und fügte an: „Und ich glaube, ich *habe* dich geliebt."

Hunter schlug das Herz bis zum Hals. Was sollte er zu dieser Frau sagen, der Mutter seines Kindes, der Witwe seines besten Freundes? Er hatte sie nicht geliebt. Er hatte sie gemocht und attraktiv gefunden, aber er hatte von Anfang an gewusst, dass sie nicht diejenige war. Darum war ihre Beziehung so hitzig gewesen und so schnell ausgebrannt. Das war auch der Grund gewesen, weshalb es ihm überhaupt nichts ausgemacht hatte, als Craig mit ihr zusammen gekommen war. Er hatte sich für die beiden gefreut.

Schließlich sagte er einfach: „Wohin willst du gehen? Und werde ich immer noch meine Tochter sehen dürfen?"

„Eureka. Der Großteil meiner Arbeit findet sowieso dort statt, wenn ich versuche, Kunden für Faith und Verkaufsstellen für Abby zu finden. Ich habe mir die Schulen dort angesehen. Es gibt eine am nördlichen Ende der Stadt, die perfekt für Zoey passt. Sie gehört mit der hier im Städtchen zusammen und hat denselben Lehrplan."

Hunter verabscheute den Gedanken, dass er Zoey nicht täglich sehen würde, dass er sie nicht ins Bett bringen und ihr Geschichten würde vorlesen können, doch was konnte er schon sagen? Er konnte nicht so tun, als würde er Vivian lieben, nur damit sie blieb. Zumindest ging sie nicht zurück nach Las Vegas. „Also gut."

Sie seufzte schwer. „Du machst nicht einmal den Versuch, mich aufzuhalten?"

Er schüttelte den Kopf. „Ich kann dich nicht zum Bleiben bringen, wenn du nicht hier sein willst. Aber ich will ein gemeinsames Sorgerecht für unsere Tochter."

„Wir werden es ihr sagen müssen", merkte Vivian an.

„Ich weiß." Sie hatten beschlossen, Zoey die Neuigkeiten vorerst nicht zu erzählen. Sie hatte gerade erst den Vater verloren, der sie aufgezogen hatte, und ihr ganzes Leben war auf den Kopf gestellt. Sie hatten beide entschieden, dass es besser war, zu warten, aber je länger sie warteten, umso schwerer würde es auch für sie werden.

„Ich schaue mich morgen nach einer Wohnung um", erklärte sie. „Wir sagen es Zoey morgen Abend, wenn wir beide zu Hause sind. Ist das so in Ordnung für dich?"

Es war nicht in Ordnung. Überhaupt nicht. Er war nicht bereit für Zoeys Umzug, und er hatte keine Ahnung, wie sie erklären sollten, dass er eigentlich ihr Vater war. Aber er nickte trotzdem vor sich hin. Was hätte er sonst tun sollen?

Sie tätschelte ihm die Hand, schnappte sich ihr Bier und verschwand in dem Zimmer, das sie sich mit Zoey teilte.

Er nahm sich sein eigenes Bier und begab sich in die Dusche, betete darum, dass entweder das heiße Wasser oder das Bier die Enge in seiner Brust fortspülen mögen.

Faith hatte in der vorigen Nacht nicht mehr als eine Stunde Schlaf bekommen. Wegen der Sorgen um ihren Dad und des Ärgers über Hunter und ihre Mutter hatte sie sich herumgeworfen, bis sie sich schließlich um Viertel vor fünf aus dem Bett gewälzt hatte.

Da nichts anderes ihre Gedanken beschäftigte, duschte sie und begab sich zum Spa, um Verwaltungskram zu erledigen. Das erste, was sie sah, als sie den Computer einschaltete, war der Terminkalender, und ihr fielen beinahe die Augen aus dem Kopf. Ihr persönlicher Kalender war für den heutigen Tag freigeschaufelt, aber die restliche Woche war voll ausgebucht mit Massagen, Gesichtsbehandlungen, Maniküre und Pediküre. Über die Hälfte der Termine war blau hinterlegt, was darauf hinwies, dass Vivian sie organisiert hatte. Sie wollte Vivian anrufen, um ihre Wertschätzung ausdrücken, aber es war immer noch viel zu früh. Stattdessen machte sie sich eine Notiz, um es später zu erledigen, und beschäftigte sich mit ihren unbezahlten Rechnungen.

Sie steckte knietief in den Finanzen, als ihr Handy

klingelte. Die Nummer sah aus, als wäre es ein Anruf aus Eureka, und sie ging sofort ran. Es war der Arzt im Krankenhaus. Ihr Vater war wach.

Faith machte schnell am Incantation Café für Zucker und Koffein Halt, dann fuhr sie los. Aber der Verkehr war so heftig, dass sie über eine Stunde brauchte. Bis sie ankam, war bereits Clair da, die Freundin ihres Vaters, und ging im Wartebereich auf und ab. Sie war spät am vorigen Abend ins Krankenhaus gekommen und immer noch dort gewesen, als Faith gegangen war. Faith vermutete, dass auch sie nicht viel geschlafen hatte.

Faith umarmte sie rasch und fragte: „Was ist los?"

Wut blitzte in Clairs Augen auf, etwas, das Faith fast noch nie gesehen hatte, und sie spie aus: „Gabrielle ist wieder da. Nach zwanzig Jahren, was bildet sie sich ein, dass sie jetzt einfach so in sein Leben zurückkehrt? Ich kann nicht glauben, dass sie die Schwestern davon überzeugt hat, sie reinzulassen. Ich bin so wütend, dass ich Feuer spucken könnte. Hier bin ich und warte, während sie da drin ist und sich … Ich habe keine Ahnung, was sie macht, aber er braucht diesen Stress nicht. Sie muss gehen."

Faith hätte nicht mehr zustimmen können. „Ich kümmere mich darum." Sie umarmte Clair noch einmal und ging durch den Korridor in das Zimmer ihres Vaters. Sie stellte sich in den Eingang und funkelte ihre Mutter an, die neben Lins Bett saß, ihm die Hand hielt. „Ich dachte, wir hätten dir gesagt, dass deine Anwesenheit hier nicht erwünscht ist", erklärte Faith. „Du solltest gehen."

„Faith, es ist in Ordnung", erwiderte Lin mit rauer Stimme.

Gabrielle Townsend erhob sich aus ihrem Stuhl, ließ aber Lins Hand nicht los.

Faith kniff die Augen zusammen, während sie auf die Verbindung starrte. *Wie konnte sie es wagen?* Sie ging hinüber an

die andere Seite ihres Vaters. „Was machst du hier, Gabrielle?",
fragte sie und nannte sie absichtlich nicht Mom. „Was wollen
du und Hunter von uns?"

„Hunter?", fragte sie, Verwirrung trat in ihre blauen Augen.
„Er weiß nicht, dass ich hier bin." Sie stieß ein humorloses
Lachen aus. „Falls er es wüsste, würde er mich vermutlich
rauswerfen."

„Vielleicht sollte ich ihn dann anrufen", sagte Faith kühl.

„Faith", wiederholte ihr Vater.

Sie wandte ihre Aufmerksamkeit ihm zu und spürte, wie
die Nervosität, die sie seit dem vorigen Tag mit sich
herumgetragen hatte, allmählich verflog. Seine Augen waren
klar, und seine Wangen waren rosig, aber noch wichtiger, er
wirkte nicht mehr zerbrechlich, als würde er jeden Augenblick
an etwas zerschellen. „Du hast uns Angst eingejagt, Dad."

„Ich sage dir auch gerne, dass ich mir selbst Angst eingejagt
habe, meine Kleine." Er griff nach ihrer Hand. In dem
Augenblick, in dem seine Haut ihre berührte, spürte sie den
Unterschied. Das Entsetzen, die Aufregung und die Unruhe
waren verschwunden, und alles, was sie spürte, war extreme
Müdigkeit. Er war noch nicht ganz über den Berg, aber die
Medikamente hatten angeschlagen, und der Zustand ihres
Vaters war dabei, sich zu verbessern.

„Mach das nur nicht nochmal", befahl sie und drückte ihm
einen Kuss auf die Wange. Als sie sich aufrichtete, schaute sie
ihre Mutter an und fragte erneut: „Was willst du?"

„Nichts … Ich wollte mich erklären, Es wieder gutmachen,
schätze ich." Sie drehte den Kopf, um den Blick abzuwenden.

„Faith", sagte ihr Vater sanft. „Kannst du mir und deiner
Mutter ein paar Minuten gönnen? Es gibt ein paar Dinge, die
wir besprechen müssen."

„Aber …" Faith schüttelte den Kopf. Ihre Mutter hatte ihm

das Herz gebrochen, die Herzen ihrer vier Mädchen gebrochen.

„Bitte", sagte er. „Es dauert nur ein paar Minuten."

Sie wollte schreien, aber sie würde sich nicht mit ihm streiten. Für heute reichte es, dass er wach war und die Infektion bekämpfte. „In Ordnung. Aber *Clair* und ich warten hier."

„Ich weiß, dass Clair draußen ist. Zumindest habe ich das gehofft." Er warf Faith ein reumütiges Lächeln zu. „Sag ihr, sie soll nicht wütend auf mich sein. Sie ist immer noch die einzige, von der ich mir meinen Morgenkaffee stehlen lasse."

Faith lachte leise. „Ich richte es ihr aus. Aber ich bin mir nicht sicher, ob dein Charme wirkt. Sie ist ziemlich missmutig."

„Keine Sorge. Clair wird mir vergeben." Er küsste sie auf den Handrücken und ließ los. „Noch fünf Minuten."

Gabrielle stand einfach nur da und starrte auf ihre Füße.

Faith war angeekelt, und der urtümliche Zorn, der früher in der Woche schon über sie gekommen war, kehrte brüllend zurück. Sie wollte schreien, weinen, Dinge zerbrechen. Aber das tat sie nicht. Sie marschierte mit hoch erhobenem Kopf zurück nach draußen in den Wartebereich, wo sie Clair die Nachricht ihres Vaters übermittelte.

Clair warf zu ihrer Überraschung den Kopf in den Nacken und lachte. „Oh, er weiß, dass er es ziemlich vermasselt hat. Seinen Kaffee teilen, was?"

„Ein Insiderwitz?", fragte Faith.

„Sowas in der Art."

„Also bist du nicht wütend auf ihn?"

Clair runzelte die Stirn. „Ich war niemals wütend auf ihn, ich bin wütend auf sie. Das war nicht der richtige Zeitpunkt, dass sie einfach hier auftaucht, aus dem Nichts. Es war für euch Mädchen bereits stressig genug. Ihr braucht nicht auch noch ihr Drama."

Der Zorn, den Faith herumgeschleppt hatte, ließ langsam nach. Clair hatte recht. Sie brauchten Gabrielles Drama jetzt gerade nicht, und Faith war nicht verpflichtet, auch nur ein Quäntchen Energie dafür aufzuwenden, sich darum zu kümmern. Sie lehnte sich zurück und schloss die Augen. Innerhalb von Sekunden schlief sie ein.

„Faith, wach auf."

Ein stechender Schmerz meldete sich in Faiths Genick, als sie mit einem Ruck aufwachte. „Oh, Autsch", sagte sie und drückte sich die Hand auf den Nacken, während sie ihn auf beiden Seiten dehnte. „Das war eine schlechte Idee."

Clair schubste sie an und deutete auf Gabrielle, die an der Schwesternstation stand. Sie trug einen langen, ausgeblichenen blauweißen Rock mit Blumenmuster und eine weiße Fleecejacke mit sehr abgetragenen Lederstiefeln. Sie war ordentlich und sauber, aber es war klar, dass die Kleider etliche Jahre alt und sehr häufig getragen waren. Zum ersten Mal erkannte Faith wirklich, wie rau das Leben ihrer Mutter gewesen sein musste. Hunter hatte es ihr erzählt, aber sie hatte nicht ganz verstanden, wie ihr Leben, genau wie das von Hunter, wohl ausgesehen hatte.

„Sieht aus, als wäre die ausgebüxte Mami fertig", sagte Faith, die aufstand. Sie warf einen Blick auf Clair. „Kommst du?"

Clair starrte Gabrielle an und schüttelte den Kopf. „Geh schon vor. Ich muss mich erst um etwas kümmern."

Faith beobachtete, wie Clair aufstand und durch den Raum zu Gabrielle ging. Nach ein paar Worten machten sich die beiden durch den Gang auf zum Ausgang. „Na, das ist ja interessant", sagte Faith an niemanden gerichtet, während sie sich zurück zum Zimmer ihres Dads aufmachte.

Er saß aufrecht und nippte vorsichtig an einem Pappbecher, als sie eintrat.

„Hey, meine Kleine. Komm, setz dich zu mir", sagte er und klopfte auf die Bettkante.

Sie tat, um was er sie gebeten hatte, und während er einen Arm um ihre Schultern legte, schmiegte sie sich an ihn. „Geht es dir besser?"

„Besser ist noch untertrieben", sagte er. „Die Energietränke hier geben mir das Gefühl, ich wäre wieder achtzehn."

„Hast du deswegen Mom bleiben lassen? Nostalgie um der guten alten Tage willen?"

Er schnaubte. „Wohl kaum."

Faith ließ die gespielten Neckereien fallen und schaute zu ihrem Vater auf. „Warum dann? Es ist zwanzig Jahre her. Warum sollten wir uns anhören, was sie zu sagen hat?"

Lin Townsend schob seiner Tochter eine Haarsträhne aus den Augen und lächelte sie sanft an. „Meine Kleine, deswegen habe ich sie nicht bleiben lassen. Ich wollte sie um meinetwillen hier haben. Ich wollte Antworten."

„Hast du sie bekommen?", fragte sie.

Er zuckte mit den Schultern. „Ein paar."

„Hat es etwas geändert?" Faith verstand den Wunsch nach Antworten, aber sie bezweifelte, dass Gabrielles Enthüllungen auch nur eine der Wunden heilen konnten, die ihre Mutter ihnen allen beigebracht hatte, besonders ihrem Vater, der sie geliebt hatte und alles für sie getan hätte.

„Das ist schwer zu sagen. Vermutlich." Lin nahm seine Tochter fester in den Arm und sagte: „Ich war sehr lange wütend, Faith. Das wünsche ich mir für dich nicht."

„Dafür ist es zu spät, Dad. Ich wusste nicht, wie viel Wut ich eigentlich mit mir herumtrug, bis sie Kontakt zu mir aufgenommen hat. Es war, als hätte ich all meine Gefühle unterdrückt, was sie betraf. Sie war weg, und soweit wir alle wussten, würden wir sie niemals wiedersehen. Aber dann war sie plötzlich da und wollte … Ich weiß nicht mal, was sie will, aber ich schätze, unsere Vergebung und unser Verständnis, und ich glaube einfach nicht, dass ich das Zeug dazu habe, so etwas für sie aufzubringen." Sie drehte mit dem Daumen den Silberring, den sie an der rechten Hand trug. Es waren zwei Wellen in das Silber eingraviert, die für ihr Talent in der Wasserbeeinflussung standen. „Und an diesem einen Tag habe ich die Kontrolle verloren. Ich hatte einen völligen Zusammenbruch, und seitdem bin ich einfach nur leer. Ich habe nichts, was ich ihr geben könnte."

„Aber sicher hast du etwas, Liebling. Wir haben immer Mitgefühl."

„Ich kann ihr nicht vergeben, Dad. Wie kann ein anständiger Mensch das tun, was sie getan hat?"

Das Bild, wie ihre Mutter zum letzten Mal wegfuhr, war in Faiths Erinnerungen ganz nah. Sie hatte als Kind davon geträumt. In jedem Traum kehrte ihre Mutter um und kam zu ihnen zurück, und der Traum endete, wenn ihre Mutter sie alle vier in die Arme nahm und versprach, nie wieder fortzugehen. Während der Stunde, in der sie in der Nacht zuvor geschlafen hatte, hatte sie wieder denselben Traum gehabt. Nur dass sie, anstatt aufzuwachen und ihre Mutter zu vermissen, mit einer eisigen Gefühllosigkeit erwacht war. Sie wollte nicht mehr, dass das Auto ihrer Mutter umkehrte. Es war besser für alle, wenn sie sich einfach fernhielt.

„Niemand sagt, dass du ihr verzeihen musst, Faith", erklärte ihr Vater sanft. „Aber wenn du einen Weg zur Vergebung finden kannst, hilft es dir vielleicht mehr als ihr."

„Vergibst du ihr?", fragte Faith.

„Ich arbeite mich dazu vor, glaube ich." Er hob den Becher wieder und nahm einen Schluck. „Deine Mutter ... nun, nachdem ich jetzt mit ihr gesprochen habe, bin ich zu dem Schluss gekommen, dass sie uns nicht verlassen wollte, sondern das Gefühl hatte, es tun zu müssen."

„Es zu müssen? Warum? Ist sie so eine Art Monster und verwandelt sich nach Mitternacht in einen Psycho-Killer? Weil das ansonsten nach einer ziemlich faulen Ausrede klingt." Faith wusste, dass sie unvernünftig war, dass sie auf das hören sollte, was ihr Vater zu sagen hatte, ehe sie um sich schlug, aber sie konnte nichts dagegen tun. Sie hatte zwanzig Jahre damit verbracht, so zu tun, als hätte es ihr nichts ausgemacht, dass ihre Mutter sie im Stich gelassen hatte, aber das hatte es offensichtlich, und nun hatte sie Schwierigkeiten, damit fertig zu werden.

„Nicht direkt", sagte er mit einem Stirnrunzeln. „Aber in ihren Gedanken kam das der Sache recht nahe."

Faith richtete sich auf und schaute ihrem Vater in die Augen. „Ist Mom eine Geisteskranke oder sowas?"

Er schüttelte den Kopf. „Nein, meine Kleine. Sie ist abhängig. Von Tränken. Sie hat sehr viele Energietränke hergestellt, und irgendwann hat sie sich verbotenen Substanzen zugewandt, um sie zu verstärken, und wurde abhängig. An dem Tag, bevor sie verschwand, hat sie dich in Eureka vergessen und wusste nicht mehr, wo. Erinnerst du dich daran?"

„Was?" Faith runzelte die Stirn, durchforstete ihre Erinnerungen. Nichts kam an die Oberfläche. „Nein."

„Sie brachte dich an den Strand, während deine Schwestern auf einer Geburtstagsparty bei einem der älteren Kinder in der Schule waren. Als sie nach Hause kam, warst du nicht bei ihr."

Faith blinzelte. „Wo war ich?"

Er kicherte leise. „Du hattest dich mit einem kleinen Jungen am Strand angefreundet und eine Sandburg gebaut. Es dauerte über eine Stunde, bis seiner Familie klar wurde, dass deine Mom weg war. Sie haben dich auf ein Eis mitgenommen und im Büro des Sheriffs angerufen, der sich ohne viel Aufhebens mit mir in Verbindung gesetzt hat. Wir holten dich ein paar Stunden später ab. Es ging dir gut, aber ich war wütend, und deine Mom, nun ja, sie war verzweifelt."

Sie erinnerte sich unklar daran, nach einem Tag am Strand ein Eis gegessen zu haben, aber die Erinnerung war verschwommen und offensichtlich für sie nicht traumatisch. „War das das erste Mal, dass sie sowas getan hat?"

„Du meinst, eines unserer Kinder verloren?" Er zog die Augenbrauen zusammen, und auf sein Gesicht trat ein gequälter Ausdruck. „Das war das erste Mal. Aber sie hatte sich seltsam benommen, in Richtung manisch-depressiv, und ich hatte sie gebeten, sich Hilfe zu holen, aber die hat sie schlicht abgelehnt. Nun weiß ich, dass es die Tränke waren. Sie ging, weil sie abhängig war und dich oder deine Schwestern nicht verletzen wollte."

Faith ließ diese Neuigkeit einsinken. Sie hatte keine Ahnung, wie sie sich fühlen sollte, mit dem Wissen, dass ihre Mutter sie wegen ihrer Drogenabhängigkeit verlassen hatte. Einerseits war sie dankbar, dass ihre Mutter sich genug Sorgen gemacht hatte, um verhindern zu wollen, dass sie ihrem benebelten Geisteszustand ausgesetzt waren. Andererseits hatte sie sie nicht genug geliebt, um sich Hilfe zu holen. Sie hatte die Tränke mehr geliebt. „Ich weiß nicht, was ich damit anfangen soll, Dad."

„Du musst damit gar nichts anfangen, Faith. Sei dir einfach nur bewusst, was immer sie für Fehler und Probleme hat, sie hat euch trotzdem geliebt und liebt euch noch. Abhängigkeit ist eine Krankheit. Versuch, das im Kopf zu behalten, und vielleicht wirst du eines Tages verstehen, was sie getan hat, selbst wenn du ihr nicht vergeben kannst.“

„Vergebung ist eine heftige Bitte.“

„Darum ist sie ja auch mehr für dich als für sie. Wenn du den Schmerz loslassen kannst, wird es dir damit besser gehen.“ Er küsste sie oben auf den Kopf. „Übrigens, vielen Dank für das, was du gestern für mich getan hast.“

Ihr Kopf zuckte leicht zurück, weil sie überrascht war. „Ich habe doch nichts anderes getan als den Rettungsdienst zu rufen.“

„Du hast sehr viel mehr als das getan. Deine Magie, was immer du getan hast … Die Heilerin sagte, du hast geholfen, meinen Genesungsprozess zu beschleunigen. Sie hatten nicht erwartet, dass ich ganz so schnell wieder werde.“

„Das habe ich?“, fragte sie und konnte es immer noch nicht ganz fassen.

„Das hast du. Jetzt geh und sag Clair, dass ich sie sehen möchte. Ich glaube, ich muss mich ein wenig einschmeicheln.“

Faith lachte. „Ja, das musst auf jeden Fall. Aber mach dir keine Sorgen, sie liebt dich. Sie wird bald darüber hinwegkommen. Sag ihr einfach, dass dir ihre Schuhe gefallen. Das mögen Mädchen nämlich.“

Er grinste. „Immer.“

Doch bevor Faith auf die Beine kam, ging die Tür einen Spalt weit auf, und Clair trat mit einem Grinsen auf dem Gesicht ein.

Faith hob neugierig eine Augenbraue. „Hast du dich um diese *Sache* gekümmert?“

Clair nickte ihr entschlossen zu und wandte dann ihre Aufmerksamkeit Lin zu. „Deine Exfrau wird hier nicht mehr hereinplatzen. Nicht, wenn sie nicht zuerst anruft und du entscheidest, ob du sie sehen möchtest, zumindest."

„Du hast dich darum gekümmert?", fragte Lin, der überrascht klang.

„Absolut. Ist das ein Problem?"

„Nein." Er kicherte. „Ich habe alles gesagt, was ich zu ihr sagen musste." Er streckte ihr eine Hand hin. Als sie sie nahm, fragte er: „Vergibst du mir?"

„Ja, aber nur, weil du im Krankenhaus liegst. Mach das noch einmal, und …" Sie warf einen Blick auf Faith und beugte sich hinab, um ihm etwas ins Ohr zu flüstern.

Lin zuckte zusammen.

Faith lachte und glitt nach draußen, um den beiden ihre Privatsphäre zu lassen.

# KAPITEL 20

Die kalte Luft stach auf Hunters Haut, aber er spürte sie kaum, während er Nägel in den Zaun hämmerte, den er am Townsend-Obsthain reparierte. Die körperliche Arbeit war ihm willkommen nach den letzten Tagen, die emotional anstrengend gewesen waren. Vivian hatte nur einen halben Tag gebraucht, um ein Haus zum Mieten in Eureka zu finden. Sie packte bereits ihre und Zoeys Sachen. Zu sehen, wie die Bücher seiner Tochter in einer Kiste verschwanden, hatte ihn beinahe zerbrechen lassen.

Es verblüffte ihn, wie schnell er sie ins Herz geschlossen hatte. Er wollte sie nehmen und nie wieder gehen lassen. Stattdessen hatten er und Vivian sich mit ihrer Tochter hingesetzt und ihr erzählt, dass Hunter ihr echter Vater war. Sie hatte es gelassen aufgenommen und behauptet, dass sie ihn bereits adoptiert hätte und dass es damit nur offiziell wurde.

Er wusste, dass sie später Fragen stellen würde, mit denen sie sich beschäftigen mussten, doch vorerst war es sehr viel leichter gewesen, als er erwartet hatte. Aber sie mussten immer noch das Sorgerecht regeln. Er hatte es erneut zur

Sprache gebracht, doch Vivian hatte ihn abgewimmelt und gesagt, sie würden es später ausarbeiten. Dass es keinen konkreten Plan gab, beunruhigte ihn, aber es waren erst ein paar Tage. Er versuchte, sich in Geduld zu üben.

Leider war Geduld etwas, das ihm gerade ausging. Es gab zwei Leute auf der Welt, die ihm wichtig waren: seine Tochter und Faith. Seine Tochter zog fünfzig Kilometer weit weg, und er hatte Faith seit dem Tag im Krankenhaus nicht gesehen, als Gia uneingeladen aufgetaucht war. Er hatte sie angerufen, aber sie hatte nicht zurückgerufen. Er hatte am Abend zuvor an ihrem Büro Halt gemacht, nachdem er ihre Außenanlage fertiggestellt hatte, aber Lena hatte ihm gesagt, sie wäre den ganzen Tag weg gewesen.

Hunter setzte einen weiteren Nagel an und schwang den Hammer. Der Nagel ging mit dem einen kräftigen Schlag beinahe ganz hinein. Er wiederholte dieselbe Bewegung noch dreimal, jeder Schlag wurde kontinuierlich fester, bis er sich verschätzte und den letzten Nagel schließlich komplett verbog. Er fluchte und wollte ihn herausziehen.

„Das ist aber schade. Du hattest gerade so einen Lauf", sagte eine vertraute Frauenstimme hinter ihm.

Er senkte den Hammer und drehte sich um, blinzelte im nachmittäglichen Licht. „Faith?"

Sie glitt aus dem Golfmobil und kam zu ihm hinüber, sah so hübsch aus, dass er sich gerade noch beherrschen konnte, sich nicht nach ihr zu strecken und sie an sich zu ziehen. Aber obwohl sie bei ihrer Begrüßung freundlich geklungen hatte, waren ihre Brauen zusammengekniffen, und in ihrer Miene lag eine gewisse Entschlossenheit. Sie war auf einer Mission, und er war sich sicher, dass es dabei nicht darum ging, ihm irgendwie näherzukommen. Sie blieb ein paar Schritte entfernt von ihm stehen und sagte: „Wir müssen reden."

Hunter legte den Hammer in seine Werkzeugkiste und schnappte sich die Jacke, die er über den Zaun gehängt hatte. „Klar. Willst du eine Runde gehen?"

Sie warf einen Blick auf das Golfmobil und dann wieder zurück zu ihm. Die Luft war so kalt, dass er seinen Atem sehen konnte, aber die Bewegung würde sie sicher wärmer halten als einfach nur im Wagen zu sitzen. „Okay."

Sie gingen los und folgten dem Weg des Zaunes. Faith war in einen Schal und eine dicke Jacke gehüllt, die Hände in die Taschen gesteckt. Ihre Wangen waren rosig, genauso ihre Ohrspitzen. Er hatte eine Vision, wie sie beide an einem Feuer saßen, Kaffee tranken, in spielerischer Leichtigkeit miteinander lachten. Es war bereits klar, dass es dazu in allzu naher Zukunft nicht kommen würde.

„Was ist denn, Faith? Es stimmt doch was nicht. Es stimmt etwas zwischen uns nicht, seit Gia – ich meine ... Gabrielle aufgekreuzt ist." Seine Stimme versagte, während ihm sein Fehler bewusst wurde.

Sie blieb plötzlich stehen, starrte ihn mit vorwurfsvollem Blick an.

„Du weißt es bereits, oder?", fragte er.

„Was denn? Die Tatsache, dass meine Mutter zufällig die Freundin deines Onkels ist? Diejenige, die dich aufgezogen hat, nachdem deine Eltern einen Unfall hatten? Diejenige, die du Gia nennst?"

„Also hat sie es dir endlich gesagt", vermutete er.

„Nein." Sie stieß ein bellendes Lachen aus, in dem keinerlei Erheiterung lag. „Der Witz ist, niemand hat es mir gesagt. Ich musste es mitanhören. Stell dir meine Überraschung vor, als ich herausfand, dass der Typ, mit dem ich gerade zusammengekommen bin, derjenige, dem ich mein Herz ausgeschüttet habe, mir nicht gesagt hat, dass er meine Mutter nicht nur kennt, sondern genau weiß, wo sie all die Jahre über gesteckt hat. Während ich also meine Tränen trocknete, hat er mir ziemlich entscheidende Informationen vorenthalten. Ich bin da, um herauszufinden, weshalb. Also, erzähl mir, Hunter, warum habt ihr es auf mich abgesehen? Was wollten du und Gabrielle denn erreichen, indem du bei mir zu arbeiten anfingst? Hä? Warum die Lügen?"

„Huiuiui." Hunter hob die Hände und trat einen Schritt zurück, war völlig von den Socken. „Ich habe dich nicht angelogen, Faith."

„Stimmt." Ihre Augen flackerten ein wenig, und sie war so aufgewühlt, dass sie geradezu bebte. „Es ist reiner Zufall, dass deine Pflegemutter meine Mutter ist? Das kaufe ich dir nicht ab. Was wollt ihr von mir?"

Er wollte sie in die Arme nehmen, sie festhalten, ihr beruhigend zuflüstern, aber er befürchtete, wenn er versuchte, sie zu berühren, würde sie ausholen und ihm eine scheuern. Und vielleicht hätte er es verdient. Sie brauchte Antworten, niemanden, der sie schützte. „Du willst wissen, was ich will, Faith? Bist du sicher, dass du das wirklich wissen willst?"

„Ja." Ihre Antwort war trotzig, mit einem Hauch von Herausforderung.

„Gut. Ich will dich. Ich will dein Herz, deine Freundschaft, deinen Körper und deine Seele. Ich will alles. Ich will dich so sehr, dass ich mich schmerzlich nach dir sehne, und das habe ich seit dem ersten Augenblick getan, in dem wir uns begegnet sind."

Sie öffnete den Mund, schloss ihn, und dann schüttelte sie den Kopf. Sie war sprachlos, genau der Effekt, auf den er es abgesehen hatte.

„Aber ich weiß bereits, dass ich das alles nicht haben kann, weil du mir nicht mehr vertraust. Unter den Umständen kann ich es verstehen, schätze ich. Aber wenn du mir eine Chance gibst, glaube ich, dass ich dafür sorgen kann, dass du es dir anders überlegst."

„Du kannst doch nicht …" Sie schüttelte abermals den Kopf. „Du wusstest, dass Gia meine Mutter war, und hast es mir nicht erzählt."

„Ich wusste es nicht, Faith. Wirklich nicht. Nicht bis Ende letzter Woche, als ich ein Foto auf deinem Schreibtisch sah. Da habe ich es herausgefunden. Ich habe sie immer nur als Gia gekannt, die Freundin meines Onkels. Ich wusste nicht, dass ihr Nachname eigentlich Townsend lautet."

„Also hast du es gewusst, als wir unser Date hatten?" Ihr Tonfall war vorwurfsvoll, und er musste sich beherrschen, nicht zurückzuzucken.

„Ja. Da wusste ich es."

„Und trotzdem hast du nichts gesagt." Sie stützte die Hände auf die Hüften und funkelte ihn an. „Du hast mich im Dunkeln gelassen."

Er runzelte die Stirn. „Das war nicht meine Absicht. Ich wollte, dass Gia – Gabrielle – eine Chance bekam, es euch selbst zu sagen. Das ist der einzige Grund, weshalb ich nichts erzählt habe. Ich wusste, dass sie am Sonntag kommen würde, aber dann wurde Lin krank, und sie tauchte stattdessen im Krankenhaus auf." Hunter hielt inne, versuchte, seine Gedanken zu sammeln. „Ich war wütend, dass sie etwas so Unangemessenes getan hat, deshalb habe ich sie zur Rede gestellt, damit sie euch die Wahrheit sagt. Offensichtlich hat sie das immer noch nicht, ansonsten bezweifle ich, dass du so wütend auf mich wärst."

„Ich habe euren Streit im Krankenhaus mitgehört", sagte Faith leise.

„Als wir draußen waren?" Und da wurde es ihm klar. Ihre

ganze Art hatte sich geändert, als er zurück in den Wartebereich gekommen war. Sie hatte ihn weggeschickt und keinen seiner Anrufe beantwortet. Hunter ging näher und griff nach ihrer Hand, nahm sie in seine. „Es tut mir leid, Faith. Ich kann nachvollziehen, weshalb du denkst, dass ich dich angelogen habe. Aber ich schwöre, das habe ich nicht."

Sie starrte auf ihre verbundenen Hände hinab. „Ich schätze, ich hätte diesen Streit verstehen können, wenn sie keine Drogenabhängige wäre, Hunter. Das hättest du mir sagen sollen, bevor ich Pläne mache, mich mit ihr zu treffen."

In diesem Augenblick sah er seinen fatalen Fehler. Er war es gewöhnt, sich mit Abhängigen herumzuschlagen. In seinem Leben mit Mason und Gia hatte er lernen müssen, wie man das überlebte, etwas, mit dem Faith und ihre Schwestern niemals hatten fertig werden müssen. In seinem Wunsch danach, dass sie ihre Antworten erhielt, hatte er sie unabsichtlich in eine gefährliche Situation gehen lassen, oder zumindest eine potentiell gefährliche. Falls Gia hier high von einem ihrer Tränke aufgetaucht wäre, hätte alles passieren können. „Es tut mir leid, Faith. Ich bin raufgefahren und habe sie am Freitagabend getroffen. Da war sie nüchtern und es ging ihr besser, als ich es seit Jahren gesehen hatte. Wenn ich gedacht hätte, sie wäre gefährlich, hätte ich etwas gesagt."

„Meine Schwestern müssen alle an ihre kleinen Mädchen denken", sagte sie.

„Ich weiß. Du hast recht, ich hätte etwas sagen sollen. Ich war einfach … Ich habe gesehen, was für Schmerzen ihr erfahren habt. Ich wollte, dass ihr Frieden mit eurer Mutter schließt, und wenn auch nur um eurer selbst Willen."

Sie starrte auf ihre Füße. „Mein Dad hat etwas ganz ähnliches gesagt, darüber, Frieden zu schließen und zu lernen, wie man vergibt. Er sagte, es wäre besser für mich, nicht für sie. Aber weißt du was, Hunter?"

„Was denn?"

„Ich habe keine Mutter. Nicht wirklich. Sie hat sich schon vor Jahren in den Tränken verirrt. Und um alles noch schlimmer zu machen, hat sie meinem Dad erzählt, sie sei gegangen, weil sie Angst hatte, sie würde uns wehtun. Das hätte ich akzeptieren können, wenn sie dann nicht dich aufgezogen hätte. Sie liebte uns nicht genug, um zu bleiben, aber für dich war sie da. Ich weiß nicht, was das bedeutet. Hat sie dich mehr geliebt als uns? War sie zu schwach, um ein zweites Mal zu gehen? Oder vielleicht war sie so sehr in ihrer Abhängigkeit versunken, dass sie keine Entscheidungen mehr treffen konnte. Ich weiß nur, dass meine Mutter uns verlassen und jemand anderen aufgezogen hat. Und das tut weh."

Ihre Worte trafen ihn wie ein Schlag in den Magen. Er hatte nicht darüber nachgedacht, was es für sie bedeuten würde, dass er ihre Mutter kannte und sie nicht.

„Ich kann nicht mit dir zusammen sein, Hunter. Nicht im Augenblick. Dafür habe ich zu viel zu verarbeiten." Sie beugte sich vor und legte ihm eine Hand an die Wange. „Ich weiß, dass du ein guter Mann bist. Und das wird mir vermutlich noch sehr lange leidtun. Aber es sprechen so viele Dinge gegen uns. Und auch eines, dem du deine volle Aufmerksamkeit widmen solltest."

„Faith, ich …", setzte er an, weil er unbedingt wollte, dass sie es sich anders überlegte, aber sie schnitt ihm das Wort ab.

„Du musst deine Aufmerksamkeit auf deine Tochter konzentrieren, Zoey."

Die Worte hingen in der Luft, während sie einander anstarrten. Schließlich sagte Hunter: „Diesen Teil hast du also auch gehört?"

Sie nickte.

„Ich wusste es nicht. Niemand wusste es." Er erklärte Craigs Bluttransfusion, und wie sie schließlich die Wahrheit erkannt hatten. „Wir hatten niemals vor, das geheim zu halten. Wir wollten es nur zuerst Zoey sagen, damit sie es nicht von jemand anderem hört."

„Ich verstehe", sagte Faith. „Das tue ich wirklich. Aber ich glaube, du musst Vivian eine Chance geben. Nicht mir. Sieh zu, dass du deine Familie wieder zusammenholen kannst, Hunter. Habt ihr das nicht alle verdient?"

Hatte sie wirklich gerade vorgeschlagen, dass er mit Vivian zusammen sein sollte? Steckten die beiden etwa unter einer Decke? „Vivian und ich werden niemals zusammen sein", sagte er ausdruckslos. Er hatte es satt, mit allen Frauen in seinem Leben dieselbe Sache zu diskutieren. „Wir passen nicht zusammen."

„Was ist mit Zoey? Verdient sie es nicht, beide Eltern die ganze Zeit um sich zu haben?", fragte Faith ernst. „Ist es nicht das, was wir beide als Kinder wollten?"

Er mahlte mit den Zähnen. „Ich werde immer für meine Tochter da sein, Faith. Das bedeutet aber nicht, dass ich so tun muss, als würde ich jemanden lieben, wenn ich in jemand anderen verliebt bin."

„Mach … mach das nicht, Hunter. Sag keine Dinge, die du nicht zurücknehmen kannst."

„Wer sagt denn, dass ich sie zurücknehmen will? Es ist die Wahrheit. Du weißt bereits, wie ich zu dir stehe."

„Und ich habe bereits klargemacht, dass ich nicht mit dir zusammen sein kann. Danke für die Arbeit, die du im Wellnesscenter erledigt hast. Sie ist wie immer unglaublich gut. Da alles abgeschlossen ist, werde ich dir die Empfehlung, um die du gebeten hast, noch diese Woche schicken."

„Die Empfehlung ist mir egal", sagte er.

„Ich schicke sie trotzdem." Sie drehte sich um und machte sich auf den Weg zurück zum Golfmobil. Nach ein paar Schritten hielt sie inne und warf einen Blick zurück. „Es tut mir wirklich leid. Ich hoffe, dass du bei jemand anderem findest, was du suchst."

Er antwortete nicht. Er stand einfach nur da, sein Herz versteinert, während er die einzige Frau, die er je gewollt hatte, aus seinem Leben marschieren sah.

# KAPITEL 21

Lincoln Townsend wurde zwei Tage, nachdem er eingewiesen worden war, aus dem Krankenhaus entlassen. Alle vier Schwestern und Clair waren dagewesen, um ihn nach Hause zu bringen, doch Lin wollte sich das nicht gefallen lassen. Sobald sie ins Haus kamen, befahl er allen, zu gehen, und sagte, er beabsichtige nicht, in nächster Zeit zu sterben, und wollte nicht, dass seine Töchter sich benahmen, als wäre es anders.

Nach einigen schwachen Worten des Protests erklärte sich Clair bereit, die nächsten paar Tage bei ihm zu bleiben, um ihn im Auge zu behalten. Aber sogar Faith musste zugeben, dass das nicht wirklich nötig war. Die Heiler waren zuversichtlich, dass er über den Berg war, und seine Onkologin hatte gesagt, dass sich an seinem Zustand nichts verändert hatte. Es schien zumindest vorerst, dass Lincoln Townsend recht hatte – er würde nirgendwo hingehen.

Als Faith auf die vordere Veranda getreten war, hatte sie es nicht geschafft, Hunters an der Seite geparkten Truck zu ignorieren. Er war irgendwo auf dem Anwesen, kümmerte sich um den Obsthain, während Lin sich erholte. Sie hatte nicht widerstehen können. Sie brauchte Antworten.

Und die hatte sie bekommen. Während sie im Golfmobil von ihm wegfuhr, fühlte sich ihr Herz an, als wäre es in eine Million Teile zersplittert. Er hatte ihr gesagt, dass er sie wollte, ihr Herz, ihren Kopf, ihren Körper, ihre Seele. Wenn sie innerlich nicht so erschüttert gewesen wäre, so durcheinander wegen der Entscheidungen ihrer Mutter, hätte sie sich in seine Arme geworfen und ihn niemals mehr losgelassen. Aber das konnte sie nicht. Es schmerzte mehr, bei ihm zu sein, als es schmerzte, weit weg von ihm zu sein. Darum hatte sie das Einzige getan, was sie tun konnte – einen klaren Schlussstrich gezogen.

Sie konnte sich nicht erinnern, den Wagen in der Garage ihres Vaters geparkt zu haben oder in ihr Auto gestiegen zu sein, und das nächste, was sie wusste, war, dass sie über die kilometerlange Zufahrt ihres Vaters fuhr, geblendet von den Lichterketten in den Bäumen. Sie fühlte sich innerlich leer. Die emotionale Überladung hatte sie ausgepumpt, und als sie nach Hause kam, ging sie direkt unter die Dusche.

Als sie herauskam, fühlte sie sich wie neu geboren. Oder zumindest wie jemand, der wieder die Kontrolle über sein Leben hatte. Sie hatte genau wie Noel entschieden, dass sie nicht bereit war, sich mit ihrer Mutter zu treffen, obwohl sie wusste, dass Abby und Yvette sich um sie bemühten. Anders als Noel hatte sie damit kein Problem. Sie hatten ein Recht, ihre Fragen zu stellen und selbst zu entscheiden, ob Gabrielle in ihrem Leben eine Rolle spielen durfte. Faith wollte etwas Einfacheres, keine Komplikationen. Und deshalb beschloss sie, zu ihrem Date mit Brian zu gehen.

Er war witzig und unkompliziert. Jene beiden Dinge, die sie im Augenblick unbedingt in ihrem Leben brauchte. Sie gab sich Mühe mit ihrem Outfit für die Verabredung. Sie trug ein festliches rotes Kleid, ihre schwarzen Stiefel und einen ganz weichen handgestrickten rot-schwarzen Schal.

Er läutete fünf Minuten zu früh an ihrer Tür. Faith spürte, wie sich ein Grinsen auf ihrem Gesicht ausbreitete, als sie die Tür öffnete. Brian stand auf ihrer Terrasse, frisch rasiert und mit einer Schachtel aus *Ein Löffelchen Magie* in der Hand.

„Was ist denn das?", fragte sie, winkte ihn herein und nahm die golden verpackte Schachtel entgegen.

„Nur eine Kleinigkeit zum Nachtisch", sagte er und folgte ihr ins Haus. „Ich schätze, wenn das Date gut läuft, können wir sie uns später teilen."

Sie hob beide Augenbrauen. „Du zählst darauf, dass du später nach dem Essen eingeladen wirst?"

Er kicherte. „Ich würde nicht sagen, ich zähle darauf, aber ich bin gern vorbereitet."

„Aber natürlich." Sie stellte die Schachtel auf den Tresen und öffnete sie dann, um darin eine herrliche Schokoladen-Tarte zu finden. „Du liebe Güte. Du hast es auf das Date des Jahres abgesehen, oder?"

Nun war es an ihm, die Augenbrauen zu heben. „Ist das alles, was dazu nötig ist? Ein edles Dessert?"

„Manchmal." Sie lachte und fühlte sich mit ihrer Entscheidung bereits besser. Sie schloss den Deckel der Schachtel und sagte: „Gehen wir und finden heraus, ob du dessertauglich bist, oder?"

„Och, das bin ich. Da kannst du mir vertrauen." Er legte ihr eine Hand auf den Rücken, und als sie an die Garderobe an ihrer Eingangstür kamen, wählte er den schwarzen Wollmantel aus, den sie ohnehin vorgehabt hatte zu tragen, und half ihr, hineinzuschlüpfen. „Du siehst heute Abend fantastisch aus. Ich glaube, ich habe vergessen, dir das zu sagen.“

„Genau wie du.“, erwiderte sie, während sie sein dunkelblaues Hemd, die Wollhose und den passenden sportlichen Kurzmantel betrachtete. Sie beugte sich leicht vor und fügte an: „Du riechst auch echt gut.“

„Das magst du? Ich nenne es Seife“, sagte er mit einem Zwinkern.

Sie lachte wieder. „Gut zu wissen, dass du weißt, wie man sich wäscht. Das wird bei der Dessert-Entscheidung nach dem Abendessen helfen.“ Ihr Gesicht wurde heiß, sobald ihr die Worte über die Lippen gekommen waren, doch sie konnte sie nicht zurücknehmen, darum grinste sie nur und sagte: „Ich hoffe du kommst durch die Auswahl.“

„Was, Faith, ich glaube ja fast, du flirtest mit mir“, scherzte er und lotste sie durch die Tür zu seinem schlanken, schwarzen SUV.

„Gut, dass es dir aufgefallen ist“, sagte sie fast scheu. Das Date fing ja schon gut an, und sie schalt sich, dass sie Freitagabend abgesagt hatte. Wenn sie gewusst hätte, dass sie so viel Spaß haben würde, hätte sie sich einigen Herzschmerz ersparen können und sich nicht so heftig in Hunter verliebt.

„Faith, mir fällt alles an dir auf, meine Schöne.“ Er öffnete die Beifahrertür und half ihr hinein.

Sie redeten, lachten und flirteten auf dem ganzen Weg zum Woodlines, dem Restaurant, das er für diesen Abend ausgesucht hatte. Sobald sie saßen, bestellten sie Wein und die Krabbenküchlein als Appetizer. Es stellte sich heraus, dass sie beide Meeresfrüchte mochten, aber weder Austern noch Tintenfisch. Sie waren auch beide große Fans von italienischem Essen, aber nicht Thai. Und sie schauten beide begeistert Basketball, aber kein Baseball.

„Ich glaube, wir haben wohl ein oder zwei Dinge gemeinsam", sagte Brian, während er mit seinem Weinglas an ihres stieß.

„Ich glaube, da hast du recht." Sie hob ihr Weinglas an die Lippen, und da erspähte sie Hunter, der mit Zoey auf der anderen Seite des Raumes saß. Die beiden hatten die Köpfe zusammengesteckt, und sie lachten völlig selbstvergessen. Noch vor wenigen Stunden war sie sicher gewesen, dass sie ihm das Herz gebrochen hatte. Und nun war er in einem hübschen Restaurant auf einem Vater-Tochter-Date und hatte einen Höllenspaß. Ihr Anblick brach ihr beinahe von Neuem das Herz. Hatte sie ihm wirklich den Rücken gekehrt? Und seiner wunderschönen Tochter?

„Faith?", fragte Brian. „Ist alles okay?"

„Was?" Sie riss ihre Aufmerksamkeit los und nickte. „Klar. Tut mir leid, ich wurde nur abgelenkt."

Sein Blick folgte ihrem, während sie einmal mehr zu ihnen schaute. „Oh, Hunter und Zoey. Sie scheinen eine echt gute Zeit zu haben."

„So sieht es aus, was?", stimmte sie zu.

„Das werden eines Tages ich und Skye sein", sagte er.

Sie zwang sich, sich auf ihr Date zu konzentrieren. „Stimmt, du dachtest ja in den ersten neun Monaten ihres Lebens, sie wäre dein Kind, oder?"

Er nickte, weil er keinen Grund hatte, etwas zu verbergen. „Ja, wir dachten, sie wäre von mir, aber dann hat sich herausgestellt, dass Jacob der glückliche Bastard ist, der stattdessen ihre Studiengebühren bezahlen darf. Ich werde einfach nur derjenige sein, der sie mit Essenseinladungen und witzigen Ausflügen nach Disneyland verhätschelt."

Es war schon lustig, wie sich die Geschichte zu wiederholen schien. Jacob und Brian, die beste Freunde waren,

waren beide vor ein paar Jahren mit derselben Frau zusammen gewesen, und eine Weile hatte Skyes Mutter sie alle angelogen. Sie hatte die ganze Zeit gewusst, wer Skyes Vater war, aber sie hatte nach der Geburt ihrer Tochter und bis jetzt psychische Probleme bekommen. Schließlich hatte sich alles in Wohlgefallen aufgelöst, und Jacob hatte nun das Sorgerecht für seine Tochter. Nicht lange, nachdem alles geregelt worden war, war Brian nach Keating Hollow gezogen, um in ihrer Nähe zu sein.

Ihre Situation war nicht ganz dieselbe wie bei Craig und Hunter, aber sie kam ihr nahe. Wenn man bedachte, wie gut die Sache bei ihnen lief, obwohl Skyes Mutter kaum eine Rolle in ihrem Leben spielte, musste Faith sich fragen, ob sie zu voreilig damit gewesen war, Hunter abzuweisen. Musste er denn wirklich mit Zoeys Mutter zusammen zu sein, um ein guter Vater zu sein? Faiths eigener Vater hatte seine Mädchen allein großgezogen und es ganz hervorragend hinbekommen. Weshalb war sie so auf den Gedanken fixiert, dass er Vivian eine Chance geben sollte? Eine kleine Stimme in ihrem Kopf sagte: *Das bist nicht du. Du hast nur Angst.*

„Faith?", fragte Brian wieder. „Wo warst du denn gerade?"

„Hä?" Sie fuhr so schnell herum, dass sie das Wasser umwarf. „O nein. Es tut mir so leid."

Der Kellner kam herüber und wischte den Schlamassel rasch auf, aber bis er fertig war, beobachtete sie schon wieder Hunter und Zoey.

Brian stieß ein hörbares Seufzen aus. „Ich hätte es besser wissen sollen."

„Wie bitte?", fragte sie.

„Sag mir nur eines", sagte er und beugte sich dichter an sie heran.

„Was denn?"

„Warum gehst du mit mir aus, wo du doch Gefühle für Hunter hast?"

Sie blinzelte ihn an. Hatte er das gerade wirklich gesagt? Hatte er. Sie öffnete den Mund, um zu widersprechen, schloss ihn aber rasch wieder. Wie hätte sie es leugnen können? Ihre Gefühle standen ihr vermutlich über das ganze Gesicht geschrieben. Stattdessen ließ sie den Kopf hängen und sagte: „Es tut mir leid, Brian. Du hast recht. Ich will keine Gefühle für Hunter haben, aber sie sind da. Es ist nicht fair dir gegenüber."

Er lächelte sie an. „Aber du magst mich."

„Ich mag dich", stimmte sie nickend zu. „Du bist witzig, und man kommt mühelos mit dir aus."

„Das ist eine tolle Kombination, aber ich schätze, du hast niemals wirklich in Betracht gezogen, mich zum Nachtisch einzuladen, oder?"

„Ist das alles, woran du interessiert bist, an Nachtisch?", fragte sie mit zusammengekniffenen Augen.

Er ließ kurz ein sexy schiefes Lächeln aufblitzen. „Nein, überhaupt nicht. Aber wenn ich ein Date habe, weiß ich auf jeden Fall gern, ob das zumindest im Raum steht. Wenn nicht, dann werden wir immer nur Freunde sein. Was natürlich in Ordnung ist, aber vielleicht nehme ich dann nicht die teure Seife."

„Du bist zu nett", sagte Faith, die sich schlimm vorkam, weil sie ihn benutzt hatte, um sich wegen Hunter besser zu fühlen.

„Nein. Ich habe Spaß hier. Ich muss einfach nur meine Erwartungen anpassen." Er schnappte sich eine Gabel Krabbenküchlein und schob sie sich in den Mund.

„Also dann Freunde", sagte sie und hob ihr Glas an seines. „Willst du die Tarte wieder mitnehmen, wenn du mich rauslässt?"

Er lachte. „Nein, Faith. Die kannst du behalten. Ich muss

auf meine männliche Figur achten, wenn ich wieder auf der Pirsch sein soll."

Sie beäugte ihn und nickte. „Du hast recht. Noch ein paar Pfunde mehr, und man wird dich auslachen, wenn du dich im Fitnesscenter blicken lässt. Überlasse das Tarte-Essen lieber den Profis."

Sie scherzten das ganze übrige Abendessen lang, während Faith die ganze Zeit Hunter und Zoey im Blick behielt. Als sie aufbrachen, war Faith sich sicher, dass Brian auf dem Weg war, ihr neuer bester Freund zu werden, gleich hinter Hanna. Sie konnte nicht glauben, wie mühelos man sich mit ihm unterhalten konnte, und wie sehr sie einander zum Lachen brachten. Und als er sie aussteigen ließ, wurde ihr noch einmal klar, wie schade es war, dass die Chemie, die für eine romantische Beziehung nötig war, einfach nicht zwischen ihnen existierte.

„Gute Nacht, Brian. Danke für das Abendessen. Es war wunderbar", sagte sie.

„Genau wie du", erwiderte er, während er sich herüberbeugte und sie auf die Wange küsste. „Darf ich dir einen kleinen Rat geben?"

Sie versteifte sich, nicht sicher, ob sie hören wollte, was er zu sagen hatte, aber sie nickte trotzdem.

„Wenn du ihn liebst, lass ihn nicht vom Haken."

„Es ist … kompliziert", sagte sie.

Er warf ihr ein wissendes Lächeln zu. „Das sind Beziehungen doch immer, meine Schöne."

„Ja, ich schätze, du hast recht." Sie öffnete die Tür des SUV und stieg aus. „Gute Nacht, Brian. Fahr vorsichtig."

„Gute Nacht, Faith. Denk über das nach, was ich gesagt habe." Dann fuhr er rückwärts aus ihrer Zufahrt, während sie im nachschaute.

Hatte er recht? Sollte sie zu Hunter zurücklaufen und ihm sagen, dass alles, was sie gesagt hatte, keine Rolle spielte? Dass sie ihn auch liebte? Die Versuchung war groß, aber sie hielt sich zurück. Sie musste immer noch ein paar Gefühle durchkauen, und das konnte sie nicht tun, wenn Hunter ihr das Hirn vernebelte.

Dann wanderten ihre Gedanken zu der Schoko-Tarte, und die zitternde Frau, die an der Seite ihrer Veranda stand, fiel ihr gar nicht auf, bis sie etwas hörte, das wie klappernde Zähne klang. Sie schaute hinüber und fuhr beinahe aus der Haut, als sie Gabrielle Townsend dort zitternd in der kalten Nachtluft sah.

„Mom?", fragte sie. „Was tust du hier?"

„Faith", nuschelte ihre Mutter und packte Faiths Mantel, um nicht umzukippen. „Ich habe dich vermisst, Kleines. Warum lässt du deine Mami nicht rein, damit wir reden können?"

Faith funkelte sie an. „Du bist high."

Gabrielle kicherte. „Vielleicht ein bisschen. Es waren ein paar heftige Tage. Ich musste tun, was ich tun musste."

Abscheu wogte durch Faith hindurch, sodass sich ihr der Magen umdrehte. „Du musst gehen. Du kannst nicht hier sein."

„Aber ich brauche einen Ort zum Schlafen." Ihre Mutter warf einen Arm in die Luft. „Und deine Schwester Noel will mir kein Zimmer in der Pension vermieten."

Aber natürlich nicht. Noel würde sich nicht mit jemandem belasten, der unter dem Einfluss von illegalen Tränken stand. Besonders, da sie sich um Daisy und ein neues Baby im Bauch sorgen musste. Faith war sich nicht ganz sicher, was sie tun sollte. Wenn sie ihre Mutter nicht hereinbat, ließ sich nicht sagen, in welche Schwierigkeiten sie sich begeben würde. Ganz zu schweigen davon, dass die Temperaturen in dieser Nacht unter den Gefrierpunkt fallen sollten. Sie hatte eigentlich keine Wahl. Sie hätte niemals wieder in den Spiegel schauen können, falls sie sie aussperrte und ihr etwas zustieß.

Faith stieß ein frustriertes Seufzen aus, sperrte die Tür auf und bat ihre Mutter nach drinnen.

Gabrielle grinste und drückte Faith einen feuchten Kuss mitten auf den Mund. „Ich wusste schon immer, dass du ein gutes Mädchen bist, Faithie."

Ihre Mutter stolperte durch die Tür und übergab sich prompt über alle Kacheln im Eingangsbereich.

# KAPITEL 22

„Setz dich hierhin. Nicht bewegen", befahl Faith, während ihr Welpe Xena in der Hundebox winselte.

„Du hast aber einen süßen Hund", kreischte ihre Mutter, die sich auf dem hölzernen Küchenstuhl niederlassen wollte, dann überlegte sie es sich aber anders und ging zu Xenas Box. „Du solltest sie rauslassen. Tiere in einen Käfig stecken ist grausam, Faith."

„Es ist nicht grausam, Gabrielle", erwiderte Faith gereizt und nahm sie an den Schultern, kurz bevor sie den Hund herausließ. „Es ist ihr Schutzraum. Lass sie in Frieden."

„Ihr Schutzraum." Gabrielle lachte hysterisch und legte sich mit dem ganzen Körper über den Küchentisch. „Es gibt nirgends Schutz." Dann hob sie den Kopf und sagte: „Deine Küche ist soooo toll. Wie wäre es, wenn du mich einziehen lässt? Ich koche jeden Tag." Sie schnaubte. „Oder zumindest jede Woche."

„Bei der hohen Göttin", murmelte Faith, während sie sich zu Xena hinabbückte und sie aus der Box hob, um sie in den Hinterhof zu bringen, wo sie ihr Geschäft verrichten konnte.

Als sie zurückkehrte, schnappte sich Faith ihren Putzeimer, Handschuhe und Putzmittel aus der Speisekammer. „Fass nichts an. Ich mache deinen Saustall sauber, dann gibt es einen Kaffee für dich."

Gabrielle beugte sich vor und stieß Faith am Arm an. „Ups. Nichts anfassen."

Faith funkelte sie an, war aber klüger, als ihren Zorn an eine Frau im Drogenrausch zu verschwenden. Was hatte sie getan, um diese Irre in ihrem Leben zu verdienen? *Nichts*, rief sie sich in Erinnerung. Was ihre Mutter anstellte, hatte nichts mit ihr zu tun.

Tonlos murmelnd machte sie sich an die Arbeit mit dem Schlamassel in ihrem Eingangsbereich. Zwanzig Minuten später warf sie die Handschuhe, die Tücher und den Aufsatz des Wischmops in eine Mülltüte und versenkte sie in der Tonne. Als sie zurückkehrte, fand sie Xena, die sich unter den Tisch kauerte, und ihre Mutter, die schnarchend auf dem Wohnzimmerboden eingeschlafen war. Faith konnte nicht verhindern, dass sie sich fragte, wie zum Teufel sie es geschafft hatte, ganz allein ins andere Zimmer zu stolpern.

„Komm her, Kleine", sagte sie zu dem Hund, hob ihn auf und trug ihn zurück zu seiner Box. „Warum bleibst du da vorerst nicht mal drin? Das scheint für uns beide sicherer zu sein."

Xena schoss zurück in ihre Box, sodass Faith sich fragte, was ihre Mutter ihr getan hatte, dass sie so nervös war. Falls sie Faiths Hund wehgetan hatte, würde sie sie dafür zur Rechenschaft ziehen. „Schon in Ordnung, Kleine." Faith schob ihr ein paar Leckerli in die Schale und kraulte sie hinter dem Ohr. „Sie ist morgen Vormittag weg, und du musst dich nicht wieder mit ihr befassen."

Sobald der Hund beruhigt war, ging Faith zurück ins

Wohnzimmer und musterte ihre reglose Mutter. Zumindest würde Faith sich heute Abend nicht mit weiterem Wahnsinn befassen müssen. Weil sie sich Sorgen machte, dass sich die Frau noch einmal übergeben könnte, packte sie sie an beiden Schultern und schaffte es unter erheblicher Mühe, sie auf die Couch zu wuchten. Nachdem sie sie auf die Seite gedreht hatte, legte Faith eine Decke über ihre Mutter und zog sich in die Küche zurück, um eine Kanne Kaffee aufzusetzen. Der Gedanke, ins Bett zu gehen, während Gabrielle im Haus war, stand nicht zur Debatte. Falls sie aufwachte, konnte Faith nicht ahnen, welche Schwierigkeiten sie anzetteln würde.

Sobald der Kaffee fertig war, schenkte Faith sich eine Tasse ein, schnappte sich ein Exemplar der jüngsten paranormalen Krimis von Angie Fox, und ließ sich in dem extra großen Sessel nieder, bereit, die ganze Nacht wach zu bleiben.

FAITH TRÄUMTE, sie wäre auf einer Tropeninsel. Eine Brise wehte in der Luft, und sie lag da und genoss die Sonne, erfreute sich an der lauen Luft, die sie bis ins Innerste wärmte. *Das ist so viel schöner als der Eishauch an der nordkalifornischen Küste mitten im Dezember,* dachte sie vor sich hin. Sie fühlte sich, als könne sie ewig hierbleiben und glücklich sein.

Aber dann wurde die Hitze intensiv, und sie stellte fest, dass sie schweißüberströmt war. Ihre Augen tränten, und plötzlich konnte sie nicht mehr atmen.

„Faith! Wach jetzt auf, Liebling. Du musst aufwachen." Die Dringlichkeit in Hunters Stimme holte sie aus ihrem Traum. Ihre Augen gingen flatternd auf, und ihr Traum verwandelte sich in das pure Grauen. Sie war von Feuer umgeben, das an den Wänden emporkroch und an ihrer Esszimmereinrichtung leckte. Die Couch ihr gegenüber stand in Flammen, und dichter, dunkler Rauch verhüllte den Rest ihres Hauses.

„Da bist du ja", sagte er, die Arme ausgestreckt, während er sich auf die Flammen ganz in der Nähe konzentrierte, die seine Magie zurückhielt. „Komm schon. Du musst jetzt aufstehen und mir folgen."

Sie kniff die Augen zusammen, sah noch einmal zur Couch und brüllte: „Wo ist meine Mom?"

„Mom?" Er runzelte die Stirn. „Gia war hier?"

„Ja!" Sie sprang auf und wollte schon näher an die Couch gehen, doch die Hitze war zu stark, und Hunter riss sie zurück, rettete sie vor fliegenden Funken.

„Faith, nein. Sie ist nicht da. Niemand ist da. Wir müssen hier raus, solange ich noch ..." Er hustete, und seine Augen waren rot und tränten vom Rauch.

„Verdammt!", schrie sie und ließ sich von ihm aus der brennenden Ruine zerren. Während er die Flammen teilte, die den Hintereingang verzehrten, trat er ein paar Mal kräftig zu, damit die Metalltür aufging. Kühle Luft strömte herein, sodass die Flammen nur noch heißer brannten.

„Los!" Er schob sie durch die Tür, sein ganzer Körper angespannt vor Anstrengung, die Flammen abzuhalten.

Noch bevor sie sich bewegen konnte, hörte sie Xena armselig bellen, und sie drehte sich zu Hunter um, Entsetzen in den Augen. „Xena", schrie sie. „Sie ist in ihrer Box und kann nicht raus."

„Ich hole sie!" Er schubste sie wieder zurück durch die Tür, sodass sie im nassen Gras auf die Knie fiel. Als sie einen Blick zurückwarf, war die Öffnung abermals von Flammen eingehüllt.

Sie kroch vom Haus weg und lief direkt in ihre Schwester Yvette hinein.

„Den Göttern sei es gedankt", hauchte Yvette, die ihre Schwester mit einer Hand umarmte, während sie mit der anderen ihre Magie wirkte, um zu verhindern, dass die Flammen von ihrem Haus zu dem rechts davon übersprangen. „Wo ist Hunter?"

„Xena holen. Sie ist in ihrer Box", würgte sie hervor, ihre Augen tränten bei dem Gedanken, ihren kleinen Höllenhund zu verlieren. Dann verlagerten sich ihre Ängste auf Hunter, und sie wünschte sich, er möge aus dem Haus herauslaufen.

„Ist sonst noch jemand im Haus?", fragte Yvette, während Drew und Noel zu ihnen stießen.

„Mom ist da drin!", rief Faith, als Noel sie gerade in einer Umarmung erdrückte.

„Mom?", fragte Yvette. „Nein, ist sie nicht. Sie ist diejenige, die panisch angerufen hat, um zu sagen, dass dein Haus in Flammen steht."

„Wirklich?", fragte Faith, aber sie passte nicht auf, als Yvette davon sprach, dass sie Hunter und Drew angerufen hatte. Sie konnte an nichts anderes denken, als dass Hunter und Xena in dem brennenden Haus waren. Wenn sie nicht bald herauskamen …

Die Flammen, die die Hintertür einhüllten, teilten sich endlich, und Hunter stolperte heraus, Xena unter einem Arm, die sich panisch wand, um seinem Griff zu entkommen. In dem Augenblick, in dem seine Füße auf Gras stießen, entkam Xena und lief durch den Garten, verschwand hinter den Büschen der Nachbarn.

„Den Göttern sei es gedankt", sagte Faith und rannte in Hunters Arme. „Danke", schluchzte sie in sein rußverschmiertes Hemd.

Er hielt sie nur einen Augenblick lang fest, dann küsste er

sie auf den Kopf. „Du musst mich loslassen, meine Liebe. Es gibt noch was zu tun."

Sie sprang sofort zurück und sah zu, wie Yvette und Hunter gegen die Flammen kämpften, sie in Schach hielten, damit sie nicht auf Nachbarhäuser oder die Mammutbäume gleich jenseits des Gartens übersprangen.

„Was ist passiert?", fragte Noel, die sie weiter vom Feuer wegzog.

„Ich weiß es nicht." Faith schüttelte den Kopf. „Ich kam vom Abendessen nach Hause und fand Mom auf meiner vorderen Veranda, und zwar so richtig high. Ich wusste nicht, was ich tun sollte, darum habe ich sie reingelassen."

„Du hast sie reingelassen, während sie high war?", fragte Noel, die Missbilligung in ihrem Tonfall war nicht zu verkennen.

„Was hätte ich denn sonst tun sollen, Noel? Sie erfrieren lassen?"

„Du hättest Drew anrufen können", erwiderte sie.

„Und was dann? Er hätte unsere Mom ins Gefängnis gebracht", sagte Faith und beugte sich dann vor, um zu husten.

„Besser, als sie dein Haus abbrennen zu lassen!" Noel marschierte davon.

Faith sank auf den Boden und sah ihr nach. Dann wandte sie ihre Aufmerksamkeit ihrem Haus zu und bemerkte die Tränen kaum, die ihre Wangen hinabliefen. Es war ihr erstes Haus gewesen. Sie hatte eine Menge Schweiß hineingesteckt, um alles zu reparieren, und jetzt … jetzt war da nichts mehr. Nur noch Asche und Ruß.

Hatte ihre Mutter das Feuer verursacht? Sie hatte keine Ahnung. Hatte sie die Kaffeemaschine laufen gelassen? Es konnte auch Faiths Schuld sein. Oder ein Problem mit der

Elektrik. Oder sogar ein Blitzschlag. Wenn man das nasse Gras betrachtete, hatte es kürzlich wohl geregnet.

„Faith?", fragte Drew.

Sie schaute auf und sah ihren künftigen Schwager. „Ja?"

„Du solltest nach vorne rumgehen und auf die Heilerin warten. Gerry Whipple ist unterwegs. Sie wird dich durchchecken und sehen, ob du ins Krankenhaus musst."

„Okay." Sie ließ sich von ihm aufhelfen, und er deutete auf die Seite des Hauses, die noch nicht völlig in Flammen stand.

„Ich mache eine Runde. Ich treff dich dann da drüben", sagte er.

Sie nickte abwesend und wollte sich schon über den schmalen Pfad zwischen den Mammutbäumen und ihrem Haus auf den Weg nach vorne machen. Aber als sie gerade den Rand ihres Gartens erreichte, ertönte eine Explosion von weiter hinten im Haus, bei der ein Teil des Daches direkt in die Bäume flog.

Ein lautes Kläffen ertönte, gefolgt von Xena, die aus den Bäumen hervor durch die Seitentür schoss, die zur Garage führte.

„Xena! Nein." Faith wollte ihr schon nachlaufen, doch sie stolperte über eine der Steinplatten, die sie letztes Jahr verlegt hatte, und fiel hin, wobei sie sich den Knöchel verdrehte. Ein hörbares Schnappen drang beim Aufprall an ihre Ohren, und sie wusste ohne Zweifel, dass sie sich gerade etwas gebrochen hatte. „Xena!", schrie sie noch einmal, während sie sich hochschieben wollte. Aber in dem Augenblick, in dem sie das Bein bewegte, schoss ihr ein intensiver, alle Gedanken betäubender Schmerz durch den Knöchel, der sie völlig hilflos machte.

„Hilfe!", rief sie, doch das brüllende Feuer übertönte ihre Rufe.

Dann, als wäre sie in einem Horrorfilm, kam es zum Schlimmsten. Ein kleines Mädchen schoss unter den Bäumen hervor, das Wort *Xena* auf den Lippen, und folgte dem Hund direkt in die brennende Garage.

„Zoey, neiiiiin!", brüllte Faith, deren Kopf sich drehte, während sie ein Adrenalinschub erfasste. Niemand kam. Niemand konnte sie hören. Das Feuer tobte zu laut. Es lag an Faith, Zoey aus dem Haus zu holen. Mit der reinen Willenskraft einer Verzweifelten schaffte sie es, sich aufzurichten, aber in dem Augenblick, in dem sie auf ihren verletzten Fuß trat, brach sie erneut zusammen, und der Schmerz war so heftig, dass diesmal ihre ganze Welt schwarz wurde.

Faith wusste nicht, wie lange sie bewusstlos gewesen war, aber sie wachte desorientiert auf, ihr ganzer Körper zitterte vor Schock.

*Zoey.* Das Bild des Mädchens, das in die Garage lief, kehrte zu ihr zurück, und diesmal fing sie an zu kriechen, zog sich so langsam vorwärts, dass sie dachte, sie würde niemals am Seiteneingang ankommen. Wo waren alle? Weshalb war niemand zu ihr gekommen? Und warum war Zoey überhaupt da? Die Fragen ratterten ihr durch den Kopf, während sie sich zwang, sich weiterzubewegen, um Hunters kleines Mädchen zu holen.

Es brach ihr das Herz. Die Zeit schien stillzustehen, obwohl das Feuer um sie toste. Ihr war heiß, und sie wusste, dass das Feuer nahe war, und sie verabscheute sich, weil sie so schwach war. Noch etwa fünf Meter zur Tür, drei, einer, sie war fast da.

*Kawumm!*

Feuer regnete auf sie herab, und sie stieß einen Schrei aus, bei dem einem das Blut in den Adern gefror, als gerade eine Gestalt, die in eine Decke geschlungen war, aus der Seitentür krachte und an ihr vorbei in den Garten rannte. Kurz bevor sie um die Ecke bog, fiel die verkohlte Decke ab, und Faith stieß ein Keuchen aus.

Gabrielle trug die entsetzte Zoey, die mit ihren kleinen Händen Xena umklammerte.

# KAPITEL 23

Faith saß hinten in Hunters Truck, ihr Fuß auf seinem Werkzeugkasten hochgelagert und Xena auf dem Schoß, während sie zusah, wie Drew Gabrielle Handschellen anlegte. Abby und Noel standen neben ihr, beide schwiegen. Yvette, Wanda und Hunter hielten immer noch das Feuer in Schach, während Hanna und ein paar andere Wasserhexen ihr Bestes gaben, um die Flammen zu löschen.

„Was hat sie getan?", fragte Zoey. Sie saß oben auf Hunters Truck, hinten neben Faith, während Gerry Whipple eine kleine Verbrennung an ihrem Arm verband.

„Sie hat einen Fehler gemacht, meine Süße", sagte Faith. „Einen, der uns alle in Gefahr gebracht und eine Menge Schaden verursacht hat."

Eine dicke Träne rollte Zoeys Wangen hinab, und ihre Unterlippe bebte. „Werde ich auch eingesperrt?"

„Was?" Faith streckte sich und nahm Zoeys unverletzte Hand in ihre. „Wie kommst du denn darauf?"

„Ich habe auch einen Fehler gemacht. Ich hätte im Auto bleiben sollen. Aber dann sah ich Xena aus dem Wald rennen und bin ihr nach. Als ich sie hatte, wollte ich wieder zurück zum Truck, aber sie ist mir entwischt, und am Ende waren wir beide im Wald und dann im Haus. Sie hätte sich verletzen können." Sie starrte auf den Hund hinab, noch mehr Tränen liefen ihr übers Gesicht.

„Oh, Liebling, nein. Du warst eine Heldin. Du hast sie gerettet. Es ist nicht deine Schuld, dass sie sich mitten in die Gefahr gestürzt hat", beruhigte sie Faith. Jetzt war kein guter Zeitpunkt, um sie daran zu erinnern, dass sie nicht in ein brennendes Gebäude hätte laufen sollen. Das konnte später kommen, doch wem machte Faith denn etwas vor? Sie hätte dasselbe getan, um Xena aus dem Feuer zu retten.

„Ich will nicht ins Gefängnis", sagte Zoey zögerlich, während ihr ein Schluchzen in der Kehle steckenblieb.

Noel kam, um sich neben sie zu setzen, und legte die Arme um das kleine Mädchen. „Niemand wird dich einsperren, meine Kleine. Du bist jetzt in Sicherheit. Wir sind jetzt alle in Sicherheit."

Faith schluckte, versuchte, ihre Gefühle zu verbannen. Sobald Gabrielle Yvette auf das Feuer hingewiesen hatte, das hatte Faith inzwischen mitbekommen, hatte Yvette sofort Hunter angerufen. Er war die Feuerhexe, die am nächsten an Faith wohnte, und er war der erste gewesen, der eingetroffen war. Dabei hatte nur das Problem bestanden, dass er Zoey bei sich gehabt hatte, und Vivian war bereits nach Eureka gezogen. Es war keine Zeit gewesen, um jemanden zu organisieren, der auf sie aufpasste, deshalb hatte er sie mitgenommen und ihr den strikten Befehl erteilt, im Truck zu bleiben. Sie hatte nur versucht, Xena zu retten.

„Komm schon, Liebling", sagte Gerry Whipple zu Zoey. „Holen wir dir etwas Wasser. Ich habe vielleicht sogar was Süßes für dich, das du naschen kannst." Die Heilerin führte das kleine Mädchen hinüber zu ihrem Auto, wo sie ihre Arbeitsmittel aufbewahrte, sodass die Schwestern allein zurückblieben.

Alle drei beobachteten, wie Drew ihre Mutter hinten in sein SUV verfrachtete.

„Was passiert jetzt mit ihr?", fragte Abby.

Noel zuckte mit den Schultern. „Spielt es eine Rolle?"

Sowohl Faith als auch Abby starrten ihre Schwester an.

„Was denn? Sie wollte einen ganzen ungeöffneten Beutel Marshmallows auf Faiths Gasherd rösten und hat dabei das Haus angezündet. Diese Frau hat beinahe deine kleine Schwester und ihren Hund umgebracht. Soll ich mich wirklich grämen, weil sie womöglich ins Gefängnis geht?"

„Nein", sagte Abby. „Aber für mich sieht es aus, als ob eine Behandlung besser wäre als sie einzusperren."

„Sie hätte im Verlauf der letzten zwanzig Jahre jederzeit eine Behandlung haben können", erwiderte Noel. „Sie hat sich dagegen entschieden."

„Noel hat recht", sagte ihr Dad, der zu ihnen trat und einen Arm um Faiths Schultern gleiten ließ. „Ich hätte ihr geholfen, wenn sie nur darum gebeten hätte."

Faith schaute auf und wollte ihn umarmen, das Schluchzen blieb ihr im Halse stecken. Sie hielten einander lange fest, ehe sie die Sirenen hörten. Die Feuerwehr aus Eureka traf ein und übernahm den Kampf gegen die Flammen. Drew fuhr los, um Gabrielle ins Bezirksgefängnis zu bringen, und nach einer gefühlten Ewigkeit kam Hunter schließlich herüber und suchte nach seiner Tochter.

„Zoey? Wo ist sie?", fragte er.

„Bei Gerry Whipple." Faith deutete auf das Auto der Heilerin, wo die beiden auf Hunter warteten.

Er nickte und marschierte fort.

Faith seufzte sehnsüchtig, während sie beobachtete, wie er seine Tochter aufhob und sie umarmte, als würde er sie niemals wieder loslassen.

„Du liebst ihn“, sagte Abby leise.

Faith nickte nur. Sie hatte nicht die Energie, noch dagegen anzukämpfen. Was war der Sinn dahinter? Nach einer Nacht, in der sie ihr Leben in Flammen hatte aufgehen sehen, schien alles andere völlig trivial.

„Dann tu dir einen Gefallen und schiebe ihn nicht länger weg.“ Abby beugte sich herüber und küsste ihre Schwester auf den Kopf, als Hunter gerade mit Zoey in den Armen zurückkehrte. „Bereit, Faith?“

„Wohin gehen wir?“, fragte sie, während sie zusah, wie das Haus weiterbrannte.

„Ins Krankenhaus. Wir müssen deinen Knöchel versorgen lassen.“

„Aber mein Haus …“ Gerry hatte sie mit einem Trank versorgt, der die Schmerzen dämpfte, und zusammen mit ihrem Schock hatte sie beinahe vergessen, dass sie sich sehr wahrscheinlich den verdammten Knöchel gebrochen hatte.

„Es ist weg, Liebling“, sagte er sanft. „Es ist sinnlos, dich zu quälen, indem du zusiehst, wie es zu Schutt und Asche wird. Komm schon. Lass mich dich nach Eureka bringen.“

Ein Krankenwagen war zusammen mit den Feuerwehrautos eingetroffen, aber sie war nicht darauf versessen gewesen, dort einzusteigen. Er sollte lieber hierbleiben und den Feuerwehrleuten zur Verfügung stehen, falls sie ihn brauchten. „Okay.“

„Warte hier.“ Er trug Zoey zum Rücksitz des Trucks, schnallte sie an und kehrte dann zu Faith und Xena zurück. „Bereit?“

Sie nickte.

„Halt Xena fest." Dann hob er sie mühelos auf. Einen Augenblick später waren sie alle im Truck, unterwegs ins Krankenhaus, während Faiths Fuß auf dem Armaturenbrett ruhte, und Zoey den Welpen hielt, den sie gerettet hatte.

ERSCHÖPFUNG DRANG HUNTER bis ins Mark, als er seine schlafende Tochter in sein kleines Häuschen trug. Er legte sie in das neue Bett, das er gerade für sie beschafft hatte, und machte sich auf den Weg hinaus ins Wohnzimmer, wo Faith auf Krücken herumstakste, ihr kleiner Hund saß ruhig zu ihren Füßen.

Er lächelte sie müde an. „Ich dachte, du hast gesagt, dein Hund wäre ein heiliger Schrecken."

„Ist sie auch. Ich glaube, sie ist einfach nur genauso erschöpft wie wir alle."

„Sie sieht eher aus, als würde sie dich im Auge behalten", sagte er, während er ihr die Krücken abnahm.

„He! Wie soll ich mich denn bewegen?", fragte sie und streckte sich nach ihnen.

„Gar nicht. Du gehst ins Bett und lagerst den Fuß hoch, wie es die Heilerin angeordnet hat."

„Aber ..."

Er hob sie abermals hoch, und obwohl sie protestierte, trug er sie in sein Schlafzimmer und legte sie auf das große Doppelbett. Dann bückte er sich nach Xena, die ihnen gefolgt war, und setzte auch sie auf das Bett. Der Shih Tzu drehte sich dreimal um und kuschelte sich dann an Faith, den Kopf auf den Bauch seines Frauchens gelegt.

Hätte Faith nicht durch seine Arbeit am Spa über seinen Geschmack Bescheid gewusst, hätte sie womöglich geschätzt, dass er einen Inneneinrichter beauftragt hatte. Das Zimmer war maskulin, aber mit ausreichend weichen Elementen, um elegant zu sein. Seine Schlafzimmerwände waren schwarz gestrichen, das Bettzeug war schwarz und grau mit vielen Kissen und einer türkisfarbenen Tagesdecke, die an einem Ende zusammengelegt war. An der Wand war ein Bild mit schwarzen, grauen und türkisen Spritzern, das perfekt zu den türkisfarbenen Lampen auf beiden Nachtkästchen passte. Die Farbtupfer waren genau so dosiert, dass der Raum sich nicht kühl anfühlte.

Hunter schnappte sich ein paar Zierkissen und hob sanft ihr Bein an, um die weichen Stützen unter den Fuß zu legen. „Wie ist das?"

„Gut, aber du wirst mich doch nicht in meinen Kleidern schlafen lassen, oder?" Ihre Lippen zuckten erheitert.

Er zog eine Augenbraue hoch. „Willst du nackt schlafen? Mir macht das ja nichts aus, aber …"

„Nicht heute Nacht." Sie deutete auf ihren Fuß. „Eine Zeitlang keine anstrengenden Aktivitäten, weißt du noch?"

„Leider." Er grinste sie an, dann wühlte er in seiner Kommode herum, bis er zwei Paar Jogginghosen und T-Shirts fand. Eines reichte er Faith. „Zum Schlafen für dich. Brauchst du Hilfe, oder glaubst du, du schaffst das?"

„Ich brauche nur Hilfe, um ins Bad zu kommen." Sie nickte zu ihrem gebrochenen Fuß hin, der inzwischen geschient war. „Jemand hat mir meine Krücken weggenommen."

„Kein Problem." Er trug sie vorsichtig ins Bad und setzte sie auf den Waschtisch. „Ich komme gleich mit deinen Krücken zurück." Einen Augenblick später reichte er ihr die Krücken und sagte: „Es gibt eine zusätzliche Zahnbürste in der linken Schublade."

„Danke", sagte sie.

„Überhaupt kein Problem." Er schloss die Tür, schnappte sich seine Kleidung und machte sich im zweiten Bad bettfertig.

Als er zurückkam, stellte er fest, dass sie bereits unter der Decke lag, der Fuß in der Schiene ragte unter den Decken heraus. Er half ihr, ihren Fuß wieder auf die Kissen zu lagern, und dann setzte er sich vorsichtig hin und strich ihr die Haare zurück. „Geht es dir gut? Ist es bequem?"

„Ja, aber du weißt, dass ich auch einfach ins Haus meines Vaters hätte gehen können. Da ist genügend Platz."

Er holte tief Luft und stieß sie langsam wieder aus, während er den Kopf schüttelte. „Nein, Faith, ich hätte dich heute Nacht nicht dorthin gehen lassen können. Weißt du, was du mir angetan hast, als ich erfahren habe, dass du in diesem brennenden Haus bist?" Seine Augen brannten, während er fortfuhr: „Als ich den Anruf bekam, dass dein Haus in Flammen stand, und niemand da war, um dir zu helfen?"

Ihre Augen waren feucht von unvergossenen Tränen. „Ich glaube, ich kann es mir vorstellen."

„Mir schlug das Herz bis zum Hals, und innerlich starb ich. Ich wollte dich unbedingt rausholen. Und dann, als ich hineingelaufen bin und festgestellt habe, dass die Flammen dich bereits im Wohnzimmer eingeschlossen hatten, habe ich beinahe den verdammten Verstand verloren. Der Gedanke, auch nur eine Minute lang von dir getrennt zu sein, ist unvorstellbar. Wenn ich dich nach Hause zu deinem Dad gebracht hätte, hätte er zwei Gäste zusätzlich bekommen, denn ich hätte es nicht über mich gebracht, zu gehen."

Sie hob die Hand und strich mit den Fingerspitzen über sein stoppeliges Kinn. „Es wäre in Ordnung gewesen, dass du und Zoey dortbleibt."

„Vielleicht. Aber hier kann ich dich die ganze Nacht lang

festhalten, ohne mich deswegen schuldig zu fühlen." Er grinste auf sie hinab.

„Du scheinst dir da ja verflixt sicher zu sein", sagte sie. „Machst du dir keine Gedanken, dass du eine verletzliche Frau ausnutzt?" Bestimmt hätten die Worte verspielt klingen sollen, aber stattdessen hatten sie einen ernsten Unterton, als würde sie seine Motive infrage stellen.

Sein Lächeln verschwand, und plötzlich klopfte sein Herz ganz heftig. „Faith, ich ..." Er drückte sich eine Hand auf die Stirn und schloss die Augen. Als er sie wieder öffnete, schaute er sie an, als würde er ihre Seele mustern. „Ich weiß, du glaubst, ich sollte eine Beziehung zu Vivian haben, aber ..."

„Tue ich nicht. Nicht mehr", sagte sie und schnitt ihm das Wort ab. „Das war meine dumme Unsicherheit, die da aus mir gesprochen hat. Du hattest recht. Man kann nichts erzwingen, was man nicht fühlt, und man sollte es nicht versuchen."

Er blinzelte, überrascht von ihrer völligen Kehrtwendung. „Wann hast du dir das denn überlegt?"

Sie stieß ein kurzes Lachen aus. „Heute Abend. Ich hatte ein Date mit Brian, und ..."

„Du hattest ein Date?" Eifersucht floss durch ihn hindurch, und ihm wurde flau im Magen bei dem Gedanken, dass sie in den Armen eines anderen lag.

„Ja, und wir waren im Woodlines. Ich habe gesehen, wie du und Zoey so viel Spaß hattet ... und ich weiß auch nicht. Ich war traurig, dass ich daran nicht teilhaben konnte. Mein Date, Brian ... ihm ist es aufgefallen, und er hat mir gesagt, dass es nicht fair wäre, ihm etwas vorzumachen, wenn ich in jemand anderen verliebt bin."

Hunters Herz schlug ihm wieder bis zum Hals. Hatte er das richtig gehört? „Und du hast gesagt?"

„Ich habe gesagt, dass er recht hat. Es war nicht fair." Ihr

Blick wurde weich, während sie ihn ansah. „Da wurde mir klar, dass ich mit dem falschen Mann ausgegangen bin, und dass ich dich weggeschoben habe, weil ich Angst hatte. Es tut mir leid, Hunter. Ich war wütend auf meine Mutter und habe davon einiges an dir ausgelassen. Das hätte ich nicht tun sollen."

Ihm schmolz das Herz, als er die Verletzlichkeit sah, die in ihren wunderschönen blauen Augen stand. „Es ist okay. Ich habe große Schultern, und wenn du mich brauchst, um manchmal deine Last zu tragen, kann ich das tun. Das mache ich sogar gerne."

„Das ist nicht deine Aufgabe", sagte sie und schüttelte den Kopf.

„Was, wenn ich das so will?" Er beugte den Kopf und küsste sie sanft auf die Lippen. „Was, wenn ich den Rest unseres Lebens lang helfen will, deine Last zu tragen?"

Ihr stockte der Atem, während ihr Tränen über die Schläfen hinabliefen. „Warum solltest du so etwas wollen? Du hast mit deinen eigenen Dämonen zu kämpfen."

„Unsere Dämonen sind dieselben, Liebling. Siehst du das nicht? Wir haben beide eine Menge verloren, als wir Kinder waren. Ich bin zum Großteil mit meiner Situation im Reinen. Aber du ... du arbeitest dich noch durch. Kreist um die Frage, wie du mit Gia – Gabrielle – umgehen wirst. Ich wäre gern für dich da, damit du dich auf mich stützen kannst, wenn du mich nimmst."

„Ich nehme dich auf jeden Fall. Aber ich muss dich warnen, ich glaube, ich bin sicher eine Weile ziemlich im Eimer, wenn es um meine Mutter geht. Sie ..." Faith kniff die Augen kurz zusammen. Als sie sie wieder öffnete, stand darin ungefilterter Schmerz, der zu ihm zurückstrahlte. „Sie kam zurück, tat so, als würde sie versuchen, ihr Leben in Ordnung zu bringen.

Aber bei der erstbesten Gelegenheit hat sie sich mit Drogen zugeschüttet und mein Haus abgebrannt. Wie gehe ich damit um? Ich habe keine Ahnung."

Es schmerzte ihn, ihr Leid zu sehen, und er wusste, dass es lange dauern würde, ehe sie das bewältigen konnte, was aus ihrer Mutter geworden war. Er wusste, dass Gia ein weiches Herz hatte, aber eine ebenso selbstsüchtige Frau war. Sie liebte sich selbst nicht genug, um eine Therapie zu machen. Und ganz gleich, wie sehr man einer Drogenabhängigen helfen wollte, wenn sie die Hilfe nicht annahm, gab es nichts, was man tun konnte. „Nun, als allererstes können du und Xena hier bleiben, während ich dein Haus wieder aufbaue. Das Geld von der Versicherung sollte reichen, um die Materialien zu decken, und der Vorteil, wenn du die Meine bist, liegt darin, dass ich umsonst arbeite. Oder wir könnten ein größeres Haus mit ein paar Zimmern mehr bauen."

„Ein paar Zimmern mehr?", fragte sie und blinzelte ihn an.

Er lachte leise. „Du weißt schon, nur für den Fall, dass wir sie irgendwann in der Zukunft mit weiteren Kindern füllen wollen."

Sie lachte. „Du greifst schon ziemlich weit vor, Kumpel."

„Vielleicht, aber ich bin gern vorbereitet." Er war sicher, dass er viel zu früh viel zu viel sagte, aber nach den Ereignissen dieses Abends schaffte er es einfach nicht, sich zurückzuhalten. Und er wollte es auch nicht. „Faith, ich glaube, du weißt es inzwischen sicher, aber falls nicht … Ich liebe dich. Das habe ich noch nie vorher einer Frau gesagt, doch zu dir sage ich es. Und ich werde dich mein restliches Leben lang lieben, wenn du mich lässt."

„Hui", sagte sie leise.

Angst machte sich langsam in seinen Eingeweiden breit, während er darauf wartete, dass sie etwas erwiderte. Aber er bereute es nicht, dass er alles offengelegt hatte. Nicht nach dem Abend, den sie erlebt hatten. Nachdem seine Eltern gestorben waren, hatte er zu viele Jahre damit verbracht, sein Herz zu verschließen. Damit war er jetzt fertig.

„Weißt du was?", fragte Faith, auf deren Lippen sich langsam ein Lächeln ausbreitete.

„Nein, was?"

„Du bist schon ein bisschen verrückt." Ihre Augen glitzerten vor Erheiterung.

„Vielleicht, aber ich schätze, jeder, der drei ältere Schwestern und einen Höllenhund hat, ist vielleicht auch ein bisschen verrückt."

Faith warf einen Blick hinab auf Xena, die leise schnarchte. „Für mich sieht sie ziemlich zahm aus."

„So wie du an den meisten Tagen auch", neckte er sie.

Immer noch lächelnd griff sie nach oben und legte ihm eine Hand in den Nacken, zog ihn herab, sodass seine Lippen so nahe waren, dass er ihren Atem darauf spüren konnte. „Ich liebe dich auch, Hunter McCormick. Und jetzt küss mich."

Er zögerte nicht. Er schloss die Lücke und küsste sie zärtlich, seine ganze Liebe strömte aus ihm heraus. Sie war alles, was er je gewollt hatte, und alles, was er jemals brauchte. Und in diesem Augenblick wusste er, ganz gleich, was das Schicksal für sie vorgesehen hatte, würde er bis ganz zum Ende an ihrer Seite stehen. Als er sich zurückzog, liefen wieder stille Tränen über ihre Schläfen hinab. „Hey", sagte er sanft. „Was ist los, Liebling?"

„Nichts. Überhaupt nichts", sagte sie und schüttelte den Kopf. „Ich bin überwältigt. Glücklich und überwältigt."

„Ach, Faith." Er stieg auf das Bett, streckte sich neben ihr aus und nahm sie in die Arme, legte sich hinter sie, sodass ihr Rücken sich an seine Brust drückte. So lagen sie zusammen, während Hunter beruhigend die Finger über ihren Arm streichen ließ, bis er das Patschen von Füßen auf dem Holzboden hörte.

„Daddy?", fragte Zoey, ihre Stimme bebte.

Er richtete sich unmittelbar auf. „Was ist los, Zoey? Alles in Ordnung, Kleines?"

„Kann ich hier drin schlafen?"

„Natürlich." Er rutschte von Faith weg, sodass genug Platz für Zoey war, um zwischen sie zu kriechen. Sie kuschelte sich gleich neben Faith, teilte sich ein Kissen mit ihr. Faith zögerte nicht und schlang einen Arm um sie, um Zoey an sich zu schmiegen.

Hunter fühlte sich, als würde ihm das Herz von all der Liebe bersten, die aus ihm herausströmte.

Faith schaute zu ihm auf. „Bereit, das Licht auszuschalten?"

„Und wie." Er betätigte den Schalter und kuschelte sich an seine zwei Mädchen, bis die Sonne aufging.

„Also", sagte Yvette, die sich neben Faith setzte. „Du und Hunter seid jetzt einfach zusammengezogen?"

Faith schob sich ein Stück von Noels Brautparty-Kuchen in den Mund und nickte.

Yvette warf sich ihr dunkles Haar über die Schulter und lachte. „Einfach so? Dein Haus brennt ab, und du ziehst beim ersten freien Junggesellen ein, den du aufgabelst?"

„Nicht beim ersten", sagte Faith, die die Neckereien ihrer Schwester gelassen hinnahm. „Ich hätte mich auch von Brian aushalten lassen können, schätze ich."

„So viele Männer, so wenig Zeit", erwiderte Yvette mit einem gespielten Seufzen.

Beide brachen sie in Gelächter aus.

„Hey, hey, keine Späße ohne mich", sagte Abby, die sich zu ihnen gesellte. Sie hielt eine Weinflasche, auf der oben ein richtiges Weinglas steckte. „Habt ihr die gesehen?" Sie hielt das Teil hoch. „Spart Zeit. Man muss nicht nachschenken."

Yvette nahm sie ihr aus der Hand und trank einen langen Schluck.

„Hey! Das ist meine Flasche." Abby schnappte sie sich wieder und hielt sie mit beiden Händen fest, knurrte Yvette dabei an wie ein Hund, der seine Futterschüssel bewachte. „Die habe ich beim romantischen Filmzitat-Quiz gewonnen."

„Gut gemacht, Abs. Und wie gut, dass Clay nicht sehen kann, wie *unsexy* du gerade bist."

„Clay hält mich immer für sexy." Sie bewegte die Schultern, so dass ihre Brüste wackelten.

Alle lachten. Faiths Herz war von der Liebe zu ihren Schwestern erfüllt. Sie waren bei Noels Brautparty, und der Tag war eine reine Freude gewesen. Yvette hatte den Laden fabelhaft hergerichtet, ihn mit einem silber-blauen Winterthema elegant dekoriert. Hunderte von Kerzen schwebten verzaubert im Laden, auf jeder davon flackerten sanfte Flammen, während Schnee von der Decke rieselte und sich dann einfach in Luft auflöste, ehe er jemanden traf. Es war wunderbar, magisch und perfekt.

Abby hob die Weinflasche „Prost!"

Yvette und Faith nahmen ihre normalen Weingläser und hoben sie zu ihrem. „Prost!", sagten sie gleichzeitig.

„Zeit für Geschenke!", rief Hanna von der anderen Seite des Raumes.

Sie beobachteten, wie Noel alles auspackte, vom schicken Dosenöffner bis hin zu verruchter Unterwäsche mit Öffnung im Schritt. Als sie die Unterwäsche hochhob, rief Faith: „Die braucht sie eindeutig nicht. Drew hat bereits herausgefunden, wie er an der anständigen Variante vorbeikommt."

Noel grinste ihre Schwester an und legte sich eine Hand auf den Bauch, während alle lachten und ihr zu ihrer Schwangerschaft gratulierten.

„Ich glaube, wir werden trotzdem eine Einsatzmöglichkeit

dafür finden", sagte Noel, die die neckische Unterwäsche zusammen mit dem Rest ihrer Geschenke wegpackte.

Zwei Stück Kuchen später stellte Faith fest, dass sie allein auf einem der plüschigen Sessel saß, während Abby und Yvette Noel halfen, die Partygeschenke in ihr SUV zu laden. Sie griff nach unten, um sich den schmerzenden Knöchel gleich über der Schiene zu massieren.

„Hey, Hübsche", sagte Hunter, der sich neben sie setzte. „Geht es dir gut?"

Faith gähnte. „Nur ein bisschen müde."

„Das war zu erwarten, während der Knochen heilt", sagte er und nahm ihre Hand.

„So hat man es mir erzählt." Sie lächelte ihn an, dann runzelte sie die Stirn, als sie sah, wie angespannt er die Zähne zusammenbiss. „Was ist los?"

„Ich habe Nachricht von Mason erhalten. Gia hat Kontakt zu ihm aufgenommen. Es klingt, als würde sie versuchen, auf mildernde Umstände zu setzen, sodass sie zu einer Therapie und Bewährung verurteilt wird, anstatt ins Gefängnis zu gehen."

„Kein Gefängnis?", fragte Noel ungläubig. Sie war gerade wieder mit Abby und Yvette in den Laden zurückgekommen. „Sprecht ihr von unserer Mutter?"

Hunter nickte.

„Sie muss einsitzen", beharrte Noel. „Sie hat beinahe jemanden umgebracht."

„Noel", ging Abby dazwischen. „Glaubst du wirklich, dass es irgendetwas ändern würde, wenn sie ins Gefängnis geht?"

„Dann läuft sie zumindest nicht frei herum." Noels Miene war unerbittlich, während sie anfügte: „Was, wenn sie wieder bei Faith anklopft und um Mitgefühl heischt? Oder wenn sie jemand anderen verletzt? Nein. Eine Therapie ist nicht genug."

„Noel", sagte Yvette. „Vielleicht sollten wir uns Faiths Meinung anhören, denn sie ist diejenige, die ihr Haus verloren hat."

Alle drehten sich um und starrten Faith an.

Sie blinzelte und schüttelte den Kopf, versuchte, ihre Gedanken zu klären. Dann wandte sie ihre Aufmerksamkeit Hunter zu. „Ist denn eine Therapie anstelle einer Haftstrafe überhaupt im Bereich des Möglichen?"

„Ist es, wenn du unter Eid versicherst, dass du glaubst, das Feuer wäre ein Unfall gewesen."

„Es war unbesonnen, und sie war high!", sagte Noel.

„So war es", stimmte Faith zu, während sie Noel zunickte. „Daran besteht kein Zweifel. Aber du glaubst doch nicht wirklich, dass sie beabsichtigt hat, mein Haus abzubrennen, oder?"

„Natürlich nicht", sagte Noel. „Niemand versucht ein Haus mit Marshmallows abzubrennen."

„Niemand, der kompetent ist, zumindest", ergänzte Yvette kaum hörbar.

Obwohl ihre Unterhaltung ein so ernstes Thema hatte, kicherte Faith. „Das denke ich auch nicht."

„Das ist nicht witzig." Noel verschränkte die Arme vor der Brust und sank auf den nächstbesten Sessel.

„Ist es nicht", sagte Hunter, der Faiths Hand nahm und neben ihr in die Hocke ging. „Was meinst du, Faith? Was immer du entscheidest, ich stehe hinter dir."

Sie drückte ihm die Hand, fragte sich, was sie getan hatte, um einen Mann zu verdienen, der ihr so ergeben war. „Du hast dazu auch etwas zu sagen. Zoey war ..." Sie verzog das Gesicht, brachte es nicht über sich, die Worte zu auszusprechen. „Ich war nicht die Einzige, die in Gefahr war."

„Nein, warst du nicht. Aber Gia ist in das brennende

Gebäude gelaufen, um Zoey zu retten, als sie gesehen hat, wie sie hineinhuschte. Das zählt auch", sagte Hunter.

„Nimm Zoey einen Augenblick lang aus der Gleichung", bat Faith Hunter. „Wenn sie einfach nur mein Haus abgebrannt hätte und sonst nichts passiert wäre, was würdest du dann sagen? Du kennst sie ja wirklich besser als jede von uns."

Hunter warf einen Blick zu jeder der vier Townsend-Schwestern, und Faith erkannte, dass ihm diese Frage Unbehagen bereitete, aber sie wollte wirklich wissen, was er zu sagen hatte.

Sie drückte ihm die Hand. „Bitte, Hunter?"

„Ja", ließ sich Abby vernehmen. „Ich will es auch hören."

„Gleichfalls", sagte Yvette.

Er warf einen Blick auf Noel.

Sie nickte widerstrebend „Ja, schätze ich."

Hunter strich sich mit der Hand durch die Haare und stieß ein tiefes Seufzen aus. „Ich weiß, dass Gia liebenswürdig ist, wenn sie nüchtern ist, und extrem selbstsüchtig, wenn sie high ist. Ich weiß nicht, wie man beurteilen soll, ob sie eine Haftstrafe verdient. Sie ist wie zwei unterschiedliche Menschen. Wenn sie es schafft, clean zu bleiben, dann Nein. Wenn es dazu nicht reicht ..." Er zuckte mit den Schultern. „Das liegt dann an den Gesetzeshütern."

„Könntest du ihr vergeben?", fragte Faith.

Er starrte sie mit harten Augen an. „Ehrlich? Nein. Sie hat die beiden Menschen, die ich am allermeisten liebe, in Todesgefahr gebracht. Abhängigkeit oder nicht, Handlungen haben Konsequenzen. Und obwohl ich hoffe, dass sie sich bessert, um derentwillen, die um sie herum sind, ist Vergebung nichts, was sie von mir verdient hätte. Es ist etwas, dass sie sich erarbeiten muss, und von meiner Warte aus bin ich nicht sicher, ob sie das kann."

„Verdammt", sagte Noel und wandte sich an Faith. „Warum hast du dir jemanden aussuchen müssen, der so verdammt reif ist? Da hege ich den allergrößten verdammten Groll an der ganzen Westküste, und er lässt mir einfach die Luft raus. Mach, was sich für dich richtig anfühlt. Ich halte mich raus."

„Wow. Das werden wir niemals wieder von ihr hören", sagte Abby. „Können wir das aufschreiben?"

„Schnauze, Abs", sagte Noel. „Ich bin nicht in der Stimmung."

„Das wird helfen." Abby reichte ihr noch ein Stück Kuchen.

Noel lächelte sie schwach an und schob sich eine Gabel voll Kuchen in den Mund.

„Ich bin auch für das, was du für richtig hältst", sagte Abby, und Yvette nickte zustimmend.

„Toll. Danke, Leute", sagte Faith sarkastisch. „Überlasst es einfach nur mir."

Alle kicherten, während sie den Kopf in den Händen vergrub.

Als sie schließlich wieder auftauchte, um Luft zu holen, sagte sie: „Ich will sie zuerst sehen."

FAITH UND HUNTER saßen im Besuchsraum des Bezirksgefängnisses Gabrielle gegenüber. Sie trug eine blaue Uniform, die nach OP-Kleidung aussah, und unter ihren Augen waren deutlich sichtbare Tränensäcke.

„Entzugserscheinungen?", fragte Hunter ohne ein Quäntchen Mitgefühl.

„Es tut mir so leid, Hunter", sagte sie und versuchte, nach seiner Hand zu greifen.

Er zog sich zurück und starrte sie ausdruckslos an, während er sagte: „Das habe ich schon früher gehört."

„Ich weiß. Du hast keinen Grund, mir zu verzeihen", sagte sie und klang so armselig, dass Faith am liebsten geweint hätte. Nicht ihretwegen, sondern um den Verlust der Mutter zu betrauern, die sie gekannt und vor all den Jahren geliebt hatte.

„Du hast recht. Den habe ich nicht", sagte er. „Aber du musst vermutlich lernen, dir selbst zu vergeben, bevor du das von sonst jemandem verlangst. Wir sind nicht da, um dich von deinen Sünden freizusprechen."

Sie legte den Kopf schief und schaute ihn neugierig an. „Warum seid ihr hier?"

Er wies mit dem Kopf auf Faith. „Sie wollte dich sehen."

Gabrielle wandte ihre Aufmerksamkeit Faith zu, und sofort traten ihr Tränen in die Augen. „Es tut mir so, so leid, Faith. Dein Haus ..." Ein stockendes Schluchzen drang durch ihre Kehle, und Faith spürte nichts. Nur Mitleid.

„Das kann man neu bauen.", sagte sie.

„Aber du hättest verletzt werden können, und Zoey ..." Sie warf einen weiteren Blick zu Hunter. „Ich würde sterben, wenn deinem kleinen Mädchen etwas passieren würde."

„Das würde ich auch", sagte Hunter.

„Gabrielle", erklärte Faith, „ich habe eigentlich nur eine Frage an dich."

Ein gequälter Ausdruck ging über ihr Gesicht, während sie sagte: „Du kannst mich Mom nennen, wenn du willst."

Faith runzelte die Stirn und schüttelte den Kopf. „Du warst für mich sehr lange Zeit keine Mutter. Ich halte das nicht für angemessen."

„Stimmt. Natürlich. Gabby ist in Ordnung. Oder Gia", sagte sie und warf erneut einen Blick auf Hunter. Aber er starrte über ihre Schulter hinweg, suchte keinen Augenkontakt. Faith konnte ihm keinen Vorwurf machen. ‚Gia‘ war für ihn tatsächlich eine Art Mutter gewesen, aber sie war trotz allem elendig gescheitert. Es war erstaunlich, dass er es überhaupt über sich gebracht hatte, herzufahren, um sie zu besuchen.

„Okay, Gia, ich will wissen, warum du jetzt eine Therapie willst, wo du sie doch über zwanzig Jahre hinweg abgelehnt hast. Ist es nur, weil du sonst ins Gefängnis gehst, oder willst du wirklich clean werden?“

Sie schnappte heftig nach Luft, und dann blinzelte sie schnell, während die Tränen still ihre ausgezehrten Wangen hinabliefen.

Faith spürte keine Regung. „Bitte beantworte die Frage ehrlich. Ich bezweifle, dass ich meine Entscheidung ändere, was die Aussage angeht, die ich bei der Polizei mache, aber ich will es wirklich wissen.“

Sie wischte sich die Tränen ab und schniefte. Während sie auf Ihre Hände hinabstarrte, sagte sie: „Ich möchte nicht lügen. Ich habe Panik davor, ins Gefängnis zu gehen.“

„Das ist verständlich“, sagte Faith.

Ihre Mutter nickte. „Es stimmt auch, dass ich niemals eine Therapie gemacht habe. Manchmal wollte ich. Ich versuchte auch, auf eigene Faust ein paarmal aufzuhören. Hunter weiß das. Er hat den Kreislauf miterlebt. Beim letzten Mal dachte ich wirklich, ich würde es schaffen. Ich war monatelang clean. Aber dann habe ich euch Mädchen getroffen, und … es wurde alles wirklich schwer.“

Hunter schaute Faith an und nickte. „Das stimmt. Sie hat es öfter versucht.“

„Wir hatten kein Geld für eine schicke Rehabilitationsklinik, und um ganz ehrlich zu sein, ich wollte damals nicht wirklich aufhören. Auf jeden Fall nicht für immer. Nicht genug, um meinen Stolz hinunterzuschlucken und um Hilfe zu bitten. Aber als ich sah, wie dieses Kind in das brennende Haus lief, da ist etwas in mir zerbrochen. Ich war noch halb benebelt, weil ich den Trank genommen hatte, aber ich sah sie, und ich wusste, wenn ich nichts tue …" Sie hielt inne und schluckte schwer, schien den Satz nicht beenden zu können.

Sie richtete die Schultern auf und starrte Faith in die Augen, dann fuhr sie fort: „Bei der Gnade der Götter, ich habe es geschafft, sie herauszuholen, und in dem Augenblick, in dem ich wusste, dass sie in Sicherheit war, schwor ich mir, dass ich diesmal Hilfe suchen würde. Auf die eine oder andere Art will und brauche ich Hilfe, um clean zu werden. Der Gedanke an Zoey … das ist undenkbar."

Faith hielt ihren Blick fest und fragte sich, weshalb diese Frau nicht dasselbe für Faith empfunden hatte, die auf dem Sessel eingeschlafen war. Sie war nicht einmal sonderlich verletzt, weil ihre Mutter einen Mangel an Sorge um sie an den Tag legte. Es war offensichtlich, dass ihre Mutter auf eine Art und Weise gebrochen war, die Faith nicht nachvollziehen konnte. Sie war einfach nur traurig. „Ist das alles?"

Sie schüttelte den Kopf, die Tränen kamen schneller. „Ich verabscheue mich für das, was ich dir angetan habe, Faith. Du warst meine Kleine, diejenige, von der ich glaubte, dass ich immer zu ihr zurückkehren könnte. Du warst so klein, so süß, so unschuldig. Ich bin einfach …" Sie legte sich eine Hand über die Augen. „Ich habe alles ruiniert und alles zerstört, was dir gehört. Ich habe beinahe dich zerstört", zwang sie hervor, ihre Stimme kaum hörbar. „Ich weiß nicht, ob ich mir jemals selbst verzeihen kann."

Faith starrte sie einen langen Augenblick an. Dann erhob sie sich und sagte: „Du wirst während einer Therapie daran arbeiten." Sie hielt Hunter eine Hand hin, dann fügte sie an:

„Viel Glück, Gia. Ich hoffe, du findest die Kraft, damit es dir besser geht."

Hunter nahm ihre Hand, und die beiden verließen den Besuchsraum. Faith machte Halt, um ihre Aussage zu unterschreiben, und dann waren sie beide unterwegs nach Hause. Sie wandte sich an Hunter. „Glaubst du, sie wird dranbleiben?"

Er zuckte mit den Schultern. „Ich hoffe es, ihretwegen."

„Ich auch." Faith hielt seine Hand, und tief in ihrem Inneren betete sie darum, dass ihre Mutter genesen würde. Ganz gleich, was in der Vergangenheit vorgefallen war, sie hoffte, dass sie eines Tages den Menschen kennenlernen würde, in den ihr Vater sich vor all den Jahren verliebt hatte. Bis dahin hatte sie eigene Pläne.

Als sie die Stadtgrenze von Keating Hollow passierten, sagte Faith: „Können wir an meinem Haus vorbeifahren?"

Hunter warf einen Blick zu ihr hinüber. „Warum? Es ist alles weg, Faith. Wir haben bereits nach allem gesucht, was sich retten ließ. Es ist nur noch eine Ruine übrig."

„Ich weiß. Ich will es trotzdem sehen."

Er warf ihr einen skeptischen Blick zu, bog aber mit dem Truck in die Richtung ihres ehemaligen Hauses ab. Sie schnappte sich seine Hand und drückte sie. „Danke."

Je näher sie ihrem Haus kamen, desto ruhiger fühlte sie sich. Sie hatte sich bereits an einem früheren Tag der Woche von ihrem Dad an den Überresten ihres Häuschens vorbei fahren lassen. Obwohl sie gewusst hatte, was sie zu erwarten hatte, war sie rundum geschockt gewesen, und sie hatte sich den Nachmittag zum Weinen gegönnt, um alles herauszulassen. Dann hatte sie sich geduscht und losgelassen. Es war nur ein Gebäude. Man konnte es wieder bauen. Ihre Bilder und Erinnerungen, das war etwas ganz anderes. Sie wusste, dass sie Zeit brauchen würde, um über den Verlust hinwegzukommen, aber sie hatte sich bereits für einen Weg vorwärts entschieden.

Hunter parkte seinen Truck in der Zufahrt und schaltete den Motor ab. Er wandte sich zu ihr um und fragte: „Wie ist denn das so schnell geräumt worden?"

Das Grundstück war leer, der einzige Hinweis auf das verbrannte Gebäude war die verkohlte Erde. „Jacob hat einen Gefallen bei der Baufirma eingefordert, die sein Haus gebaut hat. Sie kamen gestern her und haben es eingerissen."

„Okay, aber warum so eilig? Ich dachte, du würdest jemanden organisieren, nachdem das Jahr um ist."

„Lass es mich dir zeigen." Sie öffnete die Tür und hüpfte auf ihrem heilen Fuß hinaus.

Hunter war schon aus dem Truck und um ihn herum zur Beifahrerseite gelaufen, um ihr die Krücken zu reichen, ehe sie sich auch nur ins Auto beugen konnte.

„Danke." Sie begab sich an den Ort, an dem einst ihr Haus gestanden hatte, und hielt ungefähr dort an, wo früher das Schlafzimmer gewesen war. Sie zeigte mit einer ihrer Krücken nach hinten und sagte: „Ich dachte, das wäre ein guter Platz für ein großes Badezimmer hierhin, vielleicht mit einer großen Dusche und einem Whirlpool für zwei."

Er grinste auf sie hinab. „Mir gefällt, wie das klingt."

Sie gingen ein paar Schritte weiter. „Das ist der begehbare Schrank."

„Aber sicher", stimmte er zu. Sie führte ihn über das Gelände, beschrieb, wie die Küche ihrer Meinung nach aussehen sollte, wo der gasbetriebene Kamin im Wohnzimmer hingehörte, die große Waschküche und ein abgetrennter Familienraum. Dann begab sie sich weiter zu dem Bereich, in dem der Gang sein würde. „Und hier, Hunter, glaube ich, dass wir drei zusätzliche Zimmer und ein Büro bauen sollten."

„Drei zusätzliche Zimmer?", fragte er verblüfft. „Und ein Büro? Für mich oder für dich?"

„Das Büro ist für uns beide, wenn du glaubst, du kannst teilen."

Er schlang die Arme um sie und starrte in ihre funkelnden Augen. „Ich kann teilen. Teufel auch, ich teile nur zu gerne. Jede zusätzliche Stunde am Tag mit dir ist mir mehr als willkommen."

Sie lächelte zu ihm auf. „Das empfinde ich genauso."

„Aber drei zusätzliche Schlafzimmer? Was willst du mit denen anfangen? Ein Bed & Breakfast eröffnen?"

Sie lachte. „Ich glaube nicht, dass Noel einen Mitbewerber zu schätzen wüsste." Sie zog ihn fester an sich. „Nein. Eins ist für Zoey, und ich glaube, wir werden die anderen beiden mit einem Bruder und einer Schwester füllen. Oder zwei Brüdern oder zwei Schwestern. Wie immer es sich ergibt."

„Bruder und Schwester?", wiederholte er.

„Ich bin nicht wählerisch. Mädchen, Jungs, eins von beidem." Sie zuckte mit den Schultern und genoss den Ausdruck der Verwunderung, der sein Gesicht erhellte. „Solange sie nur uns gehören. Was meinst du?"

Er neigte den Kopf und forderte ihre Lippen in einem glühenden Kuss, hielt sie fest, als würde er sie niemals loslassen. Und als er schließlich Luft holte, sagte er: „Ich glaube, es ist vielleicht an der Zeit, dass wir damit loslegen, diese Schlafzimmer zu füllen."

Sie lachte. „Ich bin dabei. Können wir aber warten, bis wir zurück in deinem Haus sind?"

„Hmm. Das ist sehr viel verlangt, meine Schöne."

„Das gibt dir nur etwas, auf dass du dich freuen kannst",

sagte sie und schickte sich an, zurück zum Truck zu humpeln. Aber bevor sie auch nur zwei Schritte getan hatte, kam er von hinten und sagte: „Halt mal die Krücken fest.“

„Warum?“

„Du brauchst viel zu lang.“ Dann hob er sie in seine Arme und trug sie zum Truck. Sobald sie saßen, sagte er: „Ich liebe dich wie der Teufel, Faith Townsend.“

„Das ist auch gut so, denn ich habe vor, dich nächsten Sommer auf der wunderbaren Terrasse zu heiraten, die du im Spa gebaut hast. Bist du dabei?“

„Da kannst du deinen Hintern drauf verwetten. Jetzt sag mir, dass du mich liebst.“

Sie glitt über den Sitz, bis sie gleich neben ihm saß, und flüsterte dann: „Ich liebe dich auch wie der Teufel, Hunter McCormick. Schnell. Wir haben eine Verabredung in deinem Schlafzimmer.“

Er lächelte sie schelmisch an und trat aufs Gas.

Hanna Pelsh saß während der Party auf Noels und Drews Hochzeit am Tisch und beobachtete, wie Rhys und Lena sich zur Musik auf der Tanzfläche wiegten. Sie zusammen zu sehen, erinnerte sie an eine andere Hochzeit vor fast einem Jahr im selben Townsend-Obsthain, bei der sie diejenige gewesen war, die in seinen Armen lag. Sie waren dreimal zusammen ausgegangen und als Paar auf Abbys und Clays Hochzeit gewesen, und dann hatte er ihr den Vortrag gehalten. Denjenigen, der mit „wir sind besser als Freunde" anfing und damit endete, dass er sie die nächsten zwölf Monate über ignorierte.

Wenn sie ihn nicht fast ihr ganzes Leben lang geliebt hätte, hätte sie ihn verabscheut. Jetzt ging er mit Faiths Empfangsdame vom Spa aus, und Hanna fragte sich, ob es sie tatsächlich umbringen würde, wenn sie sie zusammen sah. Ihr Herz tat auf jeden Fall ausreichend weh.

„Hey!", rief Faith, während sie auf ihren Krücken herüberhumpelte und geschmeidig in einen der Stühle glitt.

„Was machst du denn ganz allein hier, ohne Kuchen oder Wein in Sicht?"

„Du wirst mit diesen Dingern richtig gut", sagte Hanna, während sie auf ihren leeren Kuchenteller deutete. „Das war Stück Nummer zwei."

„Verdammt, ich falle schon zurück." Sie winkte Hunter zu, der drüben am Ausschank stand, und bedeutete ihm, dass er zwei Gläser Champagner für sie und Hanna mitbringen sollte, und dann deutete sie auf den Kuchentisch, wobei sie wieder zwei Finger hob.

Hanna schaute sie von der Seite an. „Hast du ihm wirklich gerade befohlen, dass er uns Getränke und noch mehr Kuchen holt?"

„Befohlen klingt ein wenig harsch. Ich habe eher darum gebeten." Sie grinste, und in ihren Augen glitzerte so viel Glück, dass es tatsächlich half, die düstere Wolke über Hannas Kopf zu vertreiben. „Kannst du das glauben?", sagte Faith, die mit einer Handgeste zu der spektakulären Dekoration deutete. „Es ist verdammt nochmal unfassbar. Yvette und Abby haben sich selbst übertroffen."

Das hatten sie wirklich. Es gab nicht weniger als zwei Dutzend Weihnachtsbäume, jeder davon mit verzauberten weißen Pappmaché-Vögeln, glitzernden Glaseiszapfen und funkelnden, überzuckerten Schneeflocken verziert. Klingelnde Hochzeitsglocken waren auf jeder Baumspitze. Es gab Mini-Schneemänner und -Pinguine als Eisskulpturen mitten auf jedem Tisch, und ein verzauberter Schlitten mit Rentieren flog über ihren Köpfen, um allen Gästen kleine Weihnachtsgeschenke zu bringen.

Selbst der Champagner schien besonders prickelnd zu sein. Oder vielleicht war Hanna einfach nur beschwipst. Sie hatte etwas mehr getrunken als gewöhnlich.

„Du schmachtest immer noch Rhys an, oder?", fragte Faith.

„Was?" Hanna richtete ihre Aufmerksamkeit ruckartig auf ihre Freundin. „Ich schmachte gar nichts an."

Faith legte eine Hand über die ihrer besten Freundin und sagte: „Tut mir leid, Süße, aber das machst du, und zwar sehr."

„Ich hasse schmachten", sagte Hanna mit giftigem Unterton. „Und ich hasse ihn dafür, dass er mir dieses Gefühl gibt."

„Ich weiß. Du bist ziemlich gut darin, es zu verstecken." Faith warf einen Blick hinüber zu Rhys und Lena. Sie schienen eine Art Unstimmigkeit zu haben, doch sie hielten beide die Stimmen gesenkt, sorgsam darauf bedacht, keine Szene zu machen. „Geht er dir immer noch aus dem Weg?"

„Meistens schon." Hanna zuckte mit den Schultern. „Er ist wirklich nur anders, wenn wir zufällig mal allein sind. Wenn er zum Beispiel der einzige Kunde im Café ist, oder ich der einzige Gast in der Brauerei. Dann ist es, als wären wir zurück in der Highschool. Beste Freunde, als hätte er nicht das letzte Jahr damit verbracht, so zu tun, als hätten wir früher nicht jeden Tag am Telefon miteinander gequatscht. Es ist nervenaufreibend."

„O nein, Hanna", sagte Faith, die Rhys wütend anfunkelte. „Ich habe ihn immer gemocht. Jeder mag ihn. Und Clay, er mag ihn auch. Sagt, dass er der beste verdammte Brauassistent ist, den er sich wünschen könnte. Aber niemand behandelt meine Freundin wie ein schmutziges kleines Geheimnis, niemand. Was zum Teufel soll das? Du kannst ihn mit diesem Mist nicht davonkommen lassen, Hanna. Nächstes Mal sag ihm, er soll sich das dahin schieben, wo die Sonne niemals scheint."

Sie lachte. „Du hängst in letzter Zeit mit zu vielen Kindern rum. ‚Schieb es dir dahin, wo die Sonne niemals scheint?' Was ist denn mit dem klassischen ‚Leck mich am …'"

„Hey, hat jemand Alkohol und Kuchen bestellt?", fragte Hunter laut mit einer Geste auf Zoey, die zwei Kuchenteller hielt.

„Jaaaa! Ich liebe dich", sagte Faith, die ihn auf die Wange küsste, während sie ihr Champagnerglas nahm. „Dich auch, kleine Z." Sie zog das kleine Mädchen auf ihren Schoß und umarmte es fest.

Hanna aß Kuchen und trank noch mehr Champagner, während sie so tat, als würde sie Rhys und Lena ignorieren, die an die Seite der anderen Tanzenden getreten waren, um ihren Streit fortzuführen. Dann schließlich hörte sie Lena sagen: „Das war's also dann. Ist es aus?"

Rhys murmelte etwas und starrte auf seine Füße.

Lena gab ein verärgertes Schnauben von sich und marschierte weg, ließ ihn dastehen und wie einen Narren aussehen. Hannas erster Instinkt war, aufzustehen und zu ihm zu gehen, um zu fragen, ob alles in Ordnung war. Aber während sie beobachtete, wie er Lena nachschaute, sah sie denselben Ausdruck auf seinem Gesicht wie damals, als er ihr gesagt hatte, dass sie als Freunde besser wären, und sie wurde erneut zornig.

Was war das nur mit ihm, dass er sich einfach nicht festlegen konnte? Im Laufe der Jahre war er definitiv mit Mädchen zusammen gewesen, aber niemals etwas Ernstes. Hanna hatte insgeheim gehofft, es läge daran, dass er tief im Innern wusste, dass es ihnen bestimmt war, zusammen zu sein. Aber dann hatte er diese Seifenblase platzen lassen und das nächste Jahr als Single verbracht ... bis Lena kam. Nun wiederholte er denselben Kreislauf. Sie verstand es nicht.

„Ich will tanzen", sagte Faith. „Zoey, bist du bereit, das Tanzbein zu schwingen?"

Das kleine Mädchen grinste. „Ja, aber du kannst nicht tanzen. Du hast einen gebrochenen Fuß."

„Dann schau mal her." Faith schoss auf ihrem heilen Bein hoch, schnappte sich eine Krücke und hüpfte auf die Tanzfläche. „Schwingt eure Hintern hier rüber." Sie winkte Hunter, Zoey und Hanna zu. „Lasst mich nicht allein hier rumhängen."

Hunter und Zoey beeilten sich, sich ihr anzuschließen, aber Hanna schüttelte den Kopf und lehnte höflich ab. Sie war wirklich nicht in der Stimmung zu tanzen, und zum Glück ließ Faith es ihr durchgehen.

Hanna wollte gerade noch ein Getränk holen, als Drew auf die kleine Behelfsbühne sprang, auf der in einer Ecke der DJ aufgestellt war. „Hallo, alle. Vielen Dank, dass ihr uns heute auf unserem Fest am Weihnachtsabend besucht. Noel und ich sind sehr dankbar, dass ihr hier sein könnt."

Die Menge klatschte und rief Glückwünsche.

„Danke, danke. Ihr habt einen besonderen Genuss vor euch, denn die Jungs und ich sollten letzte Woche beim Weihnachtsumzug eine Wette einlösen, aber wegen unvorhersehbarer Familienumstände ist es dazu nicht gekommen. Darum habe ich heute Abend ein Geschenk für Noel, ihre Schwestern und euch alle. Noel?" Er winkte, damit sie zu ihm kam, während Clay einen Stuhl in der Mitte der Bühne aufstellte.

Noel, die den Kopf schüttelte und heftig errötete, stieg auf die Bühne. Sie trug ein umwerfendes weißes Kleid im Meerjungfrauenschnitt mit einer roten Schärpe, dazu passend rote Stilettos.

„Setz dich, Baby." Drew grinste.

„Was macht ihr da?", fragte Noel lachend, doch Hanna war sicher, dass sie es bereits ahnte. Sie hatten nicht wie versprochen für ihren Wetteinsatz „Santa Baby" gesungen, und Drew holte es nun vor all ihren Gästen nach.

„Wir lösen eine Wette ein." Er zwinkerte, ging von der Bühne und verschwand hinter einem Trennschirm, der wie aus dem Nichts erschienen zu sein schien. Einige Augenblicke später fing die Musik an, und Clay, Brian, Drew und Rhys liefen hinter der Absperrung hervor. Hanna war überrascht, auf Rhys' Gesicht ein großes Grinsen zu sehen, wenn man bedachte, dass er gerade erst mit Lena Schluss gemacht hatte. Aber das war eben Rhys, immer jemand, der Dinge komplett ausblenden konnte. Sie war genauso überrascht, Brian mit dem Rest von ihnen auf der Bühne zu sehen, da er sich nicht im Verlierer-Wagen befunden hatte, als die Wette geschlossen worden war. Aber er war ein solcher Spaßvogel, dass es den anderen vermutlich nicht schwergefallen war, ihn zum Mitmachen zu überreden.

Sie trugen alle kurze, rote Paillettenkleider, die an der Taille mit waldgrünen Gürteln geschnürt und oben am Korsett sowie unten am Rock mit weißem Kunstfell gesäumt waren. Grüne Wildleder-Overknee-Stiefel komplettierten den Look.

Die Hochzeitsgäste jubelten alle, während Noel sich eine Hand vor den Mund schlug und ungläubig den Kopf schüttelte.

Die Männer fingen an, lippensynchron zu singen und sich zur Musik zu bewegen, wobei sie ihre besten Tanztrottel-Moves aufführten, dann fanden sie sich zu Paaren zusammen und versuchten sich an einigen komplizierten, gar nicht zur Musik passenden Bewegungen, bei denen sie sich mit den Händen auf die Füße schlugen. Brian fiel über die eigenen Füße und stolperte mit dem Kopf voran direkt in Clay hinein, sodass sie beide zu Boden gingen.

Das brüllende Gelächter aus der Menge war

ohrenbetäubend, doch Rhys und Drew ignorierten ihre Mittänzer und bewegten sich, indem sie umeinander wirbelten, als wäre nichts geschehen. Ohne verhindern zu können, dass sie in Gelächter ausbrachen, standen Brian und Clay wieder auf, gerade rechtzeitig für das große Finale.

Als das Lied endete, fingen alle vier Männer an, mit den Hüften zu wackeln, und das nächste, was Hanna sah, war, dass Clay, Brian und Rhys den Stoff an ihren Hüften packten und sich die Kleider vom Leib rissen. Sie wirbelten herum und beugten sich vor, damit die Gäste sehen konnten, was auf ihren fellgesäumten Boxershorts geschrieben stand.

*Glückwunsch, Drew & Noel!*

Nur Noel sah es überhaupt nicht, denn gerade, als die Kerle bereit für den Strip waren, bedeckte Drew ihre Augen mit den Händen und formte für die Menge ein schockiertes *O* mit den Lippen.

Die Gäste waren begeistert und drehten beim Applaus schier durch, pfiffen und jubelten, während Hanna einfach nur da saß und Rhys anstarrte, der seine Kleidung zusammen suchte und sich zurück in die Sicherheit des Trennschirms begab. Er war umwerfend und muskulöser, als sie sich ihn vorgestellt hatte, und sogar in seinen fellgesäumten Boxershorts fand sie, dass er der attraktivste Mann war, den sie je gesehen hatte.

Sobald die Jungs verschwunden waren, um sich wieder anzuziehen, begab sich Hanna ins Haus, ging zur Toilette, um ihr Make-up aufzufrischen, und dann kam sie wieder heraus und fühlte sich wie neu geboren.

Sie hielt an der Küche an, um sich ein Glas Wasser zu schnappen. Nachdem sie die Hälfte davon hinuntergestürzt hatte, drehte sich um und lief direkt in Rhys hinein. Er hob die

Hände, um sie zu stützen, und bei seiner Berührung prickelte ihre Haut überall.

„Huch. Vorsicht", sagte er und lächelte auf sie herab. Er trug wieder seinen Anzug, hatte sich aber nicht die Mühe gemacht, die Krawatte neu zu binden. „Warum so eilig?"

„Ich hab's nicht eilig. Schleich dich doch bitte nicht so an andere an, hm?" Sie versuchte, an ihm vorbeizugehen, plötzlich wieder verärgert darüber, wie er mit Lena direkt vor dem Auftritt Schluss gemacht hatte. Das war eine Wiederholung dessen gewesen, wie die Dinge vor einem Jahr bei ihnen gelaufen waren. Die Erkenntnis, dass sie wütend darüber war, weil er mit Lena Schluss gemacht hatte, brachte sie zum Lachen. Noch vor zwei Stunden wäre sie begeistert von den Neuigkeiten gewesen. Inzwischen war sie nur noch genervt.

„Warte, Hanna. Wo willst du denn hin? Ich dachte, wir könnten reden."

Sie starrte hinauf in seine ernste Miene und schüttelte den Kopf. „Ich glaube nicht, Rhys. Wenn du mit jemandem reden musst, nimm doch einen deiner Kumpel."

Er runzelte die Stirn, seine Augenbrauen zogen sich verwirrt zusammen. „Aber du *bist* doch einer meiner Kumpel."

„Das glaubst du also? Dass wir Freunde sind? Dass wir einander einfach anrufen und quatschen, Pläne machen und uns die Probleme des anderen anhören?", fragte sie.

„Klar. Das können wir tun. Das haben wir doch ständig getan."

„Richtig. Und dann nicht mehr. Ich glaube, das bedeutet, dass wir nicht mehr die Freunde sind, die wir einmal waren." Sie tätschelte ihm den Arm. „Vielleicht hat Clay Zeit für eine Plauderei. Ich gehe zurück zur Party."

„Hanna!" Er trat vor und sprang vor sie, damit sie die

Küche nicht verlassen konnte. „Ich will doch mit *dir* reden. Lena und ich …“

Sie hob eine Hand, um ihn aufzuhalten. „Ich will nicht über Lena reden. Hast du es noch nicht kapiert, Rhys? Wir sind keine Freunde mehr. Das waren wir nicht mehr, seit du mich bei Abbys Hochzeit abserviert hast.“

„Hey“, sagte er und klang verärgert. „Ich habe dich nicht abserviert. Ich habe nur gesagt, dass es besser wäre, wenn wir nicht zusammen sind, um unsere Freundschaft nicht zu gefährden. Du warst derselben Meinung.“

„Das war ich? War ich das wirklich? So erinnerst du dich daran?“ Sie wusste, dass sie zugestimmt hatte, denn was hätte sie denn sonst sagen sollen? Aber es war nicht ihre Idee gewesen, und gewiss war es nicht ihre Idee gewesen, dass er sich ganz davonstahl und nichts mehr mit ihr zu tun haben wollte.

„Ja, so habe ich es in Erinnerung.“ Er kam näher, sodass ihr Körper sich nach ihm sehnte, obwohl sie gerade ziemlich angepisst war. „Und dann weiß ich nicht, was passiert ist, aber ich weiß, dass ich dich höllisch vermisse. Können wir nicht einfach wieder so sein, wie wir früher waren? Beste Freunde, die über alles reden können?“

„Beste Freunde?“

„Ja.“

„Die über alles reden können, sagst du?“ Sie beäugte ihn argwöhnisch.

Seine Zuversicht schien ein wenig einzubrechen, als er sagte: „Klar. Ich weiß, dass ich gerade jetzt jemanden zum Reden brauchen könnte.“

„Gerade jetzt.“ Sie schürzte die Lippen und nickte. Es war klar, dass er über seine Trennung von Lena reden wollte, aber das würde sie nicht zulassen. Die letzte richtige Unterhaltung mit ihm hatte sie geführt, direkt bevor er angefangen hatte, mit Lena auszugehen. Sie war keine zweite Wahl, für niemanden. Und das würde sie auch beweisen.

„Also gut. Reden wir darüber." Sie packte ihn am Hemd, zog ihn zu sich und küsste ihn mit allem, was sie hatte. Er versteifte sich leicht, aber dann öffnete er den Mund, hieß ihre Leidenschaft willkommen und schlang die Arme um sie. Mit einem leisen Keuchen neigte er den Kopf und vertiefte den Kuss, sodass sie das Verlangen bis in die Zehenspitzen spürte.

Als sie sich zurückzog, atemlos und leidenschaftlich, schaute sie zu ihm auf und fragte ihn mit verführerischer Stimme: „Machen das *Kumpels* so, Rhys?"

„Äh, oh, Kumpels?", fragte er, sein Blick getrübt vor Verlangen.

Sie tätschelte ihm die Brust und sagte: „Denk mal darüber nach und lass mich wissen, was dir in den Sinn kommt." Dann machte sie auf dem Absatz kehrt und schwebte aus der Küche zurück zur Party.